古典文獻研究輯刊

初 編

曾永義 主編

第23冊

明清經義文體探析（下）

蒲彥光 著

國家圖書館出版品預行編目資料

明清經義文體探析(下)／蒲彥光 著 —— 初版 —— 台北縣永和市：
花木蘭文化出版社，2010〔民99〕
目 2+200 面：19×26 公分
（古典文學研究輯刊　初編：第 23 冊）
ISBN：978-986-254-275-0（精裝）
1. 明清文學　2. 八股文　3. 文體
820.9806　　　　　　　　　　　　　　　　　99014266

ISBN - 978-986-2542-75-0

9 789862 542750

古典文學研究輯刊
初　編　第二三冊　　　　　　　ISBN：978-986-254-275-0

明清經義文體探析（下）

作　　者　蒲彥光
主　　編　曾永義
總 編 輯　杜潔祥
出　　版　花木蘭文化出版社
發 行 所　花木蘭文化出版社
發 行 人　高小娟
聯絡地址　台北縣永和市中正路五九五號七樓之三
　　　　　電話：02-2923-1455／傳眞：02-2923-1452
網　　址　http://www.huamulan.tw 信箱 sut81518@ms59.hinet.net
印　　刷　普羅文化出版廣告事業
初　　版　2010 年 9 月
定　　價　初編 28 冊（精裝）新台幣 45,000 元

明清經義文體探析（下）

蒲彥光　著

附　錄

說　明

前此所分析的主要文本是方苞《欽定四書文》，由於該書評點意見頗稱零碎，爲了閱讀上的方便，所以特地於【附錄一】將各篇篇末之評語彙整列表，以俾讀者能清楚掌握各期作者之收錄情形、與方苞的評價觀點。

【附錄二】與明清經義之文體規定與做法深刻相關，論文裡首先揭出五四運動以來，學界及文學史對於八股文之種種評論，主要正在批評此文體的「代言」做法，繼之探討爲什麼要這樣書寫，爬梳「代言體」書寫與理學之內在關係，旁及士子體會詮釋古聖賢的心理情感。

【附錄三】則欲藉由與八股文法密不可分之評點學，從中看出近代「文法觀」如何衝擊且威脅了經典的權威性，這一方面恰好也展現了「時文」的詮釋特質、突顯其限制所在。

【附錄四】介紹劉熙載於《藝概・經義概》的相關看法，以經義做爲「藝文型態」之觀點出發，探討其文法修辭、風格與形象化書寫，及修養論等層面，可與方苞的論點互爲比較。

　　【附錄五】分析王夫之《船山經義》的作品義理，試欲從內容層面來闡述此一文體如何載道，以求確立經義文具有經典詮釋學之發展現象，進一步說明此文體與宋明理學之重要關聯。

　　【附錄六】介紹明代隆萬時期之經義文及代表作者，藉以說明此間文體如何風格紛陳、宗派別出。就書寫形式之流利圓轉而言，當日已有所謂「軟熟」的評語；然就其內容之義理性而言，他們也非常強調書卷之功，並開始有借題諷寓時政的書寫出現。

附錄一　《欽定四書文》篇末評語彙整

（文淵閣四庫全書第 1451 冊，臺灣商務印書館）

頁次	作者	章　句	評　　　　語
化　　治			
1451-11	李時勉	君子賢其賢而親其親二句（大學）	前輩用經語能與題義切，比故若自己出，錄之以存制義初範。本題重在前王之繫屬君子小人處，是作亦最合釋詩體。
12	薛瑄	身有所忿懥八句	心兼體用與意不同，有所雖在動處見，而病根則靜時已伏，故次節註「敬以直之」及總註「密察此心存否」云云，皆合動靜言之，精細渾全，深心體認之作。
14	蔡清	吾十有五而志於學一章（論語）	段段於交會中勘出精意，實見得聖人逐漸進學，並非姑爲設教語意。（原評） 文如講義，然此題須體貼聖學功候，非實理融浹於胸中，詎能言之簡當若此。
15	顧清	學而不思則罔一節	穩切深透，語皆明潔。
16	羅倫	哀公問社於宰我一章	純以鍊勝，亦開倡風氣之作，須識其丰骨清峻，胎息左國之神，非可於局調間刻摹形似者。
16-17	商輅	管仲之器小哉一章	高古跳脫，其夾敘夾斷，使題之層折無不清出，開後人無限義法。
17-18	薛瑄	儀封人請見一節	不但說得當日意思如見，其文體高妙，亦當於唐宋人求之。（原評） 簡淡閒逸，而敘次、議論一一管到，作者制義特其緒餘，筆墨之灑落自關胸次也。
19	顧清	子謂韶盡美矣二句	文有合用傳註者，亦須鎔化，不可直寫，此作將功德即鎔化在美善中，何等渾全。（原評）

20	錢福	好仁者無以尚之二段	太史公之文所以獨高千古者，以其氣雄也；此文當觀其一往奔放、氣力勝人處，如徒摘水火鋩鉤蛇蝎鴆毒語，爲先輩訾議，則以小失大矣。（原評）
21	吳寬	子在齊聞韶一節	註依史記補學之二字最吃緊，文從此著意，故語皆實際，不徒爲虛空贊美之辭。
22	顧鼎臣	陳司敗問昭公知禮乎一章	以議論敘題，神氣安閒，意義曲盡，絕無經營之迹。此法亦後人所祖，但先輩只是因題布格，與凌駕者不同。
23	李東陽	欲罷不能一節	卓爾只在日用事物上見道，此顏子進步，異於「高」「堅」前後時也，實理實事，字字皆經體認，方能成此文，宜當年館中推爲第一。（原評）
24	王鏊	君賜食一節	語語皆體貼情理而出，不獨意法周密，先正講書作文，全是將自己性情契勘，所以氣厚聲和，而俗化日上也。（原評）
25	趙寬	出門如見大賓二句	「出門使民」乃持己實下功夫處，兩「如」字亦必用實貼，然後見其爲敬之至也；後人約畧寫大意，直似易以他語，亦得則仲弓之請事者，安據耶？雅澹深密，經學熟而傳注明，斯有其精理秀氣。（原評）
26	王鏊	百姓足君孰與不足	層次洗發，由淺入深，題義既畢，篇法亦完，此先輩眞實本領，後人雖開闔照應，備極巧變，莫能繼武也。
27	王恕	鄉人皆好之一節	用筆甚辣，搆局甚緊，排奡凌厲，仍歸自然，不圖化治以前遂已有此。
28	王鏊	邦有道危言危行	講有道即見可以危言危行，講危言危行，即回抱有道，又即蘊蓄下文，斡旋言孫，巧力兼備之文。 危字發得透徹，光昌嚴峻之氣與題相稱。
29	李夢陽	管仲相桓公四句	一氣排奡，朴老古淡之中，渾規矩變化於無跡。原評稱其筆之老峻直邁王唐，洵非溢美。
31	王守仁	志士仁人一節	志士是把握得定，仁人是涵養得熟，一無字，一有字，有確然不改移意，有安然不勉強意，寫兩種人，各盡分量，而文更俊偉光明。（原評） 有豪傑氣象，亦少具儒者規模高言，不止於眾人之心諒哉。氣盛辭堅，已開嘉靖間作者門徑。
32	羅倫	昔者先王以爲東蒙主四句	曲折發揮，雄氣奔放，昔人謂如呂梁之水，噴薄澎湃者。不獨兼正嘉作者氣勢之排石，并包隆萬名家結構之巧密矣。故知先輩非不欲爲正嘉以後之文，乃風氣未開，爲之者尚少耳。
33	王鏊	邦君之妻一節	句句詳核，股法變換參差，尤見手筆。（原評） 寔能抉禮意之精微，古茂雅潔，典制文字，此爲極軌。

34	錢福	邇之事父一節	深於詩訓，義舉其要，愨實雅茂，久而愈新，後之作者不過就此推衍耳。
36	蔡清	天命之謂性一章（中庸）	絲理微密，意味深厚，真學者之文。（原評） 於白文朱註表裡澄澈，故順題成文，略加虛字點逗於斷續離合間，而神氣流溢，動盪合節，學者不能得其氣味，而傚其形貌，則為淺為率而已矣。
37	儲巏	是故君子戒慎乎其所不睹二句	每扇有許多轉折，而氣脉渾厚，開合無痕。（原評） 不睹聞對未發之中，說戒慎恐懼，所謂敬以直內，立天下之大本也。用周子「主靜」二字，自屬定解，其該睹聞處，措詞尤為細密。
38	羅玘	致中和一節	當時解元文章如此。朱子謂解經當如破的，又云讀書細，看得通徹後，都不見注解，但見正經有幾箇字在方好，圭峯文可以語是矣。（原評）
39	王守仁	詩云鳶飛戾天一節	不從「飛躍」兩字著機鋒，是前輩見理分明處。（原評） 清醇簡脫，理境上乘，陽明制義謹遵朱註如此。
40	王鏊	武王纘大王及士庶人	精語卓立，氣格渾成，當玩其苦心撰結處。
41	楊慈	武王纘大王一節	此明文始基，一代作者正變源流之法，靡不包孕，其文炳蔚，確有開國氣象。士人窮探經史，非僅取其詞與法為時文之用而已，然觀制義初體如是，亦可知根茂實遂之不可誣也。
42	錢福	父為大夫無貴賤一也	文之能繁而不能簡者，非才有餘，正才不足也。細看此文有他人連篇累牘說不盡處。斯禮也只是說祭葬，是緣祭而及喪服，又是緣葬祭而及，三者雖俱禮制，就此章言之，則祭為主，喪葬為賓，即下章達孝，亦是以祭祀之禮，言之可見也。一起一結，大指躍然。（原評）
43	岳正	今夫天一節	文簡而理足，體方而意圓，四比中已開後人無限變化參差之妙，不得以其平易置之。
44	程楷	考諸三王而不繆合下節	上截三王後聖，往與來對，天地鬼神，隱與顯對；下截知天知人，乃舉來以該往，即隱以該顯，實總結四句，是作天造地設，不少贅疣。（原評） 順題平敘，不用過接摶縮，而理蘊精氣結聚流通，堅凝如鑄。
45	孫紹先	建諸天地而不悖二句	摭實而仍虛，涵鬱拙而實渾古，化治先正說理文字已有此等精深壯麗之境。鬼神若泛說陰陽氣機，即與建天地不異，此引大易鬼謀尚書龜筮者得之。（原評）

47	靳貴	老者衣帛食肉四句（孟子）	老者二句與上文老吾老一層爲首尾，是保民之實政；王字直繳，轉保民而王，此文近收本節，遠束通章，根脉獨完。（原評） 中間若無庠序之教數語，則題蘊未盡，與下二句語氣亦未融，可覘先輩補題之法。
48	董越	天子適諸侯曰巡狩六句	縱橫馳驟，有高屋建瓴之勢，昔人謂子長文章百數十句只作一句讀，此文亦然。（原評）
49	李東陽	所謂故國者一章	裁剪之妙，已開隆萬人門戶，其順題直敘，氣骨蒼渾，乃隆萬人所不能造；可見後人之巧，皆前人所已經，於先輩繩墨之外求巧，未有不入於凌亂者。
50	吳寬	不幸而有疾景丑氏宿焉	義意曲盡，骨脈甚緊，有如柳子厚所稱昌黎之文，若捕龍蛇、搏虎豹，急與之角而力不敢暇者；雖隆萬間之靈雋、啓禎間之劖刻，豈能過此？以膚淺直率爲先輩者，可爽然自失矣。體製正大，不得以題有割截而棄之。
51	王守仁	子噲不得與人燕二句	深得古文駁議之法，鋒鍔凌厲，極肖孟子語氣，是謂辭事相成。
52	崔銑	夫世祿四節	以世祿起，以世祿結，中間井田學校對舉，極剪裁之妙。
53	丘濬	父子有親五句	照註補出性字，疏題典要，確不可易，其體直方以大，眞經解也。
54	羅倫	三月無君則弔四節	長題局法此爲開山，宜玩其游行自得，而體格謹嚴處。
55	丘濬	周公兼夷狄百姓寧	骨力雄峻，函蓋一時，此程與元墨並制科文之極盛也。元作重講百姓寧，此程重講兼驅，是其用意異處，俱先於反面透醒，是其作法同處。
56	王鏊	周公兼夷狄百姓寧	字字典切可配經傳，佳處尤在用意深厚，是聖人使人物各得其所，氣象粲然明盛，晏然安和，昇平雅頌之音，河嶽英靈之氣。 渾厚清和，法足辭備，墨義之工，三百年來無能抗者。
58	唐寅	禹惡旨酒一章	堅錬遒淨，一語不溢，題之義蘊畢涵。
59	王鏊	周公思兼三王以施四事	音調頗與後來科舉揣摩之體相近，而意脈自清，在稿中另爲一格。
60	王鏊	晉之乘二節	如題順敘而波折自生，於過接處、收束處著意數筆，便覺神致疏宕不羣。

61	董圯	予未得爲孔子徒也一節	明是兩對文字，而長短參差，令人莫覺。（原評） 兩予字兩也字，唱嘆深情，流溢紙墨之外，後人但作太史公自序語，直是心粗手滑耳。前輩只求肖題，故才華雅贍、而意度仍自謹嚴。
62	王鏊	吾聞其以堯舜之道要湯一節	殊有踔厲風發之勢，實能寫出孟子語妙。
63	王鏊	附於諸侯曰附庸	只用清寫，而舉義該洽，波瀾閎老。
64	王鏊	大國地方百里三節	無甚奇特，但局老筆高，又得說書之正體，遂使好奇特者鏤心鉥肝而不能至。
65	朱希周	舜發於畎畝之中一節	六句題變四樣文法，顛倒曲折，其妙無窮。（原評） 敘致變化，下語自分等級，乃作者用意深處。
65-66	錢福	孔子登東山而小魯一節	首作分兩截作對，此以山海作對，而挈出末句重講，體製尤得。且使孔子與聖門字首尾相應也。（原評） 朱子謂此節上三句興下一句，文因此以立格。
67	王鏊	桃應問曰一章	化累敘問答之板局，而以大氣包舉、實理充貫，有龍象蹴盤之槩。此文一本作邵圭潔，或疑守溪文尙無此發揚踔厲氣象，但邵藁中亦未見此種，恐仍屬王興會適至而得之也。
68	錢福	春秋無義戰一章	止清題面，不旁雜閒意泛辭，而操縱斷續之勢畢備。稱人稱師，沿襲舊說，實非經義。九伐獨舉其二，以司馬方伯分承，於文律亦疏。而規模骨格，守溪而外，惟作者巋然而秀出。故唐荊川代興以後，天下始不稱王錢。
69	陳獻章	古之爲關也一章	寥寥數語，已括盡古今利病，風韻淡宕，有言外之味。
70	錢福	經正　斯無邪慝矣	質直明銳，題義豁然，邪慝正指鄉原，兼該楊墨，既得孟子心事，於書意亦遠近不失。但股分而義意不殊；又股頭義意不殊，而股尾忽分兩柱，乃前輩局於風氣處，不可不分別觀之。
71	顧清	由堯舜至於湯一章	精神重注末節，一度一束，瀠紆跌宕，在化治先正中爲自出新意者。邇年講化治先輩法者，遇有總提側注處，輒謂非當年體製，不知文章相承相變，必有一二作者微見其端緒，後人大暢厥指，因以成風。集中於歷代文字不拘一格，惟取其是，所以破學者拘墟之見。
72	李東陽	由堯舜至於湯三節	提束高渾，中間平列三比，而語脉轉側之間，無微不到。古文矩度，經籍光華，融化無迹，歸於自然矣。

正　嘉			
75	歸有光	大學之道一節（大學）	化治以前，先輩多以經語詁題，而精神之流通、氣象之高遠，未有若茲篇者。學者苦心探索，可知作者根柢之淺深。三百篇語，漢魏人用之即是漢魏人氣息；漢魏樂府古詩，六朝人用之即是六朝人音節。觀守溪、震川之用經語，各肖其文之自己出者，可悟文章有神。
76	王錫爵	知止而后有定一節	一語不溢，一字不浮，法律仍先民之舊，而氣體霄殊，每句義理相承處，尤能簡括融貫。
77	歸有光	古之欲明明德於天下者二節	即以綱領為條目之界劃，四比如題反覆，清透簡亮，有一氣揮灑之樂。
78	薛應旂	君子賢其賢而親其親二句	不及宣德乙卯程之渾然元氣，而用經確切，詞語醇雅，先正風裁，於茲未墜。
79-80	唐順之	此之謂絜矩之道合下十六節	法由義起，氣以神行，有指與物化，而不以心稽之樂。歸唐皆欲以古文名世者，其視古作者未便遽為斷語，而於時文則用此，巋然而出其類矣。推心存心，貫通章旨，首尾天然綰合，緣熟於古文法度，循題膝理，隨手自成剪裁，後人好講串插之法者，此其藥石也。
81	張居正	生財有大道一節	質實簡嚴，有籠蓋一世之氣。
82	歸有光	生財有大道一節	渾渾灝灝，約詩禮之旨以為言，低手效之，填湊三禮，則形骸具而精氣亡矣。（原評） 義則鎔經液史，文則躋宋攀唐，下視辛未諸墨，皆部婁矣。
83	吳嶽	未有上好仁一節	瀠洄淡宕，以曲筆寫直勢，古在氣骨，不在字句。（原評） 理得氣充，故能稱其心之所欲言，而人亦易足也。
85	歸有光	子禽問於子貢一章（論語）	格局老粉，細按問答，虛神仍分寸不失，骨脈澄清，精氣入而粗穢除，乃古文老境，非治科舉文者所能窺尋，姑存一二，使好古者研悅焉。
86	歸有光	禮之用一節	古厚之氣直接先秦初漢，前人以粗枝大葉槩之，最善名狀。（原評）
87	歸有光	詩三百一節	咀味聖人立言之意，渺眾慮而為言，淳古淡泊，風格最高。化治先輩對比多辭異而意同，乃風氣初開，文律未細，雖歸震川猶或不免，如〈禮之用〉篇精深古健，而亦蹈此病，故俱辨而錄之。

88	歸有光	吾十有五而志于學一章	以古文爲時文自唐荊川始，而歸震川又恢之以閎肆，如此等文實能以韓歐之氣達程朱之理，而脗合於當年之語意，縱橫排盪，任其自然，後有作者不可及也已。
89	唐順之	吾與回言終日一節	如脫於聖人之口，若不經意而出之，而實理虛神煥發刻露，以天合天，器之所以疑神也。
90	歸有光	多聞闕疑二段	顯白透亮，而灝氣頓折，使人忘題緒之堆垛。
91	歸有光	夏禮吾能言之四句	古厚清渾之氣，盤旋屈曲於行楮間，歸震川他文皆然，而此篇尤得歐陽氏之宕逸。
92	孫陞	周監於二代一節	夫子得位有作從二代之禮，固不能多於從周，然憲章文武，則禮儀三百、威儀三千，莫非躬行之事，從周固不待於得位也，文特盡其表裏。（原評） 清規雅度，可爲後學楷模，及觀歸作，則崇閎深遠，成一家之法度，邈乎其不可攀矣。
93	歸有光	周監於二代一節	以古文間架筆段馭題，題之層次即文之波瀾，文之精蘊皆題之氣象。
94	歸有光	子入大廟一節	神氣渾脫，化盡題中畦界，而清淡數言，旨趣該透，其於題解昭然如發蒙矣。
95-96	歸有光	天將以夫子爲木鐸	每股接頭轉摺處，純是古文行局，空漾渾雅、繁委周匝，無一不古，亦惟深於古文者知之。（原評） 兩意貫注到底，而蒼莽迴薄，不見其運掉排盪之跡，是大家樸直氣象。逐層以天下與夫子夾說，疑於連上文矣，惟處處以天爲主，故納上句於本題之中，而不連上也。
97	王樵	夫子之道二句	集註夫子之一理渾然而泛應曲當，譬則天地之至誠無息，而萬物各得其所也。至誠無息貼忠字，萬物各得其所貼恕字，此正如中庸章句云，大本者所性之全體，惟聖人之德極誠無妄，其於所性之全體無一毫人欲之僞以雜之，而天下之道千變萬化，皆由此出，所謂立之也。無一毫人欲之僞是忠，萬化皆由此出是恕，所謂忠恕，乃程子之所謂動以天者故曰借，曰借則非正言學者之忠恕矣，使聖人分上無忠恕亦借不得。（自記） 忠恕三層自是訓詁語，非制義體也，運訓詁之理於語氣中，指示朗然而渾無圭角，苦心獨造之文。
98	唐順之	君子喻於義一節	落落數語，而於義利之分界，與君子小人心術之動、精神之運，已辨其所從生，而推之至於其所終極矣。就語孟中取義，而經史事迹無不渾括，此由筆力高潔，運用生新，後人動闌入四書字面作文，殊乏精采，所謂上下牀之隔也。

99	諸燮	德不孤必有鄰	兩義到底，揮灑如志，又時作參差，使人迷眩。（原評） 運古文氣脈於排比中，屈盤勁肆，辭與意適，此等文若得數十篇，便可肩隨唐歸，惜乎其不多見耳。
100	唐順之	三仕為令尹六句	就人臣立論，身國對勘，反正相形，子文全身已現，卻仍是子張發問口吻，於題位分寸不溢。歸唐皆以古文為時文，唐則指事類情，曲折盡意，使人望而心開；歸則精理內蘊，大氣包舉，使人入其中而茫然；蓋由一深透於史事，一兼達於經義也。
101	薛應旂	魯一變至於道	遡其肇端，及其流弊，舉變之作用，指至之條理，兼酌時勢以明措注，可謂約而能該矣。
102	許孚遠	夫子為衛君乎一章	題中曲折纖悉不遺，極安閒極靜細，後來名作俱不能及。
103	鄒守益	聖人吾不得而見之矣一章	此等文如有道之士，百體順正發氣滿容，不可以形似也，其措意遣言，亦天然合度，少有所損則已虧，少有所益則已贅。
104	歸有光	舜有臣五人而天下治	實排五比，雄氣包孕，具海涵地負之概，在歸震川文中為近時之作，然制藝到此，已是極好順時文字矣。
105	唐順之	顏淵喟然歎曰一章	隨題體貼處處得喟然之神，行文極平淡，自然中變幻無端，不可方物。其噓吸神理處，王守溪亦能之，而開闔頓宕夷猶自得，則猶未闖此境也。
106	金九皋	賓退一節	形容淺近，語細刻大，雅是鄉黨記敘題法。
107	唐順之	入公門一章	或於前面托一層，或於後面收一筆，夫子德盛禮恭，從容中節處，曲曲傳出，而行文亦極迴環錯落之巧。
108	茅坤	鄉人飲酒一節	所補皆題中所應有，而配置形容備極融鍊。鹿門講八家古文之法，其制義惟取清空流利，首尾一氣，而少實義，難為諸生家矩度，故轉錄其少矜重者。
109	湯日新	君賜食一節	此文有補題處、有互見處、有代記者，設聖人心事處，總由學識才兼到，故能逐段周詳如此。（原評） 從守溪文化出，意味雅密，已盡題之能事。
112	張居正	先進於禮樂一章	意思乃人所共有，而規模闊遠，矜重中具流逸之致。
113	歸有光	先進於禮樂一章	離奇夭矯，卻是渾涵不露，真史漢文字，非制義文字也。（原評） 原評擬之史漢未免太過，方之唐宋八家中，其歐曾之流亞歟。
114	唐順之	季路問事鬼神一節	精卓堅老，著語無多，而題之切要處已盡。

115	歸有光	所謂大臣者一節	嚴詞偉業，屹然如山，坊刻爲穆孔暉墨，然亦小有同異。（原評） 實理中蘊浩氣，直達儼如宣公對君之奏、朱子論學之書。
116	唐順之	請問其目一節	荊川三墨，惟此可謂規圓矩方，繩直準平矣。（原評）
117	王樵	子張問明一節	恐詞繁不殺處寫不出好勢，乃作此避難就易之局，總發上截而以下截分頂之，故原評謂之變體也。刻劃深透，幾可襲跡於唐荊川，而終不能強者，古文之氣脈耳。
118	許孚遠	故君子名之必可言也一節	題爲通章結穴，文能切中事情，不用幹補而題緒清析，章脈貫通，堅重遒密，嘉靖盛時風格。
119	王慎中	不得中行而與之一節	狂狷志節，及激厲裁抑之以進於道處，俱確實深細，不爲影響近似之言。王遵巖時文，意義風格實無過人者，以曾治古文，故氣體尚不俗耳。
120	唐順之	克伐怨欲不行焉一章	於仁與四者不行分際，體認親切，故出之甚易，而他人苦思極慮，不能造也。
121	王世懋	孟公綽一節	抑揚進退，一字不苟，偉麗處行以謹嚴，可傳之作。（原評）
122	唐順之	一匡天下	洞悉三傳，二百四十年時勢了然於心，故能言之簡當如此，前輩謂「不可把一匡說得太好」非也。下文說一匡之功如許鄭重，可見聖人之心廣大公平，言各有當，不可以一端閡也。
123	許孚遠	君子上達	遇此等題不肯靠實發揮，每求深而反淺；此文品質不甚高峻，而於上達本末原流，實能疏發曉亮。
124	錢有威	以直報怨二句	於題之中邊前後，無處不徹，更極轉側幹補之妙。
125	歸有光	顏淵問爲邦樂則韶舞	和平之音淡薄，歡愉之詞難工，昌黎猶爲文士言之也，試誦周召歌雅，當自悔其失言矣。此等文亦當以是求之。貴重華美，如陳夏商間法物，其於禮樂亦彬彬矣。
126	瞿景淳	事君敬其事而後其食	未離化治矩矱，而易方爲圓，漸爲談機法者導夫先路矣。然於揣摩科舉文字中，較短絜長，則其功候已到。
127	周思兼	邦君之妻一節	名搆老格，相因以熟，自不得不思變易，前作摠挈，後作摠收，行之以排叠，運之以英偉，頓覺耳目改觀，亦漸開隆萬風氣矣。
128	歸有光	性相近也一節	沉潛儒先訓義，稽之深醇，而出之顯易，然非浩氣充溢，則亦不能若是之揮斥如志也。

129	茅坤	謹權量三句	鹿門之文一氣旋轉，輕清流逸，但少沉實。堅峭處後學難於摹擬。此種非其本色，而自謂大方之文，與俗眼迴別，其實乃順時而眾所易曉也。
132	陸樹聲	修道之謂教致中和（中庸）	前後將首句與末句相串，即攝入中三節在內，中間以道不可離作線，既能擒定題位，又能聯合題緒。（原評）題雖割截，而道理語氣本自平正，文之鈎勒貫穿，已近隆萬間蹊徑，存此以示文章隨世，而變必有其漸也。
133	瞿景淳	道也者二節	八股至此，綿密已極，過此不可復加，故遂流而日下也。長至五六百字而不可增減，可以知其體認之精、敦琢之純矣。（原評）戒慎恐懼是兼睹聞時，說隱微是揭出幾之初動，說體道之全在一以守之，省幾之要在精以察之，以經註經，後有作者莫之或易。
135	歸有光	喜怒哀樂之未發二節	看得宋五子書融洽貫串，故縱筆書之有水銀瀉地無竅不入之妙。惟致字功夫尚未寫出全身耳。
136	歸有光	舜其大知也與一節	不創奇格，循題寫去，而法度之變化因之，文境清粹澹逸，稿中上乘。
137	唐順之	素隱行怪一章	立定末節作案，做上二節處處對針末節，做末節處處抱緊上文，措意遣辭如天降地出，一字不可增減。
138	諸燮	夫婦之愚八句	極其宏博，而一語不可刪，所謂滿發而溢流，與浮掇灝氣者自別。（原評）體方而義備，不復效先輩之含蓄，已開胡思泉蹊徑。
139	歸有光	雖聖人亦有所不知焉	從聖人無所不知處，講到不知，既不貶損聖人，而道之費處益顯，並題中有所字虛神亦透。
140	張元	無憂者一章	握定盡中庸之道，按部選義，周密無遺，而時以精言綰括，非貪常嗜瑣者所能學步也。
141	唐順之	武王纘太王二節	才思豪蕩，氣魄磊落，在稿中又另是一樣文字。（原評）相題既真，故縱筆所投，無不合節。其提掇眼目，皆本古文法脈，而運以堅勁之骨、雄銳之氣，讀之可開拓心胸，增長智識。
142	茅坤	周公成文武之德 及士庶人	博大整飭中風神自見。（原評）鹿門深得古文疏逸處，涉筆便爾灑然，如此典重題落落寫意，已領其題要。
143	歸有光	周公成文武之德 及士庶人	古氣磅礴，光焰萬丈，只是於聖人制作精意，實能探其原本，故任筆抒寫，以我馭題，此歸震川之絕調也。

144	傅夏器	春秋修其祖廟一節	情文該洽，蔚然茂美，前此多拙樸，太過即涉浮靡，斯爲雅宗矣。敬字及禘嘗昭穆等犯字不犯意，前人不避也。
145	傅夏器	宗廟之禮二句	他人多從祭禮昭穆制度上立論，此獨專就親親明倫之義重發，蓋本之禮記大傳。（原評） 典制題不難於有根據，難於開闢舊聞而自出精意，此文得之。
146	歸有光	郊社之禮一節	如何明得郊社之禮、禘嘗之義，便治國如示諸掌？每苦鶻突，文於聖人制作處寫得深微，早透治國消息。轉落下三句，自然清醒，以能於所以二字，撥動機關也，刊削膚詞，融洽精義，題文如林，此爲岱華矣。
147	諸燮	明乎郊社之禮三句	天地祖宗，是吾身推而上的，天下民物，是自吾身推而廣的；上頭高一層則下面闊一層，如只推到父母處，則旁闊只是兄弟，父母，生兄弟者也，推到祖宗處，則旁闊便有許多族姓，祖宗，生族姓者也；如推到天地處，則旁闊便包得民物皆在其中，天地，生民物者也，人不孝於父母祖宗者，安能愛兄弟族姓？不孝於天地者，又安能仁民愛物乎？若眞能事天地祖宗父母，則必能以天地祖宗父母之心爲心，此治國所以如示諸掌。雖王錢做此，意思不出此，卻明目張膽言之。（原評） 從理一處打通，則分殊處自貫，鎔先儒語如自己出，而無陳腐之氣，由其筆意高脫也。
149	陳棟	人道敏政一節	體平勢側，兩對中各藏對偶，因板生活，寓圓於方，機軸之工，妙若天成。
150	王樵	故君子不可以不修身一節	此是承上引下語脈，文家易生輕輨，得此篇而題解始透。會通上下數節，清出題緒，而以實理融貫其間，可謂善發註意。
151	唐順之	見乎蓍龜二句	見處動處，莫非幾也。幾由誠發，故至誠便可前知，原屬一串事，此實能道其所以然，使見乎動乎字，與下文兩必先字，早有貫注之勢。啓禎諸家文更覺驚邁而入理，精深處究不能出其範圍。
152	唐順之	善必先知之三句	貫穿經傳，於所以必先知之理，洞然於心，故能清空如話。
153	王樵	誠者非自成己而已也一節	成己仁也五句，總是發明誠者非自成己而已二句之故，此文當看其上接誠之爲貴、下接成己仁也五句處，然後此節文勢，如首尾具而成身矣。（原評） 老潔無支蔓。

154	王世貞	待其人而後行二節	其周折皆王唐舊法也，而沉釀之厚，逐極鏗鏘要眇，備文章之能事。（原評） 層接遞卸，虛實相參，不凌駕而局自緊，不矜囂而氣自昌。作者於古文未免務爲炳炳烺烺，而制義則清眞健拔，絕無矜張之氣。
155	潘仲驂	仲尼祖述堯舜一章	實詮細疏，一字不架漏，而氣脈復極融暢。
156	歸有光	小德川流二句	玩註中「全體之分、萬殊之本」八字，則大德、小德原不是直分兩截。敦化，敦字即《易傳》「藏諸用」藏字意，「川流」二字即「顯諸仁」顯字意，無心成化天地之功，用即在其中。文能細貼註意，發揮曲暢。
157	歸有光	是以聲名洋溢乎中國一節	題句一氣貫注，用法驅駕則神理易隔，似此依次順敘，渾然天成，無有畔岸，化工元氣之筆也。
158	項喬	惟天下至誠夫焉有所倚	毫無障翳，制義之極則。（原評） 經綸立本，知化育各到盡頭處，爲能與無倚緊相貫，注文句句從至誠心體上說，無一浮散語，明粹之至，不覺其朴直也。
159	許孚遠	肫肫其仁	其仁實從經綸指出，清切純懿，中邊俱徹。題境深微，雖奧思曲筆，追取意義，終想像語耳。理熟則詞自快，可於此文驗之。
161	尤瑛	寡人之於國也一章（孟子）	有提掇聯綴，而段落清明，氣度和雅，長題文之正式。
162	張元	殺人以梃與刃三節	此與王之臣及白之謂白等章，並見孟子語言之妙，若不逐層剔出，則神致不肖，文能使題情自相觸擊，通體如一筆書。
163	歸有光	權然後知輕重 心爲甚	精理明辨，如萬斛源泉，隨地騰湧。
164	歸有光	爲我作君臣相說之樂好君也	無起無落無煞，不得不行，不得不止，金石叩而風水遭，其斯文歟。（原評） 鏗鏦杳渺，其聲清越以長。
165	唐順之	昔者太王居邠 合下二節	屬對之巧，製局之奇，細看確不可易，須知題之賓主輕重，前案後斷之間，自有天然部位，妙手乃得之耳。
166	陳思育	舉舜而敷治焉 合下二節	鎔下二節對上一句，非憑意穿鑿，只緣從堯以不得舜二句，看出本題原分兩扇，故不煩另起爐竈，而局若天成。（原評）

167	歸有光	父子有親五句	實疏處似稍遜丘作，而結束精神迴出丘作意象之外，故足與之埒。
168	陸樹聲	不見諸侯何義一章	堅瘦有力，其縱橫擺脫處，欲合即合，欲渡即渡，意之所至，精神無不貫注。（原評） 用古文機相灌輸之法，錯綜盡致，筆意峭勁。
169	江汝璧	使禹治之一節	頭緒多端而能順文鋪敘，如大匠運斤，略不見斧鑿痕，且高古雄偉，無一閒語剩字，視元卷便覺書生語氣矣。（原評） 高聳雄峙，尺幅中具嵩華之觀。
170	王世貞	天下大悅咸以正無缺	無一字不典切，氣格之高，音節之妙，在制藝已造其巔矣。（原評） 書旨說周公，引書卻只說文武，文法自須幹補，難其天衣無縫，滅盡針線之痕。後之作者能似其精妙，而不能學其渾成。
172	王錫爵	詩云不愆不忘一節	義綜其大，典舉其要，俱從經術得來，較張江陵辛未程文，惟古厚之氣有所未逮，要亦風氣使然，不可強也。
173-4	歸有光	孰不為事一節	歸震川文有二類，皆高不可攀。一則醇古疎宕，運史記歐曾之義法，而與題節相會；一則朴實發揮、明白純粹，如道家常事，人人通曉，如此篇及堯舜之道二句文，他家雖窮思畢精，不能造也。
175	瞿景淳	仁之實一章	章妥句適，無他奇特，而題義完足。瞿浮山文不使力、不使機，充裕優閒，亦時文家正派。
176	唐順之	有故而去五句	深明古者君臣之義，由熟於三經三禮三傳，而又能以古文之氣格出之，故同時作者皆為所屈。蓋或識不及遠、或才不逮意，雖苦心營度，終不能出時文蹊徑也。
177	瞿景淳	武王不泄邇一節	於註所云，德盛仁至，皆傅以經義，各有歸宿。瞿浮山文高者不過貼切通暢，殊不遠時文家數，當時以並王、唐，未可為定論也。
178	諸燮	天下之言性也一節	孟子指情以證性，此故之說也，但情也有不好一邊，須指其一直發出、未經矯揉造作者，如乍見孺子入井、嘑爾蹴爾不受不屑之類，纔見得情之正、性之真。此利之說也，看得四通八達，而筆力又足以發之。歸唐而外，作者亦能自樹立，非瞿、薛二家所能肩隨也。
179	唐順之	匹夫而有天下者二節	此題仍是一串意，不應兩對，行文開中有闔，其妙可以意求。（原評） 理精法老，語皆天出，幾可與韓氏〈對禹問〉相方。
180	瞿景淳	天子一位六節	以義制法，文成而法立，整練中有蒼渾之氣，稿中所罕見者。

181	王世懋	天子一位六節	以五節對一節，妥貼排纂，或合或分，或鈎連或總斷，動中竅要，法律之細，氣息之古，與歸震川一節文畧同。
182	歸有光	天子一位一節	其議論則引星辰而上也，其氣勢則決江河而下也，其本根則稽經而諏史也，故自有歸震川之文，制義一術可以百世不湮。
183	陳棟	詩曰天生烝民一節	清真流暢，堆疊處能運以圓逸，而非後此機趣之文可同日語者，學之粹也。（原評）
184	歸有光	詩曰天生烝民一節	舉孔子以折服諸子，不是單引詩詞，故歸重孔子贊與詩同詞，故但直出詩詞而重發下文，此先輩相題最精處。文之渾雄雅健，在稿中亦為上乘。（原評）
185	唐順之	牛山之木嘗美矣二節	依題立格，裁對處融鍊自然，有行雲流水之趣，乃知板活不在製局，第於筆下分生死耳。
186	唐龍	物交物二句	前刷交字、後寫引字，皆由輕而重，由淺而深，入理周密，立言次第。
187	歸有光	堯舜之道二句	堯舜之道與孝弟交關處，探源傾液，而出之樸實醇厚、光輝日新。
188	歸有光	宋牼將之楚一章	此自來選家所推為至極之作，其清醇淡宕之致自不可及，但必以此為稿中最上文字，則尚未見作者深處也。
189	茅坤	無曲防三句	典碩中具疎宕之致，故爾超然越俗。
190	錢有威	所以動心忍性二句	義理精醇，詞語刻露，講增益不能即從動忍勘出，尤見相題真切，惟後半精力少懈。
191	歸有光	有安社稷臣者一節	從悅字生意，易見巧雋，此文止將社稷臣志事規模切實發揮，不呫呫於悅字，而精神自然刻露，與所謂大臣篇同一寫照，而氣象又別。觀杜詩可知其志節慷慨，觀震川文可知其心術端愨，故曰即末以操其本，可八九得也。
192	唐順之	子莫執中一節	止將題所應有義意一一搜抉而出之，未嘗務為高奇，而人自不能比並，古文老境也。
193	歸有光	君子之於物也一節	上截於分劃處見輕重權衡，下截於聯遞處見施行次第，各還分際，確實圓融。文之疏達者不能遒厚，矜重者不能優閒，惟作者兼而有之。
194	唐順之	盡信書一章	題本前斷後案，文亦先整後疎，筆力圓勁，神似歐蘇論辨。
195	瞿景淳	口之於味也一章	和平朗暢，不溢不虧，文章有到恰好地位者，此類是也。

196	胡定	逃墨必歸於楊一章	以比偶爲單行，以古體爲今製，唯嘉靖時有之，實制藝之極盛也，此文渾浩中，又極細入生動，故爲絕唱。（原評） 程子謂：當時新法亦是吾輩激成之文，本此立論，窮極追放豚之流弊，與註意不相背而相足也。至章法之入古，則原批盡之。
197	唐順之	可以言而不言二句	此荊川居吏部時筆，縱橫奇宕，大類韓非子。（原評） 抉摘餂者隱曲，纖毫無遁，指事類情，盡其變態而止，管荀推究事理之文亦如是，但氣象較寬平耳。
198	胡定	惡佞恐其亂義也二句	義是義，信是信，佞是佞，利口是利口，一字不可移易，題難在分別四項，如此畫然可據，非先輩不能。（原評）
隆　萬			
202	黃洪憲	身修而后家齊　合下節（大學）	上下照應之法至此乃精，嘉靖以前未有也，然皆於實理發揮，自然聯貫，是謂大雅。後人徒求之詞句間則陋矣。
203	胡友信	康誥曰克明德一章	芟繁去蕪，獨存質幹。
204	顧允成	是以君子有絜矩之道也忠信以得之	題緒雖繁，無一節可脫畧，文能馭繁以簡，毫髮不遺，而出以自然，由其理得而氣清也。
205	方應祥	詩云節彼南山二節	前節逗後節，後節抱前節，局法甚緊，古氣鬱盤。（原評） 以上節之愼不愼爲下節得失之因，一正一反，意脈相承，師尹一層納入有國者中，一氣運化，更不費手。
206	黃洪憲	見賢而不能舉一節	寬博渾厚，愷切周詳，有文貞宣公諸名人奏疏氣味。
207	鄧以讚	生財有大道一節	前輩傳喻二作皆似以恒足爲足國，以上文有財有用，下文府庫財觀之或然也。程文劃分足國足民，義理尤備，此則渾然兩足以包之。（原評） 肖題立格，依註作疏，氣體高閎，肌理縝密，前代會元諸墨，當以此爲正軌。
208	黃洪憲	生財有大道一節	講首末二句周密老成，通篇筆力亦勁。
209	陶望齡	孟獻子曰一節	獻子言與引獻子言俱重，戒聚斂臣耳。文會意合，發打成一片沉渾嚴緊，力引千鈞；若敘過引言，另起此謂，局便散矣。要知爭關奪隘俱在前半，後只收束完密。（原評）

210	胡友信	小人之使爲國家四句	精神一氣貫注，直如鑄鐵所成，筆力之高遠出尋常。（原評） 固是一氣鑄成，仍具渾灝流轉之勢，故局斂而氣自開拓。
212	馮夢禎	其爲人也孝弟一章（論語）	犯上作亂是不仁之極，對下節爲仁看，原是一反一正之局，文從此得解，故脈絡周環，通篇止如一句。隆萬間作者專主氣脈貫通，每用倒提總挈之法，於語氣究難脗合，如此篇理得氣順，清徹無翳，仍不失一直說下語氣，故爲難得。
213	孫鑛	子張問十世一章	筆力古勁，章法渾成，作者文當以此篇爲最。
214	趙南星	非其鬼而祭之諂也	周道衰微，人事之僭逆多矣，而見於春秋內外傳，祭非其鬼者，自魯人祀鍾巫、立煬宮而外無有也；孔子忽爲是言，蓋目擊三桓諂事齊晉，強臣以弱其君，而季氏旅泰山、立煬宮，復用邪媚求助於鬼神，以懷逐君之罪；此文驟觀之似於題外別生枝節，然實是聖人意中語，不可不知。
215	張以誠	賜也爾愛其羊一節	說因羊以存禮，尚多一層；推原即羊即禮，更覺親切有味，用意深微，脫盡此題膚語。
216	胡友信	臣事君以忠一句	只體味盡己以洗發忠字，便親切入理，無血性粗浮語矣；乍讀見其怒生湧出來不可禦，尋其所以措詞命意，則有序而不紊，非攢簇附益以成之也。（原評） 惟其理眞，是以一氣直達，堅凝如鑄。
217	馮夢禎	管仲之器小哉一章	雖不及商作之簡質，而於管仲則具見其表裡，故下語銖兩悉稱，觀此可悟名作在前別開門徑之法。
218	湯顯祖	我未見好仁者一章	無事鉤章棘句，而題之層折神氣畢出，其文情開逸，顧盼作態，固作者所擅場。
219	胡友信	參乎吾道一以貫之一章	朱子此章語類云：天地生萬物，一物內各有一天地之心；聖人應萬事，一事內各有一聖人之心。是最精之語，此文後比得之。（原評） 清機灑脫，使閱者心目一開。
220	吳化	事君數一節	股法縱橫奇變，其間雜用短句，伸縮進退無不如意，此等筆法從古文得來。（原評） 實疏辱疎，文曲而體直，所謂以正爲奇。
221	董其昌	子使漆雕開仕一節	切近的實，發此題未發之蒙。夫子使仕開曰：「吾斯之未能信」，註：「斯」指此理而言，明是仕之理，本無可疑。程子已見大意，謝氏不安小成，則又於開未信處，推原其蘊如此。後人因當日未嘗明指出大意謂何、小成謂何，妄謂妙在不直說破。其於斯字之旨，竟似禪語機鋒矣！文能實實指出却即在人人共讀《四

			書》中，何等直捷顯易！評者乃謂「理即性」也，斯字不可專指仕言，不知聖賢之學體用一原，豈仕之理外又別有性之理耶？詖辭害義，迷惑後生，不可不辨。
222	歸子慕	晏平仲善與人交一節	文之愈遠而彌存者，其所發明皆人情物理之極，而爲他人所不能道，此文佳處須以是觀之。
223	黃洪憲	季文子三思而後行一節	實處發義，虛處傳神，章法極精，筆陣亦古。
224	周宗建	中人以上一節	中人以上，兼資稟學力說，看顏曾二子便見，顏子天分高，無言不說，語之不惰，固是語上；曾子質魯，真積日久，後來卒傳一貫。又端木子亦以穎悟稱，然其言：文章可聞，性道不可聞，則前此僅得聞文章，到得多學而識後，乃語性道也。篇中根據極確，後半更無意不到。
225	董其昌	知者樂水一節	左縈右拂，官止神行，內堅栗而外圓潤，凡虛實分合、斷續之法，無不備矣。處處歸重動靜，仍於題位毫無陵亂。
226	歸子慕	公西華曰正唯弟子不能學也	公西華非備嘗甘苦不能爲此言，作者體認眞切，故語淡而意深，如脫於古賢之口。
227	錢岱	民可使由之一節	淡而旨，淺而深，寥寥數言，題之上下四旁皆足。就白文清轉，字字快足，心目俱愜，亦短章僅見之作。
228	方應祥	邦有道貧且賤焉恥也	可恥處俱從有道，政治與儒者身分勘出，故吐屬高遠，迴出眾人意想之外。
229	王衡	禹吾無間然矣一節	豐約中度，不以雕琢傷氣，不以秀潤掩骨。作者一字訣曰：緊。此尤其造極之作！朱子於此章尚有至大至精之義，惜未能發明，而於人所共知，則已得其體要。
230	歸子慕	四十五十而無聞焉二句	情眞語切，足令人怠心惰氣悚然而振。
231	方應祥	朋友之饋一節	題雖重不拜車馬，然不曰朋友之饋，雖車馬不拜而必插非祭肉三字在內，正須借此生波，文前後夾寫，深得題句之妙。（原評）
234	鄧以讚	先進於禮樂一章	矩度不失尺寸，氣味深恬，囂張盡釋，以中字作眼尤有歸宿，與程文先透質字，同是精神結聚處。（原評）
235	鄒德溥	非禮勿視四句	清切簡質，隆萬中說理文字，難得如此明淨者。
236	郭正域	樊遲問仁一章	因首節仁知分舉，故開出未達以下半章；若將合一之理預透在先，則下文俱成贅語矣！循次合節，疏通開解，猶有先民之遺。

237	鄧以讚	禮樂不興二句	禮樂刑罰交關處，洞澈原委，剖析精詳，其理則融會六經，其氣則浸淫史漢，其法則無所不備也。
238	黃洪憲	君子和而不同	於和同互異處確有指歸，君子心事學術全身寫出，文亦純粹無疵。
239	陶望齡	子問公叔文子一章	點化題面手法靈絕，更有峭勁之氣遊盪行間。
240	孫愼行	公叔文子之臣大夫僎一節	古文之妙全在提筆折筆：提筆得勢，則波瀾層疊；折筆有情，則文勢蓄聚。試於此等文參之。（原評） 文以神韻別雅俗，不必有驚邁之思，而溶漾紆餘，自覺邈然絕俗。
241	劉一焜	人無遠慮一節	一氣披靡而下，題竅盡解，其古淡磅礡處大類歸震川。（原評） 出語皆掐胸擢胃，可為肥皮厚肉之藥石。
242	王堯封	吾之於人也一章	空明澹宕，清深而味有餘，粉澤為工者，當用此以滌濯之。
243	馬愨	吾之於人也一章	遒古而波折自曲，簡練而規模自宏。（原評）
244	顧天埈	吾猶及史之闕文也二句	正嘉先輩皆以義理精實為宗，蔑以加矣，故隆萬能手復以神韻清微取勝，其含毫邈然，固足以滲入心腑。
245	吳默	知及之一章	立義雖本朱子語，但聖人於虛實本末之序，層次推究，語意渾然。獨拈仁字聯貫前後，乃時文家小數，機法雖熟，體卑而氣索矣。然其經營之周密、局度之渾融，固非淺學所能卒辦。
246	胡友信	天下有道一章	氣清法老，古意盎然，幾可繼唐歸之武；所不能似者，唐歸出之若不經意耳。
247	趙南星	齊景公有馬千駟一節	乍視之怪怪奇奇，反復諷誦，其立局措語，無一非題中神理。歐陽五代史論贊深得史遷神髓，斯文其接武者歟！
248	趙南星	鄙夫可與事君也與哉一章	鄙夫不必將曹操、李林甫、秦檜來形，止如甄豐、王舜、劉秀、馮道輩耳，此等人不過患失，既而擁戴篡弒，皆自庸陋卑污始，此作最肖。（原評） 春秋以前，強臣專政者有之，鄙夫橫恣者尚少；秦漢以下，乃有禍人家國者。聖人知周萬物，早洞悉其情狀。作者生有明之季，撫心蒿目，故言之如是其深痛也。
249	方應祥	唯女子與小人為難養也一節	直從大學修身齊家，及周官內宰至女史等職，看出聖賢刑于之本、治內之要，方與夫子立言意旨有合，是湛深經術之文。（原評） 義蘊深闊，匡劉說經之遺，盡滌此題陳語。

250	歸子慕	直道而事人四句	股法極變化，情詞極婉轉，後來佳作皆不能出其右。
251	石有恆	周公謂魯公曰一節	訓詁體，連用莊語而不覺其板，由氣骨之高。（原評）研練格調，雅與題稱，凡摹古之文易入贗體，可以此作正之。
252	顧允成	舜亦以命禹	題位甚虛，但於虛處著筆，則易入浮滑一路，文獨確疏實義，而虛神更爲醒露。石崑玉作以法勝，此以理勝也。
253	陶望齡	君子無眾寡一段	扶題之堅，理精詞卓，其中有物，故簡而彌足。
254	胡友信	天地位焉二句（中庸）	布局宏闊，理足氣充，在稿中爲極近時作，然實非淺學所易造也。
255	胡友信	及其至也二句	精理不窮，卻止是結上文語。此章固是說道體，須知是從體道之君子心目中看出，惟此文得解。
256	方大美	鬼神之爲德一節	經子之奧旨、儒先之精言皆具，其中尤難者，實發德之盛而不犯下文。
257	萬國欽	舜其大孝也與一章	全用漢人筆意，直將題目作本傳，而以文爲之論贊，遂於制義常格之外，得此奇觀。（原評）章法之轉運，氣脈之灌輸，如子美七言古詩，開闔斷續、奇變無方，而使讀者口順心怡，莫識其經營之迹。
258	吳默	故大德二節	曲折卷舒，筆力矯健。自萬歷己丑，陶石簣以奇矯得元，而壬辰踵之，遂以陵駕之習首咎因之，其實文章之變隨人心而日開，於順題成局相沿已久之後，變而低昂其勢、疾徐其節，亦何不可信？能以經傳之理爲主，順逆正變，期於恰適肖題，乃爲變而不失其正。至於任意武斷，槼用倒提，故爲串插於題，則有字而無理於文，則有巧而無氣，纖佻譎詭，邪態百出，亦不得盡以爲創始者之過也。（原評）
259	湯顯祖	父爲大夫八句	盡用孫百川原文，獨補出諸侯、庶人二義，遂據百川之上矣。可知絕好文意，只在本章白文中也。（原評）太史公增損戰國策，有高出於本文者，非才氣能勝，以用心之細也。此文之過於孫作亦然。
260	胡友信	郊社之禮一節	不假鋪張而典制詳核，無事鉤深而義理明著，所以淡而愈旨，約而彌該者，由其精氣入而粗穢除也。
261	張魯唯	動則變變則化	動變化相因處，變與化辨別處，一一疏得明確。
262	黃汝亨	動乎四體	賢智愚不肖，皆有猝然之動，方是機兆之萌。神行官從，志壹氣隨，於所以動之理，實能見得，故言簡義精。後雖有陳大士作，不能相掩。

263	顧憲成	誠者自成也一章	此章言人道自當以誠之爲貴句爲主，前原其始，後竟其用，文能宛轉關生，無所不入。（原評） 理路極清，文境極熟，故運重如輕，舉難若易，節拍間自有水到渠成之妙。
264	張以誠	愚而好自用一章	將不倍緊貼修凝君子，而以孔子爲之指歸，胸中有此主張，所以因題制勝，一字不遺，一筆不亂，雄奇渾灝之氣勃勃紙上。（原評）
265	胡友信	雖有其位一節	體大思精，理眞法老，而古文疎宕之氣、先正清深之韻，不可復見矣。作者所以不及歸唐，以此。
266	胡友信	是故君子篤恭而天下平	摹篤恭深至，摹天下平神奇。（原評） 刻摯之思，雄古之氣，非獨入理深厚，并與題之形貌亦稱。
269	王士驌	交鄰國有道乎一章（孟子）	挈起題中要領，六轡在手，範我馳驅，自然應節合度，原評所謂熟極生新者也。
270	顧憲成	惟仁者爲能以小事大二段	極平淡中，清越疎古之氣，足以愜人心目，非涵養深厚，志氣和平，不能一時得此。
271	湯顯祖	故太王事獯鬻二句	此先輩極風華文字，然字字精確，無一字無來歷，而氣又足以運之，以藻麗爲工者，宜用此爲標準。
272	鄒德溥	先王無流連之樂二節	順逆疾徐應節合度，不必言法而法無不備，其氣息醇古，平淡中有極腴之味。
273	湯顯祖	左右皆曰賢未可也	句句是左右，句句是左右分上之未可，用意深穩而局陣層層變換，如神龍在空，噓氣成雲，後來奇縱之作皆爲籠罩。（原評）
274	沈演	東面而征西夷怨 霓也	下筆疎秀，眼前意思，說來卻娓娓動人。
275	湯顯祖	昔者大王居邠 去之岐山之下居焉	一丘一壑，自涵幽趣，令人徘徊而不能去；其鎔冶經籍，運以雋思，使三句題情上下渾成一片，尤極經營苦心。
276	黃洪憲	邠人曰四句	情眞理眞景眞，併聲音笑貌無一不眞，故能令人諷誦不厭。
277	葛寅亮	饑者易爲食 猶解倒懸也	題凡三喻，首尾是易於見德之時，中間是德本易行，文以兩頭作主，運化中間，備極脫卸之妙。（原評） 以題之脈絡爲文之起伏，頓岩界劃極清，氣勢亦復沛然。

278	潘士藻	告子曰不得於言 無暴其氣	此文高處，一在替告子重提心字，得旁門宗旨，若太淺視之則不得要領，而無所施吾摧陷之鋒矣；一在於不得於心勿求於氣內，便看出持其志三字，蓋不得於心則便強制其心，是亦告子之持志也。又如言與氣皆非心外物，敬義交修等語於名理皆造其巔。（原評）
279	陶望齡	告子曰不得於言 無暴其氣	夫志六句，止辨勿求於氣之失，至勿求於心，不待言矣。理解既徹，故就題成文，方圓自合。（原評）
280	沈演	必有事焉 勿助長也	明淨無疵，於題之神理節次，自然脗合。
281	張榜	孟子之平陸一章	出沒靈變，深得國策神妙。
282	陶望齡	民事不可緩也三節	打疊一片，處處緊密而勢寬氣沛，故爲難及。
283	林齊聖	設爲庠序學校以教之九節	以井田作主，綰合上下。前三節正幾筆敘過，卻於末節一一回抱，章法最爲靈變。其迴環映帶，已大近時趨，存之以誌古法之變。
284	顧憲成	舉舜而敷治焉合下二節	題甚繁瑣，忙忙點次猶恐不暇，看其運筆之法，全在題外游衍，有意無意，自然入妙。（原評）
285	張棟	舉舜而敷治焉合下二節	此又獨重舉舜一句，可觀先輩立局之變化。（原評）題首是舉舜起益、禹諸人，亦從舉舜而得除害興利，前後起伏，歸入敷治，可謂能扼其吭矣。
286	姚希孟	有攸不爲臣東征	義正辭嚴，摘發盡致，但覺光燄萬丈，長留宇宙間。
287	湯顯祖	其君子實玄黃於匪四句	局勢通博，一句一字，窮極工巧，感慨反覆，意味悠然。或疑相迎已見上文，本題語勢直趨末二句，只當凌空複衍，此作微似犯實，然篇中句句皆發商人望救之情，未嘗侵下救民正位也。（原評）
288	趙南星	脅肩諂笑二句	猥瑣之情，以峻厲之氣摘發之，足令人愧恥之心勃然而生。
289	胡友信	洚水者 禹掘地而注之海	洪字作鴻濛解，方與洚字有別，得釋書體。上下兩截一氣呼吸，義法自然關生。彼以弔挽字面爲聯合者，固俗格也。
290	馮夢禎	我亦欲正人心一節	信筆直書，不加刻琢，而清明之氣流溢行間。
291	蘇濬	我亦欲正人心一節	呼吸排盪，直如天風海濤，眞雄才也。（原評）專發承三聖意，最得本文語氣，愉悅自得之致不及元作，雄直勁利之氣則又過之，可謂各據勝場。

292	方應祥	夫蚓一節	只因與蚓比較，所以直窮到居食之所築、所樹，非論廉者必當求之於此也。文處處覰定此指，用筆之清辯奇快，使人心開目爽。
295	湯顯祖	民之歸仁也二節	雖用巧法，然大雅天成而不傷於纖佻，由其書卷味深而筆姿天授也。
296	徐日久	象日以殺舜為事一章	題中義蘊無不醒豁，更能於題外尋出波瀾，以鼓盪題情，是謂妙遠不測。
297	顧天埈	伊尹相湯以王於天下一節	天生尹以為太甲，放桐歸亳，總是成就繼世，擒定此意，脫手能穿七札。（原評） 義法亦人所共知，而敘來嶔崎磊落，非胸無書卷人所能彷彿。
298	田一儁	吾豈若使是君為堯舜之君哉合下節	於幡然時懷抱，體會真切，故能得心應手，機關開闔，有雲起風行之態。
299	陶望齡	聖人之行不同也合下節	鍊局甚緊，運題甚活，全於入脈處、過渡處、結束處著精神。
300	董其昌	聖人之行不同也合下節	綰結自然，起伏迴應，融化無迹，惟入手處不及元作之渾成耳。
301	徐日久	周室班爵祿也一章	題外一字不添設，題中一字不漏落，繁者簡之，散者整之，力大如身，心細如髮，真長題老手。歸重天子，分爵祿為兩扇，而故錯綜之，消納剪裁，用意極細，而行以渾古疎宕之氣，尤不易及。
302	顧憲成	敢問交際何心也一章	因題成文，不立間架，而題之膚理曲折，無不操縱入化，所謂氣盛則言之短長與聲之高下皆宜者。
303	許獬	敢問交際何心也一章	不於題外自立一意，不於題中提重一句，只將題面牽搭說去，自成一片文字，若績麻之法，根根相續，更不另起一頭者，比之立一意重一句者更難也。（原評） 所惡於鍾斗之文者，以其老鍊而近俗也，此篇則氣頗清真，平淡中自有變化，特錄之以示論文宜有灼見，不可偏執一端。
304	鄒德溥	孔子有見行可之仕三句	三股蟬聯而下，清虛夷猶，婉轉可味。
305	郝敬	仕非為貧也一章	自首至尾渾然一片，題之節次俱融，理解更晰，其營度可謂盡善。
306	魏大中	生之謂性一章	生之謂性，未嘗不是，但當辨人物之生所以不同處，前幅融會程子之言，及朱子圈外註意，極為明快。文之清澈廉勁，如刀割塗，可謂生氣見於筆端。

307	郝敬	乃若其情四節	不但文章鎔成一片，讀之竟似題目亦止有一句二句者，及細按書之脈絡、文之層次，又絲毫不亂，淘熟極生巧之候。
308	顧憲成	盡其心者一節	於心性天三字分合處，看得劃然，便能於者也則矣四字關生處，寫得宛然，此題僅見文字。（原評） 嘉隆渾重體質至此一變，而清瑩空明，毫無障礙，可為腐滯之藥。
309	李繼貞	無欲其所不欲	同是羞惡之心，卻須切不欲，才不混上句，貪昧隱忍二義親切，後幅筆意更為豫章諸家開先。
310	歸子慕	無政事則財用不足	上溯周官之法制，下極漢唐之末流，窮盡事理，恰與題之竅卻相入，兼成化至嘉靖作者之能事而有之。
311	胡友信	聖人之於天道也	股法次第相承，虛實相生，題理盡而文事亦畢，稿中極樸老之作。
312	李維楨	有布縷之征緩其二	詞語雖尚琢鍊，而氣體自與俗殊，以言外尚有書卷之味也。
313	左光斗	人皆有所不忍　仁也	孟子示人，只就當下指點，令人豁然有警發處，此篇恰與本文相似，良由仁義根心，故直達胸中所欲言，而與聖賢之詞氣自比附也。
314	董其昌	由孔子而來一節	提起見知，幹入時地，題前數語極有精采，中後循次頓折，亦興往而情來。
啟　禎			
317	陳際泰	欲齊其家者二句（大學）	詞旨明達，體質純茂，又變其平日縱橫跌宕，而一歸於經術。
319	陳際泰	欲正其心者四句	心意知相關處，皆實得於心，故言皆真切，而靈雋之筆復能曲折盡意，雖兩股之末微侵而后語意，然不可以議大家闡發義理之文。
320	楊以任	為人臣止於敬其一	不涉一淺近鄙陋之語，以簡鍊見其矜貴，可謂鏗鏘振金玉。（原評） 臣罪當誅、天王聖明二語，程朱皆不以為然，而借以詁此題，則義亦可通，且措語亦尚有斟酌。
321	楊以任	為人臣止於敬其二	於文明柔順之旨能探其蘊而發其光，靜穆深微，亦復鏗鏘雅練，與首作皆不可棄。
322	金聲	十目所視二節	上節註中言善惡之不可揜如此，是言獨之可畏，亦猶中庸之言莫見莫顯，非狀小人揜著時自苦情形也，文誤以嚴字專屬小人，與下節潤字相對，理解隔碍處在此，行文一片處亦在此。筆致超脫，氣骨雄偉，頗足振起凡庸。

323	黃淳耀	所謂齊其家一章	兩節皆身不修，下節乃證上語，而家之不齊意在言外。蔡虛齋、林次崖兩先生之說甚明。（自記） 理確氣清，中二比可以覺寤昏迷，警發聾瞶。
324	陳際泰	所藏乎身不恕三句	每字必析兩義，氣清筆銳，篇法渾成。
325	熊開元	詩云樂只君子一節	曉暢如家常語，兩義相承，淺深轉接，理法兼到。
327	黃淳耀	詩云節彼南山二節	沉雄激宕，已造歐蘇大家之堂，而嚌其胾，及按其脉縷，則兩節上下照管之細密，亦無以加焉，特變現於古文局陣，而使人不覺耳。
328	黃淳耀	秦誓曰四節	四節成一片，多直道當時事，輝光明白，行墨間挾忠義貫日月之氣。（原評）
329	金聲	爲之者疾二句	洞悉民情，通達國體，其義爲人所未發之義，其言爲世所不可少之言。
331-2	陳際泰	學而時習之一節（論語）	久漸兩義，正聖賢勿忘勿助實地工夫，即吾十有五章註中所謂：當優游涵泳不可躐等而進，日就月將不可半途而廢也。（原評） 凡文之暴見於世，愈久而不湮者，必前未有比，後可爲法，理題前此多直用先儒語以詁之，至陳章輩出，乃捃取羣言，自出精意，與相發明，故能高步一時，到今終莫之踰。
333	章世純	孝弟也者二句	本眼前人人所知見之理，一經指出，遂爲不朽之文，其筆之廉銳，皆由浸潤於周秦古書得之。
334	金聲	節用而愛人	經世綜物深切著明，其中包孕幾多載籍，而性質之沉毅，亦流露於筆墨之外。
335	金聲	夫子溫良恭儉讓以得之	此題語意本一氣渾成，不但分疏有乖理體，即實發亦少精神，此文止從邦君心目中虛擬白描，乃相題有識處。
336	陳際泰	因不失其親二句	從因字著筆，一切交道陳言俱出其下矣。昔人云：發人所未嘗言之理，則可謂之新；匪眾人思慮之所及，則可謂之奇。中二股眞得其意也，所謂新奇，要只在極平正處，但人自說不到耳。（原評）
337	金聲	未若貧而樂二句	於人情物理洞徹隱微，故語皆直透中堅。
338-9	羅萬藻	道之以德一節	朱子云：將義理去澆灌胸腹，漸漸盪滌去許多淺近鄙陋之見，方會識見高明。觀此等文，當求其平時澆灌盪滌功夫，自然能長一格。（原評） 溫醇得于書味，靜細出于心源，如此講德禮恥格，始無世俗語言。評家云：文貴峻潔，然不能流轉變化，則氣脈不長，作者文多直致無迴曲，所以不及金陳，學者不可不知。

340	陳際泰	言寡尤三句	約而達，微而臧，筆妙不待言，命意之高，非俗儒懷抱中所有。
341	羅萬藻	臨之以莊則敬三句	骨采堅秀，油然經籍之光，義與詞皆粹美無疵。作者之文，才不逮意，故視其文了無可悅，然義不苟立，詞不苟設，學者當求其漚涑淳沃之功。
342	陳際泰	書云孝乎一節	大處立意，而題面義理細曲處，無不該貫得到，若從瑣碎枝節尋湊合之法，雖綳布成局，不能達也。看此等文字，極長人智力。（原評） 大意既得，雖未能含蓄，言外之情，自不害爲佳搆。
344	黃淳耀	人而無信一節	警痛之論，可使機變者怵心內慙，瞿然自失。時文中有此，亦有補於人心世教。
345	艾南英	子張問十世一章	老幹無枝，亭亭直上。他人滿紙瀾翻，能道得筋脈上一、兩句否？
346	黃淳耀	見義不爲無勇也	較金陳章羅氣質畧粗，而指事類情肝膽呈露，精神自不可磨滅。金黃二家之文，言及世道人心，便能使讀者義理之心勃然而生，是知：言者心之聲，不可以爲僞也。
347-8	金聲	巧笑倩兮一章	隨筆曲折，而波趣因之以生，如夏雲奇峰，頃刻數變，春水縠穀，波紋愈遠。（原評） 胸中別有杼軸，落想多在間隙中，而題之意趣曲盡，在作者亦似動於天機，而不知其所以然。
349	夏允彝	夏禮吾能言之一節	前幅實發所以能言之故，最爲有識，通體寬博雅贍，雖語尚文藻，而皆有義意以爲質幹，故不可廢。
350	金聲	射不主皮一節	不主皮三字語意本自渾圓，他作重發詘力尙德意，不但於不主皮三字神理未足，不同科亦說似天下皆無力人矣。惟此輕重得宜，文氣亦復遒勁。（原評）
351	陳際泰	射不主皮一節	立論與正旨稍別，文極凝鍊有精色。
352	陳際泰	賜也爾愛其羊一節	中二比於實理虛神推闡曲盡，卻只是註中「猶得以識之而可復焉」之意，可知文人無筆，雖有穎思亦不能達也。
353	楊以任	君使臣以禮二句	好逞其駁雜，陳言安得不多？作者獨主於謹潔，理雖未極，已能於眾中傑出也。（原評）
354	陳際泰	關雎樂而不淫一節	國之氣運，國之德教，方見文王德化，自身及遠，不然止於讚嘆詩人耳，於文王何與？人皆知乎學問，而心各返於性情，方是文王之德，與詩序專言后妃之德者，識見遠勝之矣。（原評） 作者於儒先解說，皆覺不安於心，又不敢自異於朱註，故止言此詩得性情之正，而一切不敢實疏。但不淫不傷，竟未點出，頗爲疎略，而文特高，古義亦醇正。

355-6	陳子龍	子語魯太師樂曰一節	夫子所言翕如、純如、皦如，不但古樂有此音節，即末世俗樂，亦斷不能出此。此所以謂可知也。古樂之亡，亡於器數，其聲音之理終不亡，所見甚的，文情洋溢，具風人之致。（原評） 審聲知音，審音知樂，是可知本旨，作者因唐宋以來，諸儒考校律管中聲異同紛互，故兼器數言之，而斷以器數亡而音不亡二語，洵不刊之論，而於聖人語太師本旨，亦未見有閡，故可卓然名世。
357	錢禧	惟仁者能好人能惡人	從仁字發出能好能惡，又將能好能惡攝入仁字內。理解真切，詞亦警湛相稱。
360	楊以任	富與貴一章	打疊題理歸於一線，承接變換無跡可尋，極鎔冶之妙。此章工夫一層深一層，首節為初入手大端，終食不違則無時非仁，造次顛沛則又無處而非仁也。註云：存養之功密則其取舍之分益明，蓋言至此，則審富貴、安貧賤之粗節，愈不足道矣，非以取舍之分明為細密工夫也。文粘定首節立論，而於造次二句，更似說成借此以破卻富貴貧賤之見者，於題理未能逐一分曉。
361-2	章世純	君子無終食之間違仁	啓未發之覆，達難顯之情，他人即能了然於心、布於紙墨，亦不能如此晶明堅確也。章大力造極之文，頗有陳大士所不能到者，惜不多得耳。
363	羅萬藻	君子無終食之間違仁	此為存養而言，若作自然不違，則非矣。此文就功夫上說，方於必於是相照，極有體認文字。（原評） 探微抉奧而出之以明快，此作者文之近於陳章者。
364	陳際泰	事君數一節	只取虛神，不事馳騁，妙能避熟。（原評） 於人情淺近處指點，立義不深而意味悠長，良由筆妙。
365	吳韓起	弗如也一節	筆筆生動，其刻入題理處，頗似正希。（原評） 中二股意極淺近，拈出遂成妙緒，可見名理自在人耳目間，正不必鉤深致遠，始足矜奇也。
366	羅萬藻	子路有聞一節	原為未之能行作十分鞭辟耳，婉曲頓挫，不極言盡態，而致趣愈遠。
367	金聲	子路有聞一節	人多於末句著力，此偏從上二句理會出神情。（原評） 前輩文之屬對，取其詞理相稱，特具開合淺深，流水法而已。惟作者屬對參差離奇，或前屈後直，或此縮彼伸，每於人轉折不能達處，鉤出精意，不獨義理完足，即一二虛字不同處，亦具有深趣，不可更移。此等境界，實前人所未闢。
368	艾南英	其愚不可及也	清真明快，題無不盡之義。

369-70	劉侗	其愚不可及也	武子之愚，只是但知有君不知有身，并不知有成敗利鈍，竭力致死無有二心，其後晉怒，解成公歸，其初實未嘗計及此也。向使君臣同盡，亦其所心安理得，畧無梗避者。故曰：其愚不可及。若但以全君於難立論，則曹之侯獳固得而及之矣，文獨無一語不切。（原評） 筆勢軒昂，鋒穎甚銳，原文稍有散緩處，此從舊本刪截。
371	徐方廣	子謂仲弓曰一節	於勿用處反覆追感，而不舍句神情愈透，靈心雋骨，翛然塵表。原評云：出沒無端，賓主有法。
372	金聲	季康子問仲由一節	語與興驪，淋漓滿紙，後二股，一在可使二字著筆，一在何有二字著筆，雅善貼題。（原評）
373	陳際泰	季康子問仲由一節	借題以攄胸中之鬱積，橫空而來，煙波層疊。金作之蒼涼悲壯，此文之縱橫靈異，足以相抗。
374	徐方廣	齊一變一節	以魯救齊，以道還魯，即是變之之法，程子所謂：因其言以考之，則施爲之序。略可見者確是如此，可謂老眼無花。（原評） 黃作議論閎暢，此文清微淡遠，於變齊變魯處，較黃尤爲周密。
375	黃淳耀	齊一變一節	於兩國源流本末洞悉無遺，而讀書論世之識復能斟酌而得其平，故語皆鑿然可據。評家云：何以變齊？君君臣臣父父子子是也；何以變魯？人存政舉是也。惜於此旨未能暢發。
376	陳際泰	自行束脩以上一節	專發下句，是誨人不倦題文也，於上句寫得有情，乃不可刊置別處。（原評） 原評深得此文用意處，或有譏其沾沾於束脩，著論非獨疏於文律，豈亦未覩所以云之意耶？
377	沈宸荃	子釣而不綱一節	直拈仁字，則無筆著一點二氏氣，更不可嚮邇矣，破除俗說，標新領異，詞高者以言妙爲工，作者有之。（原評） 題蘊甚淺，不可強作深微，語斟酌得宜，不獨雅辭可誦。
378	吳韓起	奢則不孫一節	奢儉只是未能得禮之中，推到不孫與固，而流弊大矣。故此處與其寧字商量，註中著箇不得已也，步步推上一層，立論極當，但詞氣近於濃縟，不可不辨。
379	陳際泰	動容貌斯遠暴慢矣	語約義深，非儉於書卷者所能道。
380	夏思	舜有臣五人而天下治一章	泛然以才德分兩截，猶有搏挽之迹，拈出用才之人，則脈絡本通，筆段亦近古。

381	金聲	今也純儉吾從眾	意中有下一節，不當從者，在處處含蓄，筆意盤旋屈曲，無一直致語。
382	陳際泰	吾有知乎哉一節	循題婉轉，淡語愈永，淺語愈深，風水相遭，淪漪入妙。
383	羅萬藻	歲寒一節	此題易作感慨語，故易之以深微，高韻遠情，超然埃【土盍】之表。
386-7	金聲	德行一節	此文膾炙人口久矣，往者李厚菴嘗謂：中二比義實浮淺，以擬諸賢非倫也。其後膚學增飾其詞，遂謂李氏深惡金、陳之文，以為亂世之音，此篇則無一字是處。不知《史記》之文顯悖於道者多矣，而嗚咽淋漓，至今不廢也。昔賢謂魯論乃曾子、有子門人所記，在二子胸中自無此等擬議，至其門人追記諸賢之在難，而寄以感憤，亦無大悖。此文立義雖粗，然生氣鬱勃，可以滌俗士之鄙情，開初學之思路，故辨而存之，以警道聽塗說者。制科之文，至隆萬之季，真氣索然矣，故金、陳諸家，聚經史之精英，窮事物之情變，而一於四書文發之，義皆心得，言必己出，乃八股中不可不開之洞壑也。邇年不學無識人謬謂得化治規矩，極詆金、陳，蓋由貪常嗜瑣，自忖必不能造此，而漫為狂言，以揜飾其庸陋耳。夫程子《易傳》切中經義者無幾，張子《正蒙》與程、朱之說即多不合，但以持之有故，言之成理，故並垂于世。金、陳之時文，豈有異于是乎？故于兩家之文，指事類情，悲時憫俗，可以感發人心，扶植世教者，苟大意得則署其小疵，并著所以存之之故，使學者無迷於祈嚮焉。
388	金聲	季路問事鬼神一節	中無所見，不得不為詰屈之奇，所以自文也；真實有得之人，探喉而出耳。（原評） 於未能、焉能、未知、焉知道理，一一中的，與唐荊川作，並為造極之文。
389	李愫	有民人焉一節	不能持論，即無異兒童之見，豈復成為佞？此篇乃實有一段精理。（原評） 細膩熨貼，語語皆有含咀，氣體雖不甚高，卻非胸無書籍人可以猝辦。
391	金聲	子貢問政一章	自古豈有足食足兵、民信之朝，而至於不得已，而去兵去食者哉？子貢言其變，而夫子終不以末世苟且之法，窮兵食以去信，亦言其理而已。此文前半正說，後半權說，皆得體要，典貴堅厚又不必言。（原評） 精神理實，融結一氣，舒放中極其嚴整，不可增減一字。此等文當求其根柢濟用與性質光明處，乃立言不朽之根源也。

392	楊以任	子貢問政一章	著意全在民信與後二節，自記云：從來知足食足兵爲經濟，不知去兵去食爲經濟。通首結撰皆本於此，而紀律不及金作之完密。
393-4	楊以任	足食足兵民信之矣	民信之矣急承上句不得，中間更有教化，在此文最爲分明。（原評） 融會經籍，施之各當其宜，如此方謂之騁能而化。
395	陳際泰	君子質而已矣二句	釋氏言之精者，皆竊取之莊列，此又暗用異端宗旨，作墨守也。但問治亂眞僞，都不論是非曲直，其口險巧可畏。（原評）
396	張采	哀公問於有若曰一章	憂國用而反告以行徹，有若意中本有君民一體一段實理也，融會上下，有典有則，雖氣息不甚高古，而體裁極爲閎整。
397	吳堂	百姓足君孰與不足	百姓足切定行徹則孰與不足，自不涉權變那移術數，中二比將足之根原說得深廣周密，孰與不足道理，愈見得正大光明。
398	金聲	子張問士一章	導窾在何哉一問，遂舉質直兩節許多積疊，隨手運掉，無不入化矣。以無厚入有間，乃作者爲文得手處。
399	金聲	夫聞也者一節	循題順詁，逐層逐字鏤刻出精義。相傳同時某人有講色取行違之術，以欺世而得重名者，故言其情狀，語皆刺骨，蓋痛憤所寄，不得已而有言也。
400	金聲	言不順二句	不成處處粘住不順，又不脫不正根源，義蘊閎深，詞語簡淨。
401	陳際泰	事不成二句	光明茂密，一望皆經術之氣。
402	陳際泰	禮樂不興二句	直鑒本原，兼窮流弊，舉要爲言，何須廣引。（原評） 該括古今治術源流，文之精純簡當，作者亦不多有。
403	金聲	既庶矣二節	富教緊從庶富勘出，更無一教養通套語，文境蒼老，通身俱是筋節。
404	陳際泰	定公問一言而可以興邦一章	講機法者不能如其巧密，矜才氣者不能及其橫恣，制藝到此，可謂獨開生面矣。（原評）
405	陳際泰	如知爲君之難也一節	知與興交關處，道得親切有味，危悚有神，領取如字也字不幾乎虛神，又極含蓄醞藉，洵稱合作。（原評） 後二股襯發處，議論悉本左氏內外傳文之靈警澹發，要不能憑虛而造也。
406-7	劉曙	君子哉若人二句	君子與尙德不分疏，深得當日嗟歎語氣，文詞高朗使人心目開爽，中四比若更能義意截然，則更進一格矣。
408	陳子龍	孟公綽一節	從春秋大勢立義，雖似別生枝節，然聖人之言無不包蘊，凡有關世道之論，因題以發之，皆可以開拓後學之心胷也。

409	金聲	見利思義二句	著眼在上何必然，下亦可以一語落紙，將翔將躍，若跧若動，用筆乃爾縱橫如意。（原評） 其慘淡經營處，在通篇體勢懸空不斷，恰好上承下接，而絲毫不連不侵，此運先正之規矩準繩，而神巧過之者也。
410	陳際泰	晉文公譎而不正一節	會萃元人春秋說以爲判斷，筆力峻快雄健，頗類老蘇。
411	黃淳耀	管仲非仁者與一章	此章之義，先儒訖無定論，獨提一時字上下古今，雄情卓識自可不磨。
412	陳際泰	仲叔圉治賓客三句	恰是三人分量，恰是靈公用三人而僅免於喪分量，文境灑脫，抑揚盡致。
413	陳際泰	其言之不怍一節	註云則無必爲之志，是在言時便決其難，不待不爲後也，此文爲得之，通篇更於警切中，具一種深秀之致。（原評）
414	袁彭年	子路問事君一節	說欺與犯，皆切中仲氏隱微深痼之病，不可移置他處，文氣樸勁，一往無前，啓禎文自金陳數家而外，得此甚難。
415	章世純	君子道者三一節	本體外境物交，性定之理，圓映極矣，躲閃處將憂惑懼不分疏，圓映在此，題面未梳櫛亦在此。（原評） 觀前輩應試之文不異於平素，可知其心術之正，而避難就易，亦由當時風氣不復恪守先正矩度也。
416	陳際泰	直哉史魚一章	忽分忽合，倣史遷合傳錯綜之法，而并得其神骨。
419	陳際泰	群居終日一節	晉人清談互相標榜，廢棄禮法，小者災及其身，大則禍延於世。聖言深遠，數百載以後學者流弊包括無遺。作者胸中具有後世事跡，用以闡發題蘊，言簡義閎，蒼然之色、淵然之光，不可逼視。
420	陳子龍	君子疾沒世而名不稱焉	聖人不是教人求名，起手提出在人在我，已透疾字根源，讀至死而無間數語，鞭辟痛快，作者庶幾不負斯言。
421-2	陳子龍	吾猶及史之闕文也一節	感歎今昔，原其從來，極其流弊，以二者爲大事，雖非的義，而風骨超邁，紆餘卓犖，自非襟抱過人、沉酣古籍者不能作。
423	徐方廣	眾惡之一節	如此講必察，方是虛中無我，且見聖賢微細用心處。行文苦思鑱刻，而詞氣渾雅，尤不可及。（原評）
424	張家玉	辭達而已矣	清微敏妙，頗與陳章爲近，後二股精警明辨，實能發人之所未發。
425	錢禧	丘也聞有國有家者一節	不煩經營，而準平繩直，從容安頓，舉止大方。

426	金聲	蓋均無貧三句	曲折變化，無迹可尋，如雲隨風，自然舒卷，細翫其理脉之清、引線之密，又無一不極其至眞化工之筆。（原評）
427	陳際泰	蓋均無貧三句	作此題者，於均安和字而尚費打叠，何暇涵詠蓋字？又何能通篇涵詠蓋字？於此見大士才力之雄。（原評）
428	侯峒曾	天下有道一章	提出大夫爲通章樞紐，前後運旋都成一片，卻全是理勢之自然，非串插家舞文伎倆，故勢峻而節和，雍雍然猶具先民氣體。（原評） 酌當年之世變爲一篇之要領，批卻導窾，縱橫如志。
429-30	徐孚遠	祿之去公室一節	知人論世鑿然有據，蓋自《史記・魯世家》得之，故有正嘉、啓禎名手，推闡經傳之文，則天下不敢目時文爲末技矣。通篇斷制，不入口氣固非體，而精論自屬不磨。
431	金聲	侍於君子有三愆一節	從侍於君子四字翻轉出一番新意，正復題中所應有也，此種最足益人神智。（原評）
432	楊以任	隱居以求其志二句	扼要在求志，二股平淡中精深廣大，道字體用畢該，故後來只須達之而足也。行義兼窮達兩層，義乃完備，作者得肩隨陳章，賴有此等合作。
433	陳際泰	邦君之妻一節	守溪作逐句實疏，周萊峰變調爲之氣息疎暢，此又於所以稱名之義發出精蘊，章法變而整，筆力堅以銳，可謂自開新境。
434	陳際泰	好信不好學二句	中後四股暗用四事立論，是一篇春秋定天下之邪正解。（原評） 熟於古今事故，故隨其所見，迅筆而出，皆足以肖題之情。他人窮探力索，恒患意不稱物，實由讀書未貫串也。
435	陳際泰	好直不好學二句	文足以達難顯之情，絞字分明如畫。
436	金聲	惡紫之奪朱也二句	奪字亂字，逐層披剝，自微而鉅，自下而上，至於世道移人心壞，而惡字踴躍於行間矣。高談闊議，磊落激昂，題中更無可闢之境。
437	徐方廣	女安則爲之一節	思徑清澈，字字入人心脾，可以覺愚砭頑，其筆峭削秀異，於金陳章羅而外，又開出一境，亦可謂能自豎立者。
438	夏允彝	微子去之一章	言三仁而言悟主，言圖存皆迂儒也，此仁字當與求仁得仁同看，總之全其心之不忍而已，彝仲此作，先輩亦未見及此。（原評） 幾社之文多務怪奇，矜藻思用，此爲西江所詆排，惟陳夏二稿，時有清苦雄直、永不刊滅之作，良由至性所鬱，精光不能自掩。

439	徐方廣	直道而事人四句	以幽雋之筆寫和易之致，聲音色貌無不曲肖。題雖直道、枉道並列，實則道可直不可枉，只答或人以不必去耳，前二句重發，後二句輕還，尤爲斟酌得宜。
440	凌義渠	直道而事人四句	風神婉妙，似正似諧，和處亦見，介處亦見。（原評）詩人之優柔、騷人之清深兼而有之，合之歸徐二作，可稱三絕。
441	譚元春	且而與其從辟人之士也而誰與	作者論詩惟取靈雋，雖異俗徑，而家數則小，其所爲文亦然。原評謂其不能持論，雖窮工極巧，往往入於僻陋；不由康莊，必入鼠穴，學之者不可不愼，其說最爲知要。
442	陳子龍	長幼之節四句	意無殊絕，頓宕雍容，前後迴抱數虛字，神情俱出。
443	陳際泰	故舊無大故二句	說來曲折，尋之意味深長。元子啓宇豈即有祖宗？披墾草萊之人即徵逐里巷，亦非當日情事，然其波瀾自佳。（原評）
444	金聲	君子信而後勞其民	步步從勞字逆追出信字，理勢曲盡，情亦感人。（原評）而後二字，順寫則易平易直，逆追則愈曲愈深，健筆盤空，尤當玩其細意熨貼處。
445	陳際泰	上失其道四句	此題來脈甚大，而結束甚小，作者一下筆便已覷破，篇中屢喚士師，更無一尙德緩刑套語。（原評）
446	章世純	不知命一節	義廣而深，詞約而盡，粗穢悉除，但存精氣。
447-8	陳子龍	不知命一節	雲間江右徑涂各別，而此篇明快刻著，頗類陳大士筆意，蓋理本無二，而浸潤於古籍亦同，故轍迹有時而合也。命字專指死生禍福，不夾入造命，較章作更有把握。
451	楊廷麟	天命之謂性一節（中庸）	多讀儒先之書，而條貫出之，故詞無枝葉，豈有擇焉不精、語焉不詳之憾。
452	艾南英	天地之大也二句	江西五家，每遇一題，必思其所以然之理，胸中實有所見，然後以文達之。故有醇有駁，而必有以異於眾人，觀此等文尤顯然，可得其思路所入。
453	黃淳耀	射有似乎君子一節	射者之反求，失在己者也，君子之反求，不必己之有失，惟行有不得，皆反求諸己，此正不求、不怨、不尤之實功也。文於射者、君子用心致力處見得分明，故語皆諦當，末幅尤寫得聖賢心事出。
454-5	黃淳耀	鬼神之爲德一章	中庸首章是總冒，末章是總結，此章是前後筋脈結聚處，拈出鬼神爲虞周制祭祀張本，拈出誠字爲下半部張本。（自記）直捷了當，步步還他平實，而游行自如，若未嘗極意營構者，由於理境極熟也。

456	陳際泰	體物而不可遺	根柢周秦諸子及宋儒語，質奧精堅，制義中若有此等文數十篇，便可以當著書。破承提比，《行遠集》選本所增改，較原文爲完善，從之。
457	金聲	舜其大孝也與一章	離合斷續，若有若無，極行文之變。（原評） 胸有杼軸，橫鶩別驅，汪洋恣肆，而於題之反覆，次第無不相副。膚學繩趨尺步不敢離題，而於題之神理實隔，於此等處切究，而心知其意，乃可與言文。
458	章世純	追王太王王季	理體正大，有典有則，可與韋劉以後，郊祀宗廟諸議相上下。
459	徐方廣	父爲大夫八句	蒙引云：斯禮即上祀先公之禮，達乎諸侯大夫，主祭禮言；父爲士數句，亦重在祭，上言皆得用生者之祿葬禮，只與祭禮相形言之，篇中跟上祀來，側在祭邊發論，翻盡從前，葬祭並重，舊作書旨一明。（原評） 探脈極眞，取義極切，輕重適宜，隆殺曲稱，實有輔於經傳之文。
460	夏允彝	宗廟之禮二句	引證疏通，自能發明禮意，所以詳核而不病於填實也。
461	羅萬藻	文武之政二句	淳潔之氣盎溢言外，惟其沉酣古籍，而心知其意也。
462	陳際泰	文武之政二句	高識偉論發爲洪音，與漁獵陳言、彫文錯采者，有薰蕕之別。
463	陳際泰	五者天下之達道也	董子謂周道衰於幽厲，非道亡也，幽厲不由也，此更見得雖衰亂之世，亦必有不忍去、不敢壞者。識解獨到，文氣醇茂，彬彬乎有兩漢之風矣。
464	金聲	修身也三句	處處帶定天下國家，才是九經之修身、尊賢、親親，掃盡一切籠統語，實理眞氣，盎然充塞，不必遵歸唐軌跡，而固與之並。
465	章世純	修身則道立	看立字特精神，等閒語即成奇境，不在遠取也。（原評） 立字註訓：道成於己而可爲民表。此文於身字、道字交關處，說得親切，立字精神意象俱躍躍紙上矣。可見四書名理，非能者不知疏瀹。
466	陳際泰	尊賢則不惑	尊與敬、惑與眩之異，粗解認題者亦能辨之，但非有學識人，不能曉其深處，道來不著痛癢耳。
467	陳子龍	齊明盛服	丰姿超駿，鎔冶經史，而把其菁英，與世俗所爲金華殿中語，自隔宵壤。
468-9	王紹美	時使薄斂二句	此等題易於搬運古籍，故能者即陳言而新之，遂覺姿韻出羣。

470	陳子龍	日省月試三句	事列九經之一，應須此崇論閎議，亦何嘗閹罟題面以爲博也。
471	章世純	行前定則不疚	理得辭順，自然出拔，好作奇語致氣象衰薾，自是文章大病，當以此爲正風也。（原評） 以聖賢語自驗於身心而得之，乃能如此俊拔明粹。
472	陳際泰	獲乎上有道三句	中二比周官、周禮之意，詳在其中。（原評） 博洽深通，故信手揮灑，皆無浮淺語。
473	章世純	誠之者人之道也	思致鑱刻，恰探得題之眞實處，相終相輔，二義通篇暗相承遞，章法尤爲嚴密，若理不足而求之詞，雖得子家之精亦無取焉。此文亦載陳大士稿中，細玩清削堅銳之氣，與章一律，故正之。
475	陳際泰	博學之四句	詞必己出，既出又人人意中所有，名理只在眼前，淺學自不善爬梳耳。
476	陳子龍	能盡人之性二句	雜引而不病於複，中有浩氣行乎其間，故英詞奧理皆爲我馭。（原評） 不獨浩氣足以行之，於聖人知明處當意，卻無一處不貫串也，此種在昔人本非上乘，聊使空疎者知不可無學耳，若不求理之足、氣之充，而但競富有，未有不入於昏浮滯塞者。
477	馬世奇	至誠之道二句	前知講得深確，誠字先講得精研，是作家眞實本領，一毫假借不得。（原評） 義理精深，氣體完渾，稿中第一篇文字。
478	錢禧	必有禎祥	此方是必有禎祥，他作皆禎祥考耳。（原評） 於天人相應之理，實能洞燭本原，詞旨豐美，氣質光昌。
479	陳際泰	動乎四體	古人立言，胷中必先多蓄天下之義理，觸處即發，故言皆有物，作者每遇一題，必有的義數端，爲眾人所未發，由其博極羣書，一心兩眼，痛下功夫，而寔有心得，故取之左右逢源。學者若專於八股中求之，則高言何由止於眾人之心？
480	譚元春	道並行而不相悖	觀物察化，皆從心源濬瀹而出，非徒乞靈於故紙者。
483	鄭鄤	齊桓晉文之事一章（孟子）	於簡掉處看其裁剪，不如於跌宕處看其波瀾，長題無波瀾而但言裁剪，終非佳境也。（原評） 運掉如意，氣局寬綽有餘，蓋妙手適然而得，即令其人再爲之，亦更不能似此神化矣。
484	劉侗	然則廢釁鐘與三句	於題縫中發意，小中見大，思議宏闊，仍於題氣不失，故佳。

485-6	黃淳耀	莊暴見孟子曰一章	以同民爲經，以古樂今樂同、獨眾少好不好爲緯，而以古文之法運掉游行，如雲烟在空合散無迹。隆萬高手於全章題、數節題文，不過取其語脈神氣之流貫耳。至啓禎名家，然後於題中義理一一融會，縱筆所如，而題中節奏宛轉相赴，時有前後易置處，亦不得以倒提逆挈目之；一由專於時文中講法律，一由從古文規模中變化也。此訣陳黃二家尤據勝場。
487	黃淳耀	文王之囿一章	縱筆馳驟若自爲一則論辨，而與題之節會自相融貫。
488	張溥	春省耕而補不足二句	中有實義，故詞多膏潤而不同俗豔。
489	羅萬藻	耕者九一五句	驅使不出經文，樹義別無險怪，人自莫及此有天分。（原評） 極清淡，極平正，而非高把塵言，不能道其隻字。
490	陳際泰	齊人伐燕勝之二章	縱橫變化，無非題目節族，而雄健之氣，進退自如，專以巧法鉤勒題面者，無從窺其踪跡。避水火一段若能少加點綴，更無遺憾矣。
491	陳際泰	君子創業垂統爲可繼也	二句乃轉捩語，創業垂統即是上文爲善二字，不煩實講，也字語氣直走下文，若上四字過於張皇，通節俱呼應不靈矣，惟作者爲善斟酌。（原評） 領取虛神中，具沉雄豪宕之槩，蓋由作家本領深厚，可知文若清薄寡味，雖審合題氣，終不耐觀。
492-3	陳際泰	雖有智慧二句	出入史蹟，口探手畫，莫不了了，跌宕自豪，無人與角。四子之書，於古今事物之理無所不包，皆散在六經、諸子、及後世之史冊。明者流觀博覽，能以一心攝而取之，每遇一題即以發明印證，誦其文者，不可玩其波委、而迷於淵源也。
494	金聲	不得於心不可	最是可字說得妙。（原評） 洞悉精微，措語極見分寸。不可早是斷定，可處尚有下邊許多議論，在一字說煞不得，看其不輕不重，恰合位分。
495	方以智	何謂知言一節	括盡周末秦漢以後法家異學之害，不失一意、不贅一詞，亦有關世教之文。
496	陳際泰	學不厭智也	可謂清思窈窈，轉筆處，每微覺艱澀，應是方在脫換時也，凡爲文，最苦此關難過。（原評） 原評所指，乃學者尤宜用心處，蓋不至陳言務去之候，亦不得有此艱澀也。求免於此而務爲淺易膚平，則終身無以自拔於俗徑矣。

498	黃淳耀	得百里之地而君之 皆不爲也	順題直疏，間架老闊。時文乃代聖賢之言，非研經究史，則議論無根據；非有忠孝仁義之至性，雖依倣儒先之言，而不足以感發人心。學者讀金黃二家之文，可以惕然而內省矣。
499	章世純	聖人之於民亦類也	凡文之辨難轉換，有一字不清徹，雖有好意，亦令人覽之欲臥矣。此文當玩其有轉無竭、愈轉愈透處。
500	金聲	柳下惠不恭	一肚皮輕薄，如何說得聖人？如此才說得有些身分，若今世所說不恭，何待君子始不由耶？（自記） 說得有身分，卻又將聖之偏處認作聖人之能事矣，其清迴之思、妍婉之韵，足使人咨誦不釋。
501	陳際泰	前日於齊一章	其雄辯得之蘇文，占得地步高，能到前人所不到處。（原評） 予有遠行、予有戒心，則有處無處，本是就自己說；文故迷離其緒，遂使閱者如探奇勝，處處耳目一新，及凝神靜思，猶是題中人人共曉意耳。可知文章固以義理爲上，而言之文與不文，所關亦非輕也。
502-3	黃淳耀	孟子之平陸一章	實情實事，皆作者所目擊，宜其言之痛切也。自趙夢白借題以摹鄙夫之情狀，啓禎諸家效之，一時門戶及吏治民情，皆可證驗，足使觀者矜奮。其但結文之局陣，而使題之節目曲折由我，不復尋先正老法，則自隆萬已然，不可復以相訾議也。
504	陳際泰	有官守者四句	有字則字披剝清透，本位無義不搜，對面神理，自然躍露矣。設色極淡，神味正自雋永。
505	羅炌	夫世祿三節	綰結有法，波瀾亦佳，而以視黃蘊生之大氣鼓鑄、自然凝合，陳臥子之古光流溢、不假設色者，不可同年語矣。況金、陳之神化乎？存此以著文章之等差。
506	陳子龍	詩云雨我公田一節	辨析公私原委，助徹同條共貫處，如指諸掌；循次按節，紆餘委蛇，稿中極周密之文。
508	陳際泰	人倫明於上二句其一	先王教化本原，實能探其本而得其精義之所存，故信口直達，無絲毫經營搜索之意。制藝到此，可謂閟其中而肆其外矣。
509	陳際泰	人倫明於上二句其二	即首篇後二股之義而申言之，閎達豪邁之氣一變而峻潔嚴謹，惟其根本深厚，故投之所向，無不如志。
510	陳際泰	詩云周雖舊邦四句	全從文王之謂也，領取神氣，一唱三歎，處處逼動，子力行之，一灣一注皆有關鎖之妙。（原評） 凡引詩引書體，發揮本句，須處處不脫引證神理，故存此爲式。文太繁委，非稿中傑特之作。
511	金聲	卿以下二節	遡其緣起，明其分義，詳其法制，極其權衡，典制題之正則。

512	陳際泰	鄉田同井五句	其峭快出老泉,其遒厚出子固。(原評) 詞語義意亦本管子及小蘇文,然非湛深經術,不能語舉其要;非文律深老,不能施之曲得。其宜以古文爲時文,惟此種足以當之。
513	金聲	當堯之時二節	或曰長槍大劍,其實細針密縷。(原評) 堯獨憂之,聖人有憂之,雖欲耕得乎?而暇耕乎?本是題中天然對局,文照此作對,運化無迹,筆力驅駕,可以騰天躍淵。
514	陳子龍	樹藝五穀二句	精義沓出,確是平成肇造時物性民情,既服其奇博,尤須知其精純處也。
516	黃淳耀	孟子謂戴不勝曰一章	反復推勘,深切明著,可與漢唐名賢書疏並垂不朽,不僅爲制藝佳篇也。
517	錢禧	段干木　非由之所知也	隨題起止,而溫古秀折之氣,宛轉相赴,有不知所以然而然之妙。(原評) 遊行自如處,不及陳黃之縱橫滿志,而映帶串插,理得詞順,非時手所易到。
518	黃淳耀	諸侯放恣二句	精峭若三韓之師,綜覈如兩漢之吏,上下戰國百餘年間,盡在指掌矣。(原評) 上溯原本,推極流弊,無不盡之意,無泛設之詞。
520	陳際泰	昔者禹抑洪水而天下平一節	一治一亂都已敘過,又一覆舉,特爲脫卸出承三聖句也。但知其豪放,不察其細心處,終無以與乎文章之觀。(原評) 孟子發語時,本有振衣千仞、濯足萬里意象,惟作者胸襟能體會,筆力能發揮,故雅與相稱。
521	艾南英	陳仲子豈不誠廉士哉一章	仲子非不能廉,其所操之類必不能充也,此孟子折之之本指,故拈蚓而後可一句以貫通章,便能節節流通,其文清明爽朗,在稿中難得此等疏暢之作。
524	陳際泰	規矩方員之至也一章	道二節爲通章樞紐,用此貫注通篇,猶扣樹本,百枝皆動矣。文之高朗振邁,則作者筆性固然。
525	楊以任	聖人人倫之至也	人皆知從至處映起,宜法文卻從法處看出聖人之至。微渺之思、靈曠之筆,足以輔其名理傑作也。
526	章世純	天下有道四節	順天者存,獨爲不能師文王者言之,以逆爲順,歸於修德自強,四節看作一片,其筆力瘦硬,雖大士猶當避其銳也。
527-8	陳際泰	天下有道四節	孟子德力皆天之說極精,天有理有氣,有道之相役,天之常理也,無道而順強大,天之氣運也。天心固以理爲主,然有道無道,事在人爲,人事失職,天亦無如之何,但存氣運之治亂而已,文中深明此旨。(原評) 啓禎名家,於長章數節文,皆以古文之法馭題,而陳之視黃,則有粗細之別,以所入之域有淺深也。

529	金聲	二老者天下之大老也	一面寫二老，言下便有孟子在，激昂慷慨，幽離沉鬱，寫得毛髮俱動。（原評）
530	陳際泰	惟大人爲能格君心之非	中舉其體，後及其用，上自伊周，下逮韓忠獻、李文靖事蹟，畢見於尺幅中。（原評） 有本有原，昌明磊落，足盡千古大人正己物正之槩。
531	黃淳耀	子產聽鄭國之政一章	讀書多，則義理博而氣識閎，有觸而發者，皆關係世教之言，不可專玩其音節之古、氣勢之昌。
533	吳堂	王者之迹熄而詩亡一章	明白顯易，使人心目瞭然。風雅頌體製各異，〈黍離〉降爲國風而雅亡，朱子承先儒之說則然，其實風雅中所載東遷以後之詩多矣，所謂「王迹熄而詩亡」者，謂如晉享叔孫豹歌文王鹿鳴、趙武奏肆夏魯三家歌雍而王吏不能討，齊有南山載驅之詩、陳有株林之詩而九伐不能行也，亂臣賊子公行無忌，其端兆實開於此，故孔子懼而作《春秋》，觀反魯正樂，而魯之樂官一旦皆翻然勃然，身投於河海而不能一日安於其位，則知《春秋》之作，與禹、周公同功，而孟子所謂「詩亡然後春秋作」，其實理始顯著矣。
534	羅萬藻	王者之迹熄而詩亡一節	雖仍雅亡舊說，而持之有故、言之成理，文境蒼深，穆然可玩。
535	金聲	君子所以異於人者二句	虛位能實發，又不侵奪下意，人謂其落想如萬弩齊發，尤當玩其挽強引滿、省括方釋處。（原評） 實理充、精氣奮，探喉而出，皆聖賢檢身精語；可知凡志士仁人，皆曾於此處痛下功夫。
536	陳際泰	匡章通國皆稱不孝焉一章	推勘入微，語皆刺骨，誦之使人悽然，思人紀之艱。
537	李模	匹夫而有天下者二節	處處兩節並舉，不凌不複，思巧法密，不受唐荊川牢籠。
538	馬世奇	大國地方百里三節	立局搆體，恰是三節題義法。
539	章世純	耕者之所獲一節	事理能見其大，文律復極其細，順筆瀟洒不加琢鍊，有風行水上之勢。
540	黎元寬	耕者之所獲一節	章作從差字等而上之，其義大矣而較疎，此緊從兩項庶人上，主安下說而後推及其上，其義亦大而較密，局亦如之。（原評） 文筆老潔，有變化而無枝蔓。
541-2	陳際泰	充類至義之盡也其一	本指是明其非盜，語氣是明其所以謂盜，通體只此一反一覆。原評云：縱處能擒，旁見側出，一筆轉折仍如題位。信得其行文之妙。

543	陳際泰	爲之兆也	中幅描寫曲暢，足以發難顯之情。作者長篇，精神每結聚兩股，餘多不甚經意，學者宜善取其精。
544	羅萬藻	位卑而言高一節	此節只是辭尊居卑兩句註腳，非責大臣達不離道也。借題櫨發胸臆，劌切之旨出以蘊藉風流，在作者稿中不可多得。（原評）
545	路振飛	乃若其情三節	按部整伍，其制勝尤在中間求其情而才盡一段。（原評） 挈其要領，貫通首尾，一因乎理勢之自然，非屈題就裁者可比。
547	黃淳耀	乃若其情二節	朴直老當，無一字含糊。此處才字，孟子從性善一滾說下，只在理上論，未曾論到氣；程子之說，從言外補入最合，一夾發便失語氣。（原評）
548	章世純	梏之反覆二句	朱子云：反覆非顛倒之謂，蓋有互換更迭之意。中二股形容得出梏之反覆，即頂上旦晝之所爲不足以存，非氣不存，謂所息有限，不敵梏亡之眾，遂不足養其仁義之心耳。文中清夜亦梏亡之時云云未免太過。（原評）
549	金聲	養其大者爲大人	養小定失大，養大卻舉小，此義發得圓足。（原評） 作者凡言心性、言忠孝節義、生民疾苦、衰俗頑薄之文，有心者讀之，必自慙自懼、且感且奮，蓋性體清明，語皆心得，故誠能動物如此。
552	吳雲	物交物二句	無義不搜，無轉不徹，非實從身心體貼一過，不能言之明晰如此。
553	艾南英	心之官則思二句	心之官則思，此思字雜形氣理欲在內；思則得之，思字方是慎思。若兩思字作一樣看，則下文不思者，豈盡灰槁其心乎？（自記） 上思字指其職守，下思字乃其盡職分處，分肌擘理，清思銳入，題障盡開。
554	章世純	心之官則思	章大力之文出於周末諸子，其思力銳入，實能究察事物之理，故了然於心口之間，非揣摩字句而做其形貌也；然其不能上躋唐歸之風軌，亦由於此。
555	黃淳耀	高子曰小弁一章	平王忘其親，而小弁之怨爲親親，此天理所恃以不盡亡，人心所恃以不盡息也。看題扼要，下筆縈紆鬱悶，可以感人。（原評）
556	陳際泰	五霸桓公爲盛三句	諸儒紀說未必盡是，聖賢精蘊以入時文，便已卓爾不羣；故知天資雖美，必實之以學，而後文可成體也。
557	凌義渠	舜發於畎畝之中一章	後二比所謂無棄之言，讀之可以警頑起懦，即言以求其志，自知爲忠孝性成人。

558-9	曾異撰	強恕而行二句	就白文看得血脉貫通，率胸懷說去，極平極淺，自然通透灑落，今人只爲滿腹貯許多講章白文，反自糊塗，臨文雖用盡猛將酷吏氣力，終於題目痛癢無關。宋儒之書苟不能貫穿，不如用本色，況講章原以講明此書也，講題目不能了了，又何取乎歸震川文？或直寫語錄，亦當年風氣如此，看嘉靖各科墨卷自見；隆慶以後便不復然，不知者乃從而倣效，徒見其惑也。（原評）
560	黃淳耀	強恕而行二句	嘉靖以前人，一題必盡其義理之實，無有以挑撥了事者，況此等理窟中之蕩平正道乎？仁恕源流推行實際，必如此勘透，才見作手。陳章理題文多深微而簡括，黃則切實而周詳，故品格少遜；然陳章天分絕人，黃則人工可造。陳章志在傳世，黃則猶近科舉之學。茲編於化治，惟取理法，正嘉則兼較義蘊氣格，隆萬略存結構，而啓禎則以金陳章黃爲宗，所錄多與四家體製相近者。餘亦各收其所長，不拘一律，俾覽者高下在心，各以性之所近、力之所能，而自執焉。
561	楊廷麟	達不離道二句	講道字不從民望中梳櫛出來，便可移換他處，故字亦折不醒矣，文之可愛，不獨文采清流。（原評）
563	陳際泰	人之有德慧術知者一節	正言冷語，反復喚醒，令有志者悠然以思、躍然以起。文情跌宕清敏，亦足以往復不厭。
564	尹奇逢	食之以時二句	眼前景致，口頭語說來，不覺解頤，風流應得自大蘇。（原評） 大旨皆從三代以後民情想像而得，對之使人心開，貪天、效人二意，恰是富後景象，尤有佳趣。
565	高作霖	居惡在四句	稍落寬則上下界一任游衍矣，作者投刃於虛，能使當日語氣精神一一躍露。
566	楊廷樞	桃應問曰一章	理醇法老，質色皓然，輝光日新。
567	黃淳耀	桃應問曰一章	學識定然後下語不可動搖，匪是而逞辨，必支離無當，即墨守註語，亦淹淹無生氣也。
568-9	艾南英	民爲貴一章	步步爲營，其中賓主輕重次第，曲折起伏回旋，古文義法無一不備。五家中人皆謂艾之天分有限，然此種清古之文，風味猶勝於黃陳，則讀書多、用功深之效。
570	章世純	口之於味也一章	上性字下命字專以氣言，上命字兼氣與理言，下性字則專以理言；孟子正分此兩途，示人知所取舍。陳大士提性字側注，亦是作文擇易處走耳。或便謂必合如此，則又爲物所轉也。（原評） 奇詞奧旨，如取諸室中物，而無一語入於扭僻，實此題空前絕後之作。

571	艾南英	口之於味也一章	謂字從來無此剔出，隊伍再整齊一番，則全矣。（自記） 理精氣老，文律亦變化合度，就此題文較之，已肩隨於章而與陳并席矣，觀自記可知古人爲文不悅而自足如此。
572	艾南英	智之於賢者也	包羅富有，發揮警切，之於二字，雖五句所同，不爲梳櫛則實義不能顯透；文亦處處醒露。
573	沈幾	有布縷之征一節	題只謂應於常征之中寓矜恤之意耳，先王取民以足國用，自有一定之節度在，文末能於本原處立論，家數亦小，而深痛之語足以警發人心。
574	陳際泰	人能充無受爾汝之實一節	思如泉湧，隨物賦形，而行於所當行、止於所不可不止。東坡自道其文云；然觀此文，可想其行筆引墨之樂。評者謂無受之實有氣上事、有理上事，自伸一股，專在氣分上講，非聖賢義理功夫，《行遠集》辨之極，當其實，兩意相承，闕一則義理未備。試觀自古卓爾自立之士，豈有無羞惡、無氣節，能慨然以興者？至於但任氣分，而不能自反、自克，則兇悍無賴之徒，羞惡之心已亡，更何有於爾汝之實之受不受乎？
575	譚元春	曾晢嗜羊棗一章	公孫丑膾炙之問，與高子追蠡之言無異，少此一段，翻駁不得。（原評） 將不忍二字看得闊深，故立身題外，而於題中眼目，仍自不失。作文好翻案原非正軌，但果一段議論發前人所未發，足使觀者感動奮興，亦不可以常說相拘執。
本　朝			
579	張玉書	知止而后有定一節（大學）	知止前有格物致知功夫，得止內有意誠至均平，節次理脈分明，局段詞氣，亦從容和雅。
580	朱昇	欲修其身者六句	此等文乃近來所目爲平易無奇者，然場屋文字務爲新奇悅目，而按之理義未得所安，須以此清通平近者導其先路，俾由此以進於精深也。
582	黃越	欲修其身者二句	理境了了，胸無塵翳。
583	沈近思	欲正其心者二句	就爲善去惡、人心道心發揮，人人所知卻無能如此抽繹而出之者，可謂體認獨眞。
585	嚴虞惇	欲誠其意者三句	雖根柢不出時文，而明白疏暢，初學易曉。篇中反說多、正說少，非不能發揮正面，以留下而后地步，不欲發露傳意太盡也。
586	方舟	心正而后身脩二句	微思曲引，勁氣直達，開理題未開之境。

587	熊伯龍	湯之盤銘曰一章	謹嚴純密中有疎逸之致，猶見正嘉先輩遺則。
588	熊伯龍	康誥曰作新民二節	全章重在末句，此二節是稱引詩書，不得寬衍新民泛語，卻又要似條釋聖經，將無所不用其極意，逗入引述口中，文於此頗加斟酌。（自記）
589	李光地	詩云穆穆文王二節	按脈切理，若無意為文而巧法具備，是之謂言有序。
590	陶元淳	為人君　止於信	避實鑿空，深微之義以淺淡語出之，風格遠邁流俗。
592	韓菼	詩云瞻彼淇澳一節	直點詩詞則體大方，板詁詩義則文無情。粘定衛武既失大學至善之義，空講至善又與淇澳不相干涉；此篇斟酌盡善，咏歎淫泆，其味深長。
593	金德嘉	詩云瞻彼淇澳一節	先正論引書體若可移作本經，文則全然與題無涉，而大學諸傳引書以釋經者尤難，其消息甚微，淺學不能辨也。此作分寸不失，而神理曲暢，脈絡灌輸，元墨中有數文字。
594	鍾朗	如切如磋者八句	樸老健達，句句靠實發揮，不作一影響含糊語。
596	王汝驤	小人樂其樂而利其利	豐腴流暢，字字的實，是為沉浸於經籍，以自發其心靈者。
597	張玉書	聽訟吾猶人也一章	明德既明，意含蓄不露，從容頓宕，蘊藉風流。
598	儲欣	所謂誠其意者二句	思能銳入，筆能曲透，似此更何患題義之不究宣。
599	儲在文	康誥曰如保赤子一節	融會註意，抒寫題神，落落大方，無纖側之態。
600	張江	君子有諸己未之有也	模古文之氣度節奏，而於題中窾會無不曲中，是謂於文章之境，能自用其才。
601	張玉書	所謂平天下一節	起局振拔，轉局分明，收局精湛周密，善并美具，卓乎先正典型。（原評）
603	韓菼	所謂平天下一節	起結及中間要縮處，純用古文之法，而於題之義意、註所推闡，無不脗合，故能獨步一時。
604	李光地	詩云樂只君子一節	三王治象、周公典禮，俱在其中，而清空一氣如話。
605	韓菼	詩云樂只君子一節	沉摯纏綿，得此之謂三字鄭重之旨，而神味含蓄、源委深長，想命筆時不苟下一意也。（原評） 洗盡好惡一切套語，獨標清新，耐人咀味。

606	方舟	貨悖而入者二句	包羅萬有，實而能空，是謂鎔經史而鑄偉詞。
607-8	熊伯龍	實能容之二句	文有寬博有餘之氣。（自記） 入手不粘，連上文、洗發下句，更見精義卓立。
609	劉子壯	此謂唯仁人三句	茹史而抉其微，中幅究極妨賢一流心術，情狀至為透快，末幅議論深得古今治體，不必描畫此謂二字，而所見自遠。
610	嚴虞惇	生財有大道	義意深厚，筆力沉雄，無一膚闊之語、囂張之氣，可謂體貌相稱。
611	熊伯龍	孟獻子曰一節	來路極分明，去路極警拔，中幅極融貫，通體無不完善，可謂毫髮無遺憾矣。若陶董見此，安得不畏後生耶！
614	李光地	學而時習之一章（論語）	局法渾成，辭意清切，非讀書窮理、積久有得，未能如此調適而稱心也。
615	韓菼	學而時習之一節	盡洗積習陳因語，與注義正相比附，雖詞調為人所勦襲，而精神歷久常新。
616	魏嘉琬	巧言令色一節	不於巧言痛加詬斥，直抉心德之亡，出以婉約，言簡而味長。（原評）
617	張志棟	敬事而信三句	非無絢爛之章，檢其句語，不落郛郭，即入拙滯，轉取此切近明顯者。
618	錢世熹	信近於義二句	朱子云：言而不踐則是不信，踐其所言又是不義。通篇本此，兩意相承，文筆更為爽達。
619	李光地	詩三百一節	他人皆見不到、說不出，惟沉潛經義而觀其會通，方能盡題之蘊、愜人之心若此。
620-1	方舟	道之以政一節	以歐蘇之氣達朱程之理，而參以管荀之峭削，可謂成體之文。
622	儲欣	舉善而教不能則勸	順逆兼行，精神全注則字。（原評） 胸有書卷，落筆雅秀，故意無殊絕，而文特工。
624	劉子壯	書云孝乎三句	引書只言孝，書詞兼言友，側舉並舉及影照魯事處，深得引證之意。作者胸中頗有書卷，筆亦健爽，但不可以書理引繩批根，字句亦多不檢，宜分別觀之。
625	儲在文	文獻不足故也二句	風神秀逸中，具有生氣奮鬱，不僅得古人之形貌。
626	李東榜	或問禘之說一章	此文之揣合時調者，然氣象安重、詞語的實，場屋得此，猶不失雅正之遺。
627-8	張玉書	射不主皮一節	前半持論有典有則，後幅從聖人慨慕古道唱歎而出，詞雖闊遠，義實不泛，文之光澤美潤，更非外腴中枯者，所能彷彿。

629	熊伯龍	君使臣以禮二句	禮忠二字，不肯作三代以後語。（自記） 氣象廣大疏越，不作一刻至語，蓋由於前人發揮之外，不能更出新奇，其一種血性粗浮語，又知其於題無當也，故斟酌而取其衷，乃名家作文最有體認處。
631	韓菼	管仲之器小哉一章	將古今帝臣王佐，與仲生平事實參觀，則氣之大小自見。卓識偉論，當與蘇氏諸論並垂。如此說器小，並管氏身分，亦殊不易；及閎中肆外，揮灑如志，良由讀書有識。後二比依寒碧齋晚年訂本，較前刻詞義更深穩，從之。
632	儲在文	子語魯大師樂曰一節	南軒云：周衰樂廢，雖聲音亦失之，聖人因其義而得其所以為聲音者，而樂可正也。篇中天地人心等語，既探其緣，逐段標出聲氣二義，尤見讀書融貫。
633	王汝驤	子謂韶盡美矣二句	盡善註腳原不外性之揖讓二義，然於口氣中敘出，則於記述體有碍；中幅運化吞吐、超妙絕倫，其含咀虛神處，尤為微至。（原評） 此題最難得其真際，惟此文可使讀者窺尋其意象而得之，可謂精能之至。
634-5	邵恮	惟仁者能好人能惡人	從好惡辨析出能字，從能字勘入仁者。中股相召、相勝二義，直透題堅，後股旁引以發題蘊，語亦醒豁。
636	張江	惟仁者能好人能惡人	貌相形聲雅近章羅，其銳入微至處亦似之，若更能取其神而變其貌，則品格愈高，然即此已去離塵俗矣。
637	田從典	富與貴一章	說理難得如此疏爽，其分貼上下語，亦自確當。
638	楊名時	富與貴一章	此章蓋力行之事，一節密似一節，一節難似一節，若作現成語意，恐非本旨。（自記） 明白純粹，絕無蒙雜，即文可得其所用心。
639	李沛霖	我未見好仁者一章	如題轉折以為波瀾，與湯若士作並觀，可以識文章之變。
640	張江	惡不仁者加乎其身	時文每覺其為仁矣句如綴旒，然明眼人特從此爭關奪隘，轉得上下句精神愈出。（原評） 為仁正是惡不仁切實下手處，不使亦正是為仁中嚴毅工夫，作者體認獨到。
641	張玉書	不患無位一節	重在立與可知上，卻處處從位與知婉轉擊發，沉吟蘊藉，音節安和。風度端凝，辭句韶秀，揣摩家所奉為標準者。
644	王汝驤	古者言之不出一節	追逼逮字，抉摘恥字，標新領異，說出卻是人人意中所應有，筆力尤與陳大士相近。
645	汪起謐	以約失之者鮮矣	語約而義全，法度謹嚴，乃學化治諸名家而得其骨脈意趣者，正不得徒以簡淡目之。

646	徐念祖	事君數一節	妙於意盡語竭，又能作幾層轉折，吐屬亦清微婉約，雖目前語，正耐人尋思也。
648	韓菼	孟武伯問子路仁乎一章	將仁才分合處看得細微透徹，三子身分既得，仁道難全處亦了然言下矣，後來作此題者，皆不能出其範圍。
649	陳錫嘏	子謂子產一節	春秋之末，惟子產、叔向是曾於學問中有探討人，以詁此題，確不可易。此文初出，一時爭爲傳誦，後來名流目爲平庸，然章法完密、字句斟酌，中材以下用爲準的，猶愈於好爲深奇而實悖於理、剽襲膚冗而無涉於題者。
651	方舟	歸與歸與一節	聖人初心，欲行其道於天下，到此始欲成就後學，歸歟一歎，機關絕大，得此俯仰淋漓，題意乃爲之盡。
652	張瑗	顏淵季路侍一章	理解精密，體格安舒，元氣渾淪，居然瞿鄧家法。(原評) 選義按部，考辭就班，爲科舉之學者，以此爲步趨，去先正法程猶未遠也。
653	文志鯨	顏淵季路侍一章	迴出【土盍】埃之外，說理正復處處確實。理境融洽，無營構之迹，自言其志以下數行，一氣滾出而次第深廣，口吻宛然。
654	陳鵬年	顏淵季路侍一章	聖賢心境層累相接，文一意到底，而其中高下大小自見，理脈既得，結搆亦緊。
655	錢世熹	願無伐善二句	貼切克己才是顏子身分，剖析精細，兩無字底蘊盡搜。
656	熊伯龍	雍也可使南面一章	實疏處深沉渾厚，轉落點次處紆餘周密，允爲此題傑搆。
657	韓菼	子華使於齊一章	淡而有味，潔而益腴，清思高韻，翛然筆墨之外，可謂自開蹊徑。
658	廖騰奎	子謂子夏日一節	思辭堅切，一洗浮光掠影之談，其篇法氣韻，亦深有得於古文者。
660	徐用錫	質勝文則野一節	彬彬自是現在成德氣象，然如何會彬彬？玩然後二字，內有許多學力。實義虛神，曲折周至，不可以格調順時而忽之。
661	韓菼	樊遲問知一節	反覆條暢，兼有蘇之豪、曾之質，所以能獨挺流俗，而力開風氣。(原評)
662	王兆符	仁者先難而後獲二句	語無龐雜，氣不囂張，由其理精筆銳。
664	朱元英	知者樂水一節	界段極清，機神極洽，不揣摩時好，而舒卷自如，體質最爲完善。

665	熊伯龍	如有博施於民一章	短幅中具有深山大澤之勢，可謂老橫無敵。（原評）
666	李光地	信而好古二句	信、好二字講得親切有味，是夫子自道神理。（原評）
667	朱彝	子之燕居一節	於所以申申夭夭處體認精細，故不消描繪題面，而人可以想像而得之。
668	韓菼	子謂顏淵曰一節	或謂上二句儘有理實可發揮，病此文太略，非也。一實發便非此題神理，清深溫潤，正與語意相稱。
669	儲在文	夫子爲衛君乎一章	議論精嚴，骨力堅勁。父命、天倫二意，人人解道，但父命本易針對衛事，而天倫一層多未融洽。文以傷父之名立論，比勘極透。（原評）
671	徐用錫	子所雅言一節	是一篇平暢文字，然隱括三經，語無龐雜，後幅推闡皆近義理，非時俗所能及。
674	蔣伊	子以四教一節	明白顯易，於聖人立教、學者用功處，無不了了盡意。
675	徐念祖	我欲仁斯仁至矣	朱子論求放心之旨，是此題註腳，欲仁之欲，即仁所謂求底便是已收之心也。通篇發揮此意，語語精切，細若繭絲。（原評） 清眞刻露，俱從心源中潑發，可以療直抄先儒語錄之疾。
676	蔣德埈	泰伯其可謂至德也已矣一節	題易馳騁，文卻整鍊謹守規矩，可見排偶中未嘗不可運奇、未嘗不可用古，特流於散亂，則有乖八股之體製耳。（原評）
678	劉子壯	君子篤於親一節	中後四比近情切理，亦從古籍沉浸得來，時文中言之有物者。
679	張永祺	興於詩一章	循題語氣各有發明，文家正則。
680	錢世熹	不在其位一節	筆太勁快便少深厚之氣，作者佳處在此，所短亦在此。
681	楊大鶴	巍巍乎舜禹之有天下也一節	難易二字反覆推勘，足暢人意，後幅舜禹互翻，亦能曲暢其說。
682	徐乾學	大哉堯之爲君也一章	以大哉句統其綱，並攝巍巍四段，上下鎔鑄具見鑪錘，雖變先正體格，而經營極爲工穩。
683	李光地	大哉堯之爲君也一章	堯之德與天準處，實能見其所以然，故無一龘礦語，是謂辭事相稱。
684	許汝霖	巍巍乎其有成功也一節	於他人詞繁不殺處，以簡言該括，可謂語能舉要。

686	尹明廷	菲飲食而致孝乎鬼神三句	切大禹時事以立言，時有清詞傑句，令人刮目。國初制藝自卓然名家數人而外，不少高才宿學爲時所崇者，然止求議論驚奇、詞語博麗而不顧書旨題脈，其相傳名作，間存一二，使學者別擇而知所祈嚮焉。
687	韓菼	達巷黨人曰一章	但說聞人譽己，承之以謙，亦是自語，面見得如此其實。聖人語內卻包含無窮下學之功、專精之意，在惟好學深思者於此參透，故意境獨超。
688	馬世俊	麻冕禮也一章	迴旋欹側，一因題中自然節奏，於襯貼處著意數筆，遂使精神躍出。按〈燕禮〉賓始受命，阼階下北面稽首，及公酬賓，則於西階上北面稽首，階分東西北面，則同文以西階屬燕享、北面屬錫賚，誤矣！而評家稱其歷歷不誤，又斥《大全》慶氏之說，而宗〈刑疏〉，更不可解。〈燕禮〉惟賓一人升成拜，主人獻公大夫騰爵司正，卒觶稽首階下，而無升拜；眾卿大夫則獻籌時惟與主人相答，及禮將終，公命撤幕，皆降拜稽首，升無拜；邢氏以燕與覲並舉，謂卿大夫侯氏皆先降拜而升成拜，顯與經背，乃以爲大據，可乎？此文世士傳誦已久，記此使知引用經語，不可不詳考其義。
690	陸龍其	吾有知乎哉一節	理境澄澈，氣體清明，向來分上半是學、下半是誨，諸謬解從此廓如，實有功於後學。
691	劉巘	仰之彌高一章	細勘道理，境地淺深，實貼顏子用功先後，故確當完密若此。
693	趙炳	子在川上曰一節	於逝者不息之機，及勉學者，時時省察之意，亦能了然言下。但詞語怐愗，令觀者莫得其義意所歸宿，而切按之實多複沓，學者不可不知。
694	顏光斆	法語之言一節	步步與末句神會，筆亦靈雋絕人。
695	陳鶴齡	歲寒一節	正喻夾寫，詞語正自渾成，中二比議論更爲前人所未摘發。
696-7	徐念祖	唐棣之華一節	若但於詩詞描寫極工，於論語記載之旨有何交涉？文於命意落筆之先伏下節神脈，恰又如題扣住、不漏下意，是爲神巧。
698	魏嘉琬	朋友之饋一節	題義只重不拜車馬耳，中間橫插非祭肉三字，此最文法妙處，然亦甚難安放。時文或先提祭肉、或車馬祭肉平提，俱不合法。方孟旋文則通篇只發不拜車馬，末數語方補祭肉，未免太趨易路。文於入手不平不倒以下，拜與不拜合發，雖字非字，自然一一騰躍。（原評）
699	方舟	色斯舉矣一章	與時偕行之理，只就物言，不粘不脫，品骨高峻。

702	熊伯龍	先進於禮樂一章	先輩名作如林，我朝庚午佳墨叠出，此文較之前輩不愧繼武，後人更不能出其右。學者博觀而詳求之，可知聖賢之言任人紬繹，而義蘊終無窮盡。
703	張大受	先進於禮樂一章	順題宅句安章，其中實具擒縱變化，不求異於前輩，正無一處非自出心裁，是謂同工異曲。（原評） 細膩熨貼，全於題之空曲處搜出意義，故見精采。
704	儲在文	孝哉閔子騫一節	字字入人肝脾，靜對移時，彌覺其永。處變意前人所訶，篇中渾然無迹，然何嘗不包括也。削膚見骨，鍊氣歸神，此題傑作。（原評） 不間二字能傳出一片眞醇切摯處，故異於僅寫其貌者。
706	陸師	季路問事鬼神一節	實義虛神，俱得時文中之正當者。
707	何焯	赤爾何如一節	節和音雅，文之以韻勝者。
708	張玉書	點爾何如一節	前半詳記動止坐作語默，其胸襟氣象隱然可想，不獨暮春數語與聖心契合也。曾氏言外之意、孔子喟歎之情，最難體認，惟此篇一一清出，各有著落，義理既得而風致悠揚，耐人尋覽。
709	胡任輿	點爾何如一節	翩【躚羽】搖曳，越數十年風調猶新。
710	汪薇	點爾何如一節	掃盡此題習見語，實與曾氏所志、及夫子與之精神欸欸相會，清思高韻，脩然塵表，闈墨中得此尤難。
712	劉子壯	君子敬而無失二句	題只是泛說君子處己接物之道，文緊就司馬兄弟發論，下文四海之內云云，便不甚融貫矣。其剴切眞摯，實能惻惻動人。
713	謝陳常	文猶質也一節	一語不溢，題蘊已盡，短幅中氣局疎古，更爲善學先輩。
714	熊伯龍	居之無倦二句	舉趾高閣，措意渾成，學之者無眞實力量，而倣其形似，則不免外強而中乾矣。
715	張曾裕	樊遲問仁三節	節旨章脈，毫釐不失，疎爽英秀之氣，開人心目。
717	熊伯龍	先有司三句	稿中多雄傑峻厲之作，此獨信筆所如，有脩然自得之致，分三件平還，而開講及總提處串發少乖體製，不可不知。
718	錢世熹	上好禮三段	此節一氣赶下，題面似莊重而題神實走注，若將禮義信對稼圃呆講，較量大小則舛矣。又有講到治道者，愈失愈遠。（自記） 以老筆寫緊勢，顧上按下，神理恰合，不用一語張皇，而好字中體用兼該。

719	韓菼	誦詩三百一節	寒碧齋稿擅啓禎之才調，神明於隆萬之法律，淋漓跌宕，不主故常，實則謹細之至，無不曲中題之節奏關鍵，於此文求之，可得其槩。（原評）
720	張尚瑗	誦詩三百一節	創意造言，具有書卷之氣，自覺瀟灑出塵。
721-2	張玉書	子適衛一章	於庶哉一歎中寫出聖人深情，通身俱有生色，實疏富教，更無一膚泛語，可謂毫髮無憾。
723	狄億	既富矣一節	意無特殊，筆致疏豁可喜，頓覺超然不羣。
724	方舟	苟有用我者一節	眞實作用，想望神情，一一併歸言下。評家謂作者將白文涵泳數四，早有一段至文在胸中，不覺下筆即肖，可謂知言。
725	張自超	父爲子隱二句	思清筆曲，語語從父子天性中流出，言外宛然見得天理人情之至。
727	李鍾僑	鄉人皆好之一節	一義不增添，一語不造作，清深曲折，自在游行，此爲時文正派。
730	熊伯龍	君子易事而難說也 器之	難易皆從君子心術發出，然其難其易，亦人見其然，非君子示以不測也。勘題精切，詞意深厚，後二比所見尤大。
731	朱書	剛毅木訥近仁	四實字有洗刷，後二股尤得聖人勉人之意。
732-3	李光地	善人教民七年一節	別處說善人，便要分別得斟酌，如此章及勝殘去殺章，正是說他好處，何暇替他稱量本領？時文有纏住善人，說他質美未學者；又有把即戎兩字，說僅可以固圉自存者，自謂體認之至，不知先差了口氣也。如春秋戰國時候，假仁假義猶足以霸，眞箇得善人爲邦，又烏能量其所至乎？（原評） 作者晚年析理之文，以經傳精意運化治法度，無一題無見的語。然初學效之多成庸淺，而司衡者又或目爲平平無奇，故特錄其英華發露者，兼存少作一二，俾學者先用心於此，然後知其簡穆清眞之文爲可貴也。
734	劉巖	克伐怨欲不行焉一章	明白純粹，絕無艱澀之態，說理之文此爲上乘。
735	張英	愛之能勿勞乎一節	義理淵然，情思藹然，所謂公誠之心形於文墨，豈小書生描頭畫角者可比？
736	謝陳常	爲命一節	於題理分寸不失，氣味清雅，尚近先輩場屋中文字。中間改正處，照作者自定稿，俾學者知文字宜隨時改定增之，銖兩則加重而足以伏人也。
738	韓菼	裨諶草創之三句	筆筆暗藏子產，是三句作法，亦恰是當日情勢。字櫛句比，處處工穩。

739	李光地	文之以禮樂	疏朗而義理愈融，簡要而氣象愈遠，於禮陶樂淑，本末源流，實能窺其奧而得其精。
740	姜橚	古之學者爲己一節	道盡古今學者心事，層層勘入，精切似胡思泉，而氣更疏宕。
741	韓菼	蘧伯玉使人於孔子一章	亦處處從寡過未能句著筆，乃獨注意何爲一問，則使人與坐周詳，敘致深情，皆出此文家工於取予避就處。（原評）
742	陳世治	蘧伯玉使人於孔子一章	詞致清雅，節奏安舒，用筆注定寡過未能句，而前後左右無不環抱有情。
744	朱書	夫子自道也	但就題面推衍，何從見子貢知足以知聖人實際？似此方將聖人平日功力、言下精蘊，一一傳出。筆致銳入爽達，非浸淫於江西五家者不能。
745	李【王恭】	原壤夷俟二章	格調本化治之舊，魄力精神擅正嘉作者之長。我朝講化治體局而自名一家者，莫如李厚菴，此種殆可繼武。
746	儲欣	無爲而治者一節	實境易鋪，虛神難會，涵泳白文，躍然有得，筆之所至，有生龍活虎之勢。（原評）
747	徐乾學	顏淵問爲邦一章	語語質實，字字謹嚴，結營甚密，布局甚渾。
748	邵基	行夏之時	時尚華采文字，大都貌爲冠冕，其實全無考據，往往語句雜湊、殊不成章，此篇可謂穩稱。照自訂稿削去枝葉語，倍覺莊雅可誦。
749-50	曹一士	君子疾沒世而名不稱焉	此題精義，從前名作發揮盡矣，故轉從淺近處著想，情眞詞切，正復軒爽動人。
751	儲欣	君子不以言舉人一節	兩人字殊不同，兩言字亦微有偏全大小之別，獨見分曉，文亦曲屈盡意。
752	方舟	吾猶及史之闕文也一節	勘題眞切，實有關於人心風化，非具此心胸識力，不可以代聖言。
754	王汝驤	師冕見一節	次地起伏照應，似歐陽氏學史記之文，記事體之正軌也。
755	儲欣	天下有道下二節	於大夫專政、庶人竊議，源流一一洞徹，所以行文汪洋恣肆，投之所向，莫不如意。
758	王汝驤	畏聖人之言	畏字實從聖言透出，聖言又從畏字逼入，皆切己體驗而得之，故無一語廓落。
759	劉巖	君子有九思一節	逐段挨講，義理條貫，足以自暢其指，起結尤完備。
760	趙炳	見善如不及一章	於上下兩節，抑揚唱歎之妙，未能恰合，而音節局度令人諷味不厭。

761	湯斌	見善如不及一章	俯仰古今，深究天人之理，落落浩浩，而題中精蘊包舉無遺，平生志事於斯可見。
762	儲在文	見善如不及一節	言足以滿本節之量，而下節自然關生，文亦遒古。（原評）
763	方舟	齊景公有馬千駟一節	言高指遠，磊落奇偉之氣，勃勃紙上。學者當求其生氣之所由盛。
764	李光地	邦君之妻一節	三段俱斷以春秋之法，知王荊舒所謂斷爛朝報者，枉讀一世書耳。（自記） 根柢經義，并見魯論，所以特記數語，蓋非偶然。自有此文，便覺前此名作，不過時文家數。用此見立言者，貴自豎立，雖制藝亦然。
765	張玉裁	子之武城一章	先王之道莫盛於禮樂，而以禮樂教民，見端於弦歌，脈絡貫通，故運掉如意。鎔鑄題義不拘故，方可謂巧法兼至。
766	殷元福	昔者偃也偃之言是也	短章而具變化起伏之勢，按之題義亦無不周足，爲講求前輩格律者存此一體。
767	史流芳	子張問仁於孔子一節	句句鞭辟向裏，文情復秀美清圓，最是說理之文所難。（原評）
769	張江	能行五者於天下　恭寬信敏會	無一浮泛語，無一囫圇語，思義清湛，局段渾成。
770	王掞	唯女子與小人爲難養也一節	中幅極道怨不遜之弊，則自見養之難；後幅正以養之道，則自無怨不遜之弊。如後二股，乃見聖人立言本意，不徒語本經術爲可貴也。
771	王汝驤	周有八士一節	微子篇末繫以此章，自有因人才之淪喪而追思其盛意。文特如題唱歎，而懷古之情，味之無極。（原評）
772	魏嘉琬	子夏之門人一章	於兩下得失同異處，不作一低昂語。骨格名雋，在隆萬名手中，幾可與湯若士、歸季思肩隨。
773	王汝驤	切問而近思	賢親君友章言力行而不及學問，此章言致知而不及力行。道理只說得一半，文於一句中透入全身，義理按之題位不泛不溢，此等制藝，實由力厚思深。
774	張標	所謂立之斯立四句	分虛實遠近，作數層跌落，題理、題神全在空際領取，當深玩其出沒斷續之致。
775	李光地	謹權量二節	興朝規模說得出。（自記）古光油然，皆六藝之芳潤。
776	李鍾倫	謹權量二節	取諸經義，逐句皆得實際，而無用經之迹；非讀書貫穿，不能到此。
777	熊伯龍	四方之政行焉	從政字儱侗說起，便可一節通用，比比翻入四方，又處處變換，最得先正遺法。（原評）

778	張永祺	君子無眾寡二段	不驕不猛,正是泰威美處,重發下截反涉淺近矣。文於上截處處精透,理正詞醇,猶有先民之遺。
780	吳士玉	不知命一節	正取正收,中間依題實發,反正兩面皆透。
783	方舟	天命之謂性一章(中庸)	無首尾、無過渡、無承接,而細按之乃循題,位置不失分寸,蓋於正嘉前輩法度之外,能自闢一塗徑者。
784	張瑗	天命之謂性一節	以宋五子書為根柢,而條理布之,斯為擇之精而語之詳。
785-6	徐乾學	君子之道費而隱一章	逐段直落,不用扭捏做作,自然理足氣貫,通篇只在道體上說,為是他人,粘住君子便鶻突。(原評) 詳密安閒,下語俱極斟酌。
787	王汝驤	詩曰妻子好合二節	相題甚切,氣息甚微,隆萬人難其渾古,啟禎人遜其周密。
788	熊伯龍	鬼神之為德一章	精義入神之理,天空海闊之文,實為超前絕後。
789	嚴虞惇	宜民宜人四句	雖根柢不出時文,而運用吐納,正與世士所謂墨體有別。
790	熊伯龍	周公成文武之德	亦人人所有之義,而出之巨手,便覺雄偉博碩、光氣非常。
791	劉子壯	周公成文武之德	挑剔入細,不放過題中一字,筆格秀削,韻采葩流。文王之子數語,雖本史記,而於理未免蔽虧。試思伊傅呂召居周公之地,其志事將有異乎?
792	儲在文	追王太王王季二句	援據詩禮侃侃鑿鑿,當與章大力〈追王太王王季一句〉文相伯仲。
793	張江	上祀先公以天子之禮及士庶人	準情酌禮,語歸典則,議禮之文,無如此昌明者。
794	李來泰	夫孝者一節	註中本上章來,原就武周講,必謂夫孝者宜推開說,便都虛虛了事,是舍曰不能而為之辭也。末處只推開作一點絕高。(原評) 旁搜遠引,意在語必驚人,更能運才思於典則,庶無流弊。
795-6	史普	夫孝者一節	盡倫盡制之實,無不包舉,善繼善述之義,確見真際。不以議論縱橫見奇,自是文章正派。
797	李光地	春秋修其祖廟二節	兩節只是祭之先後次序如此,以尊親分配,又有分時祫、大祫,上節為禮、下節為義者,皆非也。(自記) 參伍儀禮中節次,則知制禮之本義固然熟,復周人之書豈惟義理日明,即行文亦自高簡而有法矣。

798	張江	春秋修其祖廟二節	上節有春秋字及薦時食，宗廟節注云：臺昭臺穆咸在，故舊有時袷分節之說，但大袷亦須有修有陳、有設有薦，而時祭豈無序昭穆以下等事乎？祭義所謂：孝子將祭，慮事不可以不豫，比時具物，不可以不備者。正與春秋節合，所謂薦其薦俎、序其禮樂，備其百官，乃入廟而行事，正與宗廟之禮節合。李作據此分貼作者，本其意而加以整練，截昭穆一段與春秋句作對，以領下四項，亦先輩樸中帶巧處。
800	劉輝祖	春秋修其祖廟一節	照定生存之義，情景一一都活，更無一毫搬衍飣餖之跡，於此見其筆妙。
801	何焯	陳其宗器三句	馮開之評玉茗堂稿云：玲瓏剔透，非填實話頭者比。作者用筆真得其秘，故詞意生動，對屬變化，為塗澤者所不能逮。（原評）
802	張江	旅酬下為上四句	注定愛其所親，綿邈婉委，歸於肅括，可謂曲而有直體。（原評） 典制文，無書卷，則病於空疏，多所證引，非氣體難於運掉，即義類或涉假借，似此典則純正、氣勢流暢，當於先正中求之。
803	儲在文	郊社之禮一節	上下截各還確義，磊磊明明，絕無一裝頭蓋面語。
804	張江	親親之殺合下節	以禮字、天字為樞鈕，渾成融洽，筆力蒼老。下節通結上二節，事親、知人、知天皆從修身推出，文處處帶定身字，體製尤合。
805	谷誠	禮所生也	仁義禮雖性所同具之理，卻自有次第，不到得尊親等殺禮，亦不可得而見所生之義，如此文特言了了。
808	蔡世遠	凡為天下國家者有九經三節	一氣輸灌中，條分縷析，井然不亂，非深於古文法律者，不能有此。
809	徐春溶	凡為天下國家者有九經一節	蒼茫雄渾，無意取悅時目，而文歸典則。（原評） 此作闊達不羈，陸作謹守繩尺，學者統觀而有得焉，可以識文之變矣。
810	陸龍其	凡為天下國家者有九經一節	準平繩直，規圓矩方，先正風格於茲未墜。所不及先正者，氣骨之雄勁耳，一種優柔平中之氣，望而知為端人正士。
811	李光地	敬大臣則不眩 則財用足	用經籍典切該括處，似化治間先正，而氣質更為光潤完美，乃作者功力獨到處。
812	吳學顥	敬大臣則不眩	語能該括，氣亦充沛，筆力精神頗與熊次侯為近。

813	熊伯龍	懷諸侯則天下畏之	雄深雅健，筆力氣象足以涵蓋一世。（原評） 鎔經液史，聲光炯然。
815	曾王孫	懷諸侯則天下畏之	只講得諸侯與天下相關處多耳，懷字中義理卻未洗發得出，所以不見三代以上協和撫綏氣象。然其筆勢雄橫，議論翻騰，可以增人才思。
816	熊伯龍	尊其位三句	隸事太多恆恐傷氣，此偏動宕有神致，無填綴之累、排比之迹。（原評） 取材博而運以雄峭之筆，較同時諸家獨爲雅馴。
817	張玉書	忠信重祿四句	每段各有兩意，用反用正易落排偶，此文散行處多，平列處少，故但覺靈氣盤旋，而題中情事，已寫得十分警動。（原評） 纏綿愷惻之思，運以雋筆，達以雅辭，故無一語甜俗。
818	熊伯龍	忠信重祿二句	語語即乎人心，中乎事理，後二股所見雖淺，而議論實有根據。次句竟未點出，自是疏處。
819	廖騰奎	言前定四句	各段洗發，無一蒙語弱筆，不疚不窮二段，更難得如此了當。
820	方舟	誠則明矣二句	兩則字精神俱從實理勘透，無一字可移置上二句，理醇氣樸，筆力復健。
822	金居敬	能盡其性六句	實義搜剔得玲瓏，舊義洗滌得新穎，以觀理無纖翳也。
823	邵基	見乎蓍龜二句	理醇正而氣疎達，是極意學正嘉先輩之文，變化舒卷處或有未逮，穩當老成已近似之矣。
824	劉巖	見乎蓍龜	此章章首二句，言道自可以前知，國家將興六句，則指理之先見者，所謂幾也，善必先知以下，乃言惟至誠能知之實耳，是見乎、動乎單就幾動於彼而言，不得預侵至誠知之地步，唐荊川二句題文到結處方起下至誠前知，可証此文就蓍龜上實發見乎之理，精當不減前人，獨前半預透知字，爲侵下耳。
825	趙景行	誠者自成也一節	自道句易作沉著語，自成句往往無把鼻矣，虛無之地，無知之倫四語最是道得周密，嘉隆盛時，場屋文字乃見此等有根柢語。（原評）
826	雲中官	誠者非自成己而已也一節	數層曲折，一氣貫注，不散不雜，理脈俱清。古文大家，非資材絕人者，莫能問津，中人初學求爲清眞妥當，以此等文爲權輿，可也。
827	汪士鋐	今夫山二段	題甚堆垛，能以議論運掉，不落龐雜，自是能者。
828	汪琬	考諸三王而不繆二句	於他人下筆不休處，偏能渾括，意盡語竭處，偏能展拓，以同時名作參觀，自見其獨爲高出也。（原評）
829	金居敬	仲尼祖述堯舜一章	鑄局運意全在前半篇，後則湘轉帆隨，風利不得泊矣。

830	張英	仲尼祖述堯舜一節	格正理醇，神完法密，洗去浮華，獨標清韻。（原評）
832	汪份	唯天下至聖一節	將四德併入生知內合發，非避難趨易，理本如是也。大賢以上，學力亦不能造，生知亦不廢學，二義尤勘得至賢身分出，文氣疏達老健，亦見作家本領。
833	陶元淳	舟車所至八句	題氣直下，中間更無停頓，前半如題順敘，極變化舞躍之致，後二股神氣相抱，通篇直如一股。
834	蔡世遠	淡而不厭可與入德矣	詞無枝葉，語有倫次，足繼美正嘉作者。
835	徐用錫	上天之載三句	此等題一涉玄渺語便非，不顯實際文根柢，先儒語無虛泛，最見心力之細。神化分貼本瞿浮山。
838	韓菼	詩云經始靈臺　於牣魚躍（孟子）	波瀾意度俱從作詩者想像而出，正是於下文兩謂字中探出消息也，行文似著意、似不著意，宜玩其經營慘淡、脫去町畦處。
839	馬世俊	不違農時二節	前半實者虛之，既無頭重之病，中間攢簇一片，無限堆垛都化煙雲。最愛左氏敘鄢陵之戰，楚壓晉軍，而陳下既敘范匄郤至語，卻借楚子望中，點出晉軍布置，極虛實互見之巧。作者豈亦窺尋及此？（原評）
840	熊伯龍	不違農時六句	此題不可硬填經語，不可畧涉策氣；以古秀之筆，寫先王撙節愛養之道，美麗精融，使人往復不厭。（原評）
841	孫維祺	省刑罰三句	上下營紿皆有實義，故詞雖腴而質自清。
843	潘宗洛	仲尼之徒二句	才調富有，揮灑如意。後二股乃時士所歡賞，而求以義理之實，則失據，桓文興霸，實未嘗有詩以歌其事耳，若以為孔子抑之，則甫田渭陽之類，無關勸懲者猶存焉，而獨削桓文之詩，於義為無處矣。見且於尚書，非事關興衰，即文成誓誥，可垂法戒者。宰孔王子虎之命，寥寥數語，意盡於言，亦難與殷誥周盤並列。凡此皆時文家將無作有，以伸其說耳，而風致則佳。
844	韓菼	今王鼓樂於此　何以能田獵也	意在摹寫覆述語氣神情，故多從反面側面、翻騰跌宕以注。末句筆勢飛動，興致淋漓。
845	熊伯龍	此文王之勇也	義理平正，詞氣堅確，同時不乏積學之士，舉未能及其老潔者，則功力之有淺深純駁也。
847	劉子壯	此武王之勇也二句	比比寫亦字，縱橫出沒，具有精思偉論。
848	陶元淳	天子適諸侯曰巡狩一段	此等題一入後世，權術作用雖議論發皇，於先王巡所守之意，反無所處矣。文雖未盡洗脫此意，而場屋中有此醇雅韻秀之致，正非宿學不能。

849	劉子壯	春省耕而補不足 為諸侯度	采藻煥發，不事馳騁，而按律合度，在稿中為謹守繩墨之作。（原評）
850	鄭為光	夏諺曰 為諸侯度	每於遊豫之上、補助之前，襯出妙義，體裁既得，又善點化諺語，文情流美，最易悅人。
851	楊大鶴	召太師曰三句	綿邈生情，聲容並美，上下相注，亦自然一片。
853	韓菼	文王發政施仁二句	並不是發政施仁之大經大綸處，何以獨先此四者？惟此能道其所以然。
854	張玉書	所謂故國者一章	意度節奏與黃陶菴相近，筆力之健舉，亦似之。
856	姚士藟	左右皆曰賢未可也	題之眼目，全在左右二字，前半疏得分位分明，後半寫得情狀透露，無一語移置得下二段去。
857	王汝驤	滕文公問曰三章	貫穿鎔鑄，全是一片精神團結，故能遇奇橫於嚴謹之中。（原評）
858	張克嶷	武王周公繼之二句	覰定下節一難字，落筆反覆，皆中題肯，而詞亦開拓。
859	陶自悅	夫志氣之帥也二句	上文心氣對舉，此獨變心言志，蓋心之寂然不動時，本無端倪之可窺也，文於此處體認分明，通身詞義亦老健無支。
860-1	張昺	我知言二句	二句乃不動心根源，文於知言中補出存心窮理功夫，養氣中補出操持閑存功夫，理解獨到，文境亦清潔無滓。
862	張江	行有不慊於心 以其外之也	心氣義三層分肌擘理，對筍合縫，於人所易生枝節、極難融貫處，皆若行其固然，是謂力大思精。
863	朱鑑	非所以內交於孺子之父母也三句	段落擒縱，頗具隆萬人長技，於題中急叠神理，尤能曲肖。
864	韓菼	伯夷隘一節	隘不恭，非夷惠全身，乃就清和偏處推極如此，孟子既稱為百世師，又恐學者以隘不恭為聖之所以清和，故特發此論，非攻摘夷惠短處也。文四面圓足，深得立言本旨。
865	魏方泰	朝廷莫如爵三句	意正詞嚴格老，場屋之正宗也。近日講西江派者，不於義理原本處求深厚，但於字句格律中逞新奇；其蔽至於生澀怪誕，試就所為文詰之，亦不自知所以云矣。急宜以此種正之。
866	張大受	孟子謂蚔蠅曰一章	通篇以孟子作主，以蚔蠅帶敘，而於題中筋節更無遺漏，取徑既別，文境亦超。

867	魏嘉琬	孟子謂蚔鼃曰一章	能於題外詁題，見孟子惓惓行道之義，識力高人數籌。
870	陶元淳	五百年必有王者興一節	胸中無經籍，縱有好筆，亦不過善作聰明靈巧語耳，一涉議論，非無稽之談，即氣象蔚然，蓋由理不足以見極，詞不足以指實故也；此等文堪爲藥石。二句神脈重在名世一邊，乃孟子爲己身寫照也，文於此尙未審輕重，不可不知。
872	方舟	夫天未欲平治天下也一節	題面是何爲不豫，題神卻句句是不豫，文能曲肖神理，浩氣獨行，宛然如自孟子口中流出。
873	王汝驤	詩云晝爾于茅　有恒心	即上截之事，現下截之理，體格雅淳，穆然靜對，其味彌永。
874	張江	詩云晝爾于茅　有恒心	後半才思濬發，具見平日讀書根柢；前幅更能縮合有恒產句，則無遺憾矣。其佳處自不可掩。
875	韓菼	徹者徹也二句	訓釋名義皆有精思，描寫虛神亦具風致。
876	李光地	夫世祿二節	落上節能得題前語意，轉入下節自絲絲入扣，後幅公劉、文王二證，尤極精確。（原評）
877	韓菼	詩云雨我公田一節	旁推經義，與題相附，乃作者長技，後多倣效者，而釋解之超拔、詞氣之秀潔，莫能逮矣。惟助爲有公田句，尙少洗發。
878	劉巖	設爲庠序學校以教之射也	詳核典重，詞無枝葉，鄉國分合映帶處，皆有義理聯貫，由其經術深厚。
879	陳萬策	設爲庠序學校以教之射也	前半多以鄉國分對，到下截不能相稱，往往鉤聯穿插以相貫合，何如實據四代之學，補對鄉學六句爲渾成也？然非學有根柢，恐亦見不到此。
880	顧圖河	設爲庠序學校以教之射也	分合映帶，無不澤以書卷，故但覺蔚然深秀，無聯綴之迹。
881	姜宸英	設爲庠序學校以教之射也	易繁重題疏疏淡淡，首尾氣脉一筆所成，於古人有歐陽氏之逸。（原評）
883	吳端升	夫仁政二句	考證於多官，而能自豎義以駁之，故覺氣豪力邁。後幅證佐始字，雖不盡確，亦可借爲波瀾。
884	俞長城	卿以下二節	二者在常制之外，後幅洗發，句句與常制相準，具見匠心。時文隨手作翻襯語，往往於理有礙，夫卿大夫士之田祿厚矣，若不賜圭田，亦斷無廢先祀之理，此等處不可不知。

885	陳詵	禹疏九河注之江	作是題者，類多原本禹貢、旁證水經，竟於孟子口中自加辨駁，不知孟子此言實總括全篇禹貢，而又以己意斷之，如北條之水先治河，而支流爲之從；南條之水先治支流，而江爲之從。其治水之源流本末於是乎在，大禹之勞心正以此耳，前人未有拈出者。
886	陸循	后稷教民稼穡三句	入手即跌，起民人育，是三句題作法，針對並耕處，尤合章旨。
887-8	劉齊	陳代曰不見諸侯一章	自首至尾，軒豁醒露，筆無停機，語有倫次，意度雅近前輩。
889	蔣德峻	戴盈之曰一章	義字最是斬截，中間並無姑且安頓處，盈之曰請輕、曰有待，便是依違兩可意，故孟子直斥之。文以假義立論，非苟也。
890-1	張玉書	天下大悅八句	平處少側處多，正意少補意多，極運化之妙，此從先民格律中來，讀者須細玩其經營慘淡處。（原評）
892	王庭	孔子懼一節	只張皇天子之事，更不顧是故兩個字，難作轉捩，近人直有文無題也。縱橫旋轉，恰毫髮不差，最能理會法脉，故多直用老蘇春秋論，未嘗有傷正氣。（原評）
895	劉子壯	天下有道三句	別白賢德，即先儒有未說到處，多讀書以廣其識，自可鎔經義而鑄偉詞。（原評） 議論透闢，理亦平正，前半行文更合紀律，則有大醇而無小疵矣。
896	儲在文	曾子養曾皙二節	筆致蕭疎自適，中二比可歌可詠，一從必請所與，一從必曰有兩句內著想，經有筆人道來，便爾意味深厚。
897	吳襄	有不虞之譽一節	意義俱從兩有字生出，翻覆頓折，清空澹宕，亦用間出奇之法。
899	王庭	智之實二段	層折曲暢，雖無精深之義，筆致夭矯空靈，可爲庸腐板重藥石。
900	吳涵	諫行言聽二句	處處是去國後追憶神情，故無一致君澤民通套語，俳徊指點，情緒亦復深長。
901-2	戚藩	博學而詳說之一節	价人爲文，心思極苦，往往不能自達其說，其刻入處雖多名雋語，而通身詞章，不復能陶鍊雅潔。惟此篇最爲開爽明晰。
903	俞長城	以善養人二句	一養字中具有天德王道，須此愷惻沉摯、正大光明，乃見王者氣象。
904	張玉書	周公思兼三王一節	如題安頓，不求異人，而人自不能及。

905	李光地	王者之迹熄一章	詩兼風雅，理始完備，蓋雅詩具勸懲之義，風詩是王者命太師採陳、而行賞罰之典，於春秋所取之義爲尤切也，其義其字亦非指詩、亦非指春秋，懸空對上兩其字說下，是謂春秋中所有之義也，畢竟此義從何處取來，夫子雖未明言，隱然是正王道、明大法，從周公典法得來，此春秋所以繼詩而存王迹也。（自記）
906	韓菼	王者之迹熄一章	纏綿悱惻，則詩人之優柔、騷人之情深也；抑揚起伏，則公羊之宕逸、廬陵之婉折也。惟詩與春秋交關處，及春秋繼詩以存王迹處，尚未曾十分透徹。
907	王庭	匡章通國皆稱不孝焉一章	下筆甚婉，淡語都有深情，連作數折，鉤出末句，言盡而意不止。（原評） 設心二語，孟子之觀過知仁也，作者曲曲從此洗發，分外淒警，亦不署責善二節，布置尤爲得當。
909	韓菼	詩曰永言孝思四句	虞周相形已成町畦，而英思辯才皆前人意義所漏，爲是題一開生面。（原評）
910	馬世俊	孔子曰唐虞禪一節	夏殷周同於唐虞之禪，孔子泛論之詞也，孟子引之，則側重夏之繼與唐虞之禪等耳，文步步顧定章脈，妙義環生，運用皆極飛騰之勢。
911-2	狄億	非其義也四句	見解透，筆力超，看其軒豁醒露，幾忘其義理之深厚，於前輩中極近錢紹文。
913	熊伯龍	一介不以與人二句	他人將一介推廣言之以盡其蘊，不若就一介推勘更見精微也，文之得解處在此。中股人必自忘其廉恥，而後謂他人之廉恥不足惜，此種名理從來未經人道。末幅精力少懈。
914	熊伯龍	其自任以天下之重如此	將任天下歸入己之性分願力，則自字精髓自出矣。規模氣象，無不與阿衡身分相稱，是謂詞足以指實。
915	王汝驤	百里奚虞人也二節	下節覼縷，俱於敘上節時消納已盡，故入下節後，筆墨分外閒淨，筆之古峭不待言。（原評）
918	楊名時	智譬則巧也一節	惟其知之至，是以行之盡，他人用力側注未免著迹，惟此如題安頓，而聖智兼備，巧力俱全，自然融洽，文亦純潔無疵。
920	陶元淳	北宮錡問曰一章	人情之中、人情之外，二意不漏不支，恰該括得題中義蘊，後半以封建論作反襯，惜有不能自暢其說處，而文自超拔。
921	祝翼權	天子之卿一節	議論正當，筆力明爽，無封建論權謀譎詐之私，故爲得之。
922	吳啓昆	敢問交際何心也一章	從橫穿貫，未嘗不按部就班，幾可與顧涇陽作並駕齊驅矣。

924	潘宗洛	孔子先簿正祭器二句	局段與仲尼之徒二句略同，點染引證處亦似之，若按之古典禮，則俎實、豆實多用腊物，後二比云云，亦時文好看語耳，可知學者流覽五經，必當深求其義類也，其文則非時士所易及。
925	李光地	富歲子弟多賴一章	禽獸不獨性與人殊，氣質亦與人殊，乃前儒未發之覆，故言皆警切，不獨中幅飛騰，得周末諸子之逸宕也。
926	徐春溶	有天爵者二節	理正詞雄，沛然莫禦，有如潮如海之觀。
927	張玉書	高子曰小弁一章	於大舜之怨慕體認真切，故推論比方，意義無不精確，必如此乃能擺落陳言，自出機軸。
928	李光地	舜發於畎畝之中二節	精透處實前人所未發，不作一感慨激烈語，而光采愈耀。
929	張榕端	故天將降大任於是人也一節	文所以可久，以於義理實有發明耳。中二股卓立不磨，前後亦無駁雜。
931	嚴虞惇	萬物皆備於我矣一章	說理明白曉暢，所不及先輩者，詞語少平緩耳。不如此而求之艱深滯澀，安能使人心目了了？
932	汪琬	仁言不如仁聲之入人深也一章	章妥句適，中律合度，有隆萬之巧密，而無其凌駕。我朝初年場屋文字，猶遵先正成法如此。
933	金居敬	人之所不學而能者一節	因言仁言義，人都信不及，所以切實指點出良知良能來，言外便有要以學慮充其知能之意。篇中從學慮打叠說下，於立言宗旨最為脗合。（原評） 清思妙筆，曲折如意，必具此本領，方能作清空文字，否則平淺無味矣。
935	韓菼	舜之居深山之中一節	著眼及其兩字，居遊之前、見聞之後，寫來融洽朗潤，祗若決江河甚速，而無不通之義，尚少理會耳。
936	王汝驤	仰不愧於天一節	細思此章神理，一樂既孟子所無，三樂亦未足滿志，二樂若就現成說，反不見聖賢修己實功矣，可見俱是慨想之詞，此節地位惟孔子足以當之，尤不得著一意氣語。（自記）
937	儲欣	易其田疇一章	發首二節，已透得使有菽粟實際，故後半從容指點，自迎刃縷解矣，機神流逸，氣度安和，為作者上等文字。
938	金德嘉	聖人治天下四句	頓跌鼓盪，一氣流轉，闈墨中僅有之文。
939	李光地	孔子登東山而小魯一章	比例繁多，易於零雜，文則如金在冶，鎔成一片，而賓主輕重之間，復有條而不紊。

942	萬儼	遊於聖人之門者難為言	思精而能入，筆曲而能出，股法淺深轉換，行文抑揚頓折，皆與庸手有別，學者解此，更無平庸合掌之病。
944	趙炳	雞鳴而起一章	為善為利，人但知為兩途，孟子特舉出舜蹠，而判其機於利善之間，立言之意，一層危悚一層，非此警快之筆，不足以達之。句調亦微有近滑處，筆下過於快利者，往往有此，學者不可不慎。
945	呂謙恆	雞鳴而起一章	醇正老當，詞無枝葉，起結用周子語，恰是題中肯綮，凡作文用五子書，必如此恰當細切，方無漫抄性理之弊。
946	畢世持	君子居是國也五句	曲折生姿，宛轉作態，緣其筆底超異，故不落俗調。
947-8	熊伯龍	桃應問曰一章	黃蘊生、楊維斗作，皆於平正處發揮，此文又於題解之外，另翻出一層道理，立格似奇而義更深醇，文氣清剛快削，更得賈晁筆意。
949	呂履恒	君子之於物也一節	於三者施之各當，行之有序、推之有本處，無不發揮詳盡，筆亦軒豁醒露。
951	儲在文	盡信書一節	於所以不可盡信之故，推闡曲盡，又與下文武成一節，隱相關照，似此議論醇正，方可以史解經。
952	王汝驤	聖人百世之師也	一語函蓋通章，實際全在下文，寫來偏自俯仰淋漓，正希之傲岸，與大士之敏異，蓋兼得之。中股兩疊句乎字，兼露況字，在文勢不得不爾，意義實未嘗侵下也。
953	仇兆鰲	齊饑一章	以不行仁政為本，而以發棠事低昂其間，一縱一擒皆成章法。
954	儲欣	聖人之於天道也	同是聖人，同是盡天道，而微分之，則堯舜性之、湯武身之，以及時中之大而化，清任和之一成而未至，層層闡發，具見的當。
955	張江	充實之謂美四節	切實分疏，無一語濛混含糊，在此題真為的當不易。
957	趙衍	逃墨必歸於楊一章	筆勢從橫，而論實未確，孟子時，楊朱墨翟之言盈天下，自漢及唐，孟子之書猶未暴見大行，昌黎猶云孔墨必相為用，而謂其勢已衰可乎？後幅求緩其攻，陰彌其隙，俱不切楊墨與吾儒角立情事，楊墨止各抒一家之說，未嘗與孔孟相攻，與老莊告子又別。
958	劉子壯	動容周旋中禮者二句	沐經籍之光澤，而於性之之德，細微曲折無不中禮處，無絲毫蒙翳假借語，故為難得。
959	劉捷	養心莫善於寡欲一節	具化治之確質，兼正嘉之渾成，可觀我朝文章之盛，無體不備。

960	戚藩	經正則庶民興	語無含糊，筆亦老健。
961	唐德亮	經正則庶民興	作者平時好爲豪邁，往往軼於繩尺，故錄此謹守規矩不事馳騁者。

附錄二　試論八股文之「代聖賢立言」

摘　要

　　八股文「代古人語氣爲之」的寫作手法，常被認爲是此文體卑俗之根源，批評者認爲書寫將因代言而無法表達作意，只能言聖賢之所言。實際上，八股作品的風格在明清文家眼中迥異於此。時文選家於評點中所提出的「肖題」、「口氣」，不只強調其代言必須肖似，且贊許「口氣獨得」的創見。

　　八股代聖賢立言之行爲，實出於士子對於傳統文化的「情感認同」，尤其受宋代理學影響甚大，理學家以尋「孔顏樂處」爲詮釋經籍的切入點，八股文人則發爲聖賢口吻之體會深契，此種超凡體會且形成風格紛陳的經義新詮。

　　這一番對於古人的認同與體會，可以視爲儒家「述而不作」觀念的延續。傳述者對於聖賢（作者）心神的體會歷程，使其得以躋身於數千年來之道統；而後人所代言詮寫的心得，則使此道統得以延續薪傳。不唯古聖賢改寫了代言者的面貌，八股時文對於古人精神面貌的改寫，亦與日俱新，深化了「傳統」的意涵。

　　關鍵詞：八股、代言、肖題、口氣、述而不作

一、八股文頑固的服從根性？

自從晚清面對西方強勢文化的進逼以來，有志者目睹國事萎靡，看待八股此一科舉文體多半持以負面觀點，或視爲國力衰敗之主因。此一觀念，至今猶然，祇有少數學者能持平看待，注意其文體之特出。如周作人嘗云：

> 我考查中國許多大學的國文學系的課程，看出一個同樣的極大的缺陷，便是沒有正式的八股文的講義。我曾經對好幾個朋友提議過，大學裡——至少是北京大學應該正式地「讀經」，把儒教的重要的經典，例如《易》、《詩》、《書》，一部部地來講讀，照在現代科學知識的日光裡，用「言語歷史學」來解釋它的意義，用「社會人類學」來闡明它的本相，看它到底是什麼東西，此其一。……我的第二個提議即是應該大講其八股，因爲八股是中國文學史上承先啓後的一個大關鍵，假如想要研究或了解本國文學而不先明白八股文這東西，結果將一無所得，既不能通舊的傳統之極致，亦遂不能知新的反動之起源。所以，除在文學史大綱上公平地講過之外，在本科二三年應禮聘專家講授八股文，每週至少二小時，定爲必修科，凡此課考試不及格者不得畢業。這在我是十二分地誠實的提議，但是，鳴呼哀哉，朋友們似乎也以爲我是以諷刺爲業，都認作一種玩笑的話，沒有一個肯接受這個條陳。固然，人選困難的確也是一個重要的原因，精通八股的人現在已經不大多了，……
>
> 八股文的價值卻決不因這些事情而跌落，它永久是中國文學——不，簡直可以大膽一點說中國文化的結晶，無論現在有沒有人承認這個事實，這總是不可遮掩的明白的事實。……八股不但是集合古今駢散的精華，凡是從漢字的特別性質演出的一切微妙的游藝也都包括在內，所以我們說它是中國文學的結晶，實在是沒有一絲一毫的虛假。民國初年的文學革命，據我的解釋，也原是對於八股文化的一個反動，世上許多褒貶都不免有點誤解，假如想了解這個運動的意義而不先明瞭八股是什麼東西，那猶如不知道清朝歷史的人想懂辛亥革命的意義，完全是不可能的了。[註1]

[註1]　周作人，〈論八股文〉，《中國新文學的源流》，收入《論中國近世文學》，北京：海南出版社，1996年，附錄一，頁74～80。

周氏以八股文爲「中國文學史上承先啓後的一個大關鍵」，是「集合古今駢散的精華」，實謂推崇備致。其說法之允當與否，可待有心者自行探索；〔註2〕本篇所感到興味的是，周氏對於此一文體的批評觀點：

> 幾千年的專制養成很頑固的服從與模仿根性，結果是弄得自己沒有思想，沒有話說，非等候上頭的吩咐不能有所行動，這是一般的現象，而八股文就是這個現象的代表。前清末年有過一個笑話，有洋人到總理衙門去，出來了七八個紅頂花翎的大官，大家沒有話可講，洋人開言道：「今天天氣好。」首席的大聲答道：「好！」其餘的紅頂花翎接連地大聲答道好好好……其聲如狗叫云。這個把戲，是中國做官以及處世的妙訣，在文章上叫作「代聖賢立言」，又可以稱作「賦得」，換句話就是奉命說話。做「制藝」的人奉到題目，遵守「功令」，在應該說什麼與怎樣說的範圍之內，盡力地顯出本領來，顯得好時便是「中式」，就是新貴人的舉人進士了。〔註3〕

據其說法，可知周氏認爲八股文在書寫型式上「集合古今駢散的精華」，是一種精彩的文體；然而在內容上卻是「奉命說話」，代表了我國幾千年來專制所養成的頑固的服從根性，就像被人豢養的狗一般，沒有自己的思想，這種作法也就是所謂的「代聖賢立言」。周氏所論，果爲其然？

考八股之文體規定，《明史·選舉志》載：

> 科目者，沿唐宋之舊而稍變其試士之法，專取《四子書》及《易》、《書》、《詩》、《春秋》、《禮記》五經命題試士蓋太祖與劉基所定。
> 其文略仿宋經義，然代古人語氣爲之，體用排偶，謂之「八股」，通

〔註2〕　試看明清文家意見，如袁宏道說：「天地間，眞文漸滅殆盡，獨博士家言猶有可取。其體無沿襲，其詞必極才之所至，其調年變而月不同，手眼各出，機軸亦異。」（〈與友人論時文〉，《袁中郎尺牘》）如劉大櫆說：「文章者，藝事之至精，而八比之文，又精之精者也。」（〈徐笠山時文序〉，《海峰文集》，卷四）如姚鼐說：「經義之體，其高出詞賦箋疏之上倍蓰十百」（〈停雲堂遺文序〉，《惜抱軒全集》，卷四）再如近人郭紹虞所論：「我們假設於一個時代取其代表的文學，……那麼於明無寧取時文。時文似乎是昌黎所謂『俗下文字，下筆令人慚者』。然而，時文在明代文壇的關係，則我們不能忽略視之。正統派文人本之以論『法』，叛統派文人本之以知『變』。明代文人，殆無不與時文發生關係。明代文學或文學批評殆也無不直接間接受著時文的影響。」（〈公安派〉，《中國文學批評史》，臺北：藍燈，1988年10月，頁368）
〔註3〕　同前註1。

謂之「制義」。〔註4〕

足見「八股」（或稱「制義」）文有幾項規定：（一）以四書五經爲命題範圍，（二）在書寫上與宋人經義相仿，不過須「代古人語氣」爲之，（三）體用排偶。〔註5〕然此體既以四書五經爲命題範圍，其所代之「古人」，自爲相關章節之聖人、賢徒。

八股行文必須「代古人語氣爲之」，姑不論其創制有何深意，此一規定卻成爲文體批評者之重要鵠的。茲列舉數條如下：

> 既思朝廷以八股取士，曲摹口語，正如婢代夫人，即令甚肖，要未有損益；繩趨矩步，使人耳目無所聞見。（魏禧）〔註6〕

> 學時文甚難，學成只是俗體。……自六經以至詩餘，皆是自說己意，未有代他人說話者。元人就故事以作雜劇，始代他人說話，八比雖闡發聖經，而非注非疏，代他人說話。八比若是雅體，則〈西廂〉、〈琵琶〉不得擯之爲俗，同是代他人說話故也。（吳喬）〔註7〕

> 從古文章皆自言所得，未有爲優孟衣冠，代人作語者。惟時文與戲曲則皆以描摩口吻爲工，如作王孫賈，便極言媚灶之妙，作淳于髡、微生畝，便極詆孔孟之非。猶之優人，忽而胡妲，忽而蒼鶻，忽而忠臣孝子，忽而淫婦奸臣，此其體之所以卑也。（袁枚）〔註8〕

> 以入口氣爲代聖立言，夫以聖人之言，游、夏莫賛；揚雄《太元》擬《易》，劉向譏其僭妄；王通《七制》擬《書》，朱子笑其兒戲：以彼二賢，猶尚如是，生童何人，乃能上代聖言哉？以選舉之大典，爲優孟之衣冠，侮聖戲經，莫此爲甚。（康有爲）〔註9〕

〔註4〕 〈選舉志〉一，《明史》，卷六十九。

〔註5〕 葉國良則歸納爲四點：「1.題目用經句。2中間部分代古人語氣爲之。3.講究破題、承題、起講……大結等結撰格式。（一般分八部分，但「八股」不指此八部分。）4.起講與大結之間使用排偶句。（流俗稱爲「八股」。）」（〈八股文的淵源及其相關問題〉，《臺大中文學報》，第六期，1994年6月，頁41）八股受宋人影響頗大，葉氏所論第一及第三點即爲沿襲宋經義之寫法，請參拙作〈宋代科舉時文研究〉，《中國海事商業專科學校學報》，九十學年度，頁153～188，2002年3月。

〔註6〕 〈內篇二集自序〉，《魏叔子文集》，卷八。

〔註7〕 《圍爐詩話》，卷一。

〔註8〕 〈答戴敬咸進士論時文〉，《小倉山房尺牘》，卷三。

〔註9〕 〈請廢八股試帖楷法取士改用策論折〉，轉引自黃強，〈八股文的解釋學透

士子的「代聖賢立言」，其實是讓聖賢的思想全盤代替士子的思想，完全取消個性，取消自我的思想創見。（張曉軍）〔註10〕

（制藝）其中絕大多數，都是代聖賢立言，毫無價值。（喬衍琯）〔註11〕

可見歷來看待「代聖賢立言」之論者，或譏其爲「兒戲」、「俗體」，或責其「取消個性」、「使人耳目無所聞見」，以此斷定八股文絕大多數「毫無價值」。在這些論述中，八股文成爲漂亮卻空洞的文字遊戲，是朝廷用以箝制、束縛文人思想的一套制度，也是我國傳統文化所以爲迂腐的顯證。

二、從八股篇章看「代聖賢立言」之規定

八股是否迂腐空洞，「代古人語氣爲之」如何束縛寫作者之思想，自然還是必須回到實際的作品中來檢證。以下筆者欲由幾個層面來試加考察。

首先，在其文體規約方面，根據商衍鎏對於八股作法的具體解釋，〔註12〕以韓菼〈子謂顏淵曰用之則行舍之則藏惟我與爾有是夫〉爲例，一篇八股文約略可以分爲十個部份：（一）破題（二）承題（三）起講（四）提比（五）提比後之出題（六）提比後之兩小比（七）二中比（八）過接（九）後二比（十）收結。而所謂「代古人語氣爲之」的部份，其實並非涵括全文。據商式所言，「破題」、「承題」部份「皆用作者之意，不入口氣」，是以作者的身分說明題意；文章自「起講」後才「入孔子口氣對顏淵說」，而整篇文章也從「故特謂之曰」轉換口氣，以聖人口吻發抒經義，直至篇末。作者於行文間

析〉，《揚州大學學報》（人文科學版），1990 年 2 期，頁 32。

〔註10〕〈八股文與笠翁曲論〉，《戲曲藝術》，1999 年，第一期，頁 54。

〔註11〕〈清代藝文志考評〉，《清代學術論叢》第四輯，臺北：文津，2002 年 11 月，頁 188。

〔註12〕見商氏《清代科舉考試述錄》，第七章，轉引自田啓霖編，《八股文觀止》，大陸：海南出版社，1994 年 10 月，頁 1218～1220。在考試程序上，八股屬於「經義」系統，偏近於測驗傳統儒學之「內聖」理路。據林進財說：「據《明史・選舉志》之記載：『第一場：四書義三道、經義四道。第二場：論、表、判、詔各一道。第三場：時務策五道。』應試文類，琳瑯滿目，紛繁不一，可區分爲兩個系統：一『經義』系統（包括四書義與五經義），二『古文辭』系統（包括論、表、判、詔與時務策）。此一區劃，正可配合傳統儒學『內聖』、『外王』兩路作對當地瞭解。『經義』文體可驗士子內修工夫之純駁；『古文辭』可試士子應世才略之良劣。」（《艾南英時文理論之研究》，中山大學中國文學系碩士論文，1995 年 6 月，頁 16。）

數度以孔子語氣稱「回乎」，不以第三人稱書其名顏淵。

爲方便吾人進一步討論，以檢視八股文「代古人語氣」之具體寫法，下面且以明人董玘〈予未得爲孔子徒也〉一篇爲例，試加說明。

予未得爲孔子徒也　一節（董玘）

1、大賢於聖人之道，雖不得於見知，猶得於聞知。

2、蓋孟子所宗，惟孔子也。苟淑諸人，是亦得之孔子矣，奚以不及門爲欠乎？

3、孟子敘道統而自任曰：道之行於世也無存亡，而統之屬於人也有絕續，由堯舜至於周孔，道統有自來矣。

4、夫何孔子之生也，適予未生，而願學之心，每限於莫及予之生也。孔子既沒，而誠明之聖，

5、未得於親承金聲玉振，勤於想慕，而親炙無由求，若顏曾之左右於門墻不可得也；江漢秋陽，徒慕其氣象，而光輝周挹求，若閔冉之周施於洙泗未之能也。

6、予之不幸，莫此爲甚。

7、然予身之生，其去孔子尚未至於百年：孔子之澤，其及吾身尚未至於五世。

8、文未喪天，而流風之未泯者，人固得傳之，我則從而取之，以善其身焉；道未墜地，而餘韻之獨存者，尚能誦之，我則從而資之，以陶其德焉。

9、大成之矩，雖不可即矣，而金聲玉振之餘響，猶得竊之以自鳴，則淵源所自，謂非魯東之家法不可也；時中之聖，雖不可作也，而江漢秋陽之餘光，猶得竊之以自賁，則支流所衍，謂非素王之餘緒不可也。

10、此又非予之大幸哉？〔註13〕

由此篇來看，所謂「以古人語氣」的寫法，在破題、承題中，是仍以作者身分爲之。行文到了起講時，才以「孟子敘道統而自任曰」轉換爲孟子的語氣，直到篇末。所以作者在文中說「予身之生，其去孔子尚未至於百年；孔子之澤，其及吾身尚未至於五世」時，是以孟子之身分自處。當然，主試者出了

〔註13〕董玘爲明弘治進士，程文轉引《八股文觀止》，同前註，頁310～311。下不略述。

這種題目，自然也有利於以孟子的立場來書寫。事實上，許多八股文的題目，是並不方便於以代言體來寫作的。〔註14〕

　　考此篇八股文之命題出自於《孟子・離婁》下篇：「予未得爲孔子徒也，予淑諸人也。」作者面對「予未得爲孔子徒也」此題，首先便是要清楚確認題中的發言者是誰，這也就牽涉到應試者「認題」的功力。方苞評點此篇曰：

> 兩「予」字兩「也」字，唱嘆深情，流溢於紙墨之外。後人但作〈太史公自序〉語，直是心粗手滑耳。前輩只求肖題，故才華雅贍，而意度仍自謹嚴。〔註15〕

方氏所論，頗值留心，所謂「代古人語氣爲之」的作法，此處則說是「肖題」；由於作者能肖題，能掌握到孟子說話時的語境，而不致離題高論，所以文章之「意度仍自謹嚴」。應試者能肖題，也就認清了題目的主旨所在。而肖題的方法，在於代言者對經典中摘引之字句，能加以仔細揣摩設想。如方氏對經句中之二「予」字二「也」字，深有所感。同樣的例子，又如李光地在評點胡正蒙〈固天縱之將聖又多能也〉一文時說：

> 此題口氣，在「固」字「又」字。太宰意尚疑夫子未必是聖，特以多能故意其爲聖耳。「固」字是對「者歟」字，「又」字對「何其」字，言夫子固是聖人而又多能者耳，豈可以多能爲聖乎？天縱，不過言夫子得天之厚，不是與太宰對針問答處，兩句一氣讀下，天縱亦直貫至多能，非以聖爲天縱，多能不爲天縱也。入脉尚隔。〔註16〕

考此文題出《論語・子罕》篇：「大宰問於子貢曰：『夫子聖者歟？何其多能也？』子貢曰：『固天縱之將聖，又多能也。』子聞之，曰：『大宰知我乎？吾少也賤，故多能鄙事。君子多乎哉？不多也。』」以李氏所論，足見其認題時之字斟句酌；因爲認題高下，也就表現出作者融會經義的深淺。題意之錯判，可徵學者於經句未能貫通。如此爬梳經義，實有助益於經典文本之深究。〔註17〕

〔註14〕　經題如從五經中出，或選自《大學》、《中庸》，則明顯不如《論》、《孟》之易爲代言，還有截搭題也會造成代言上的困擾，面對這些題目時，其實與宋人經論幾無分別。

〔註15〕　轉引《八股文觀止》，頁312。

〔註16〕　轉引《八股文觀止》，頁460。

〔註17〕　此處可以參考茅坤的認題說法：「題中精神血脈處，學者需先認得明白，了了印之心中，方可下筆，然後句句字字，洞中骨理。予嘗論舉子業，淺視之則世所勦襲帖括，亦可掇一第，苟於中得其深處，謂之傳聖賢之神可也。」（茅

　　除了方苞論及「肖題」外，類似的八股評語亦不少見，茲以李光地所論略舉如下：

> 道即與心融，心即與道契，是顏子本色。……此獨脫去神化思勉等語，尤爲平實淵懿，而口氣恰與題肖。（評點倫文敘〈欲罷不能〉）
> 〔註18〕

章意雖似調停，寓譏乃在文敝起處，點明後順口氣，並抉行文亦典切可誦。（評點茅坤〈質勝文則野〉）〔註19〕

> 此題文多佳，元之外此尤高古，且口氣獨得。（評點陶望齡〈聖人之行不同也〉）〔註20〕

李氏或曰「肖題」、或曰「口氣」，前者著重於切近題旨、逼現古人之「本色」，後者則偏重於抒論時所顯露的精神面貌，故而強調作者之「口氣獨得」。以「代古人語氣」書寫，卻要表現出後起作者之精神面貌，寧非怪事？然而，在一些八股評點中，卻的確可以看出這種審美要求。此處以方苞之評點爲證：

> 風神秀逸中，具有生氣奮郁，不僅得古人之形貌。（評點儲在文〈文獻不足故〉）〔註21〕

> 此自來選家所推爲至極之作，其清醇淡宕之致，自不可及。但必以爲稿中最上文字，則尚未見作者深處也。（評點歸有光〈宋牼將之楚〉）
> 〔註22〕

> 化治以前先輩，多以經語詁題，而精神之流通，氣象高遠，未有若茲篇者。學者苦心探索，可知作者根柢之淺深。三百篇語，漢魏人用之，即是漢魏人氣息；漢魏樂府古詩，六朝人用之，即是六朝人音節；又見守溪震川之用經語，各肖其文之自己出者，可悟文章有神。（評點歸有光〈大學之道〉）〔註23〕

　　坤，〈茅鹿門諭舉業要語〉，見載李叔元，《新鍥諸名家前後場肄業精訣》，卷二）
〔註18〕轉引《八股文觀止》，頁279。
〔註19〕轉引《八股文觀止》，頁427。
〔註20〕轉引《八股文觀止》，頁621。
〔註21〕轉引《八股文觀止》，頁982。
〔註22〕轉引《八股文觀止》，頁374。
〔註23〕轉引《八股文觀止》，頁362。接近於於歸有光的看法，大陸學者楊波認爲八股文的「代聖賢立言」和詩人的「賦詩言志」有共同之處，「賦詩言志要言的是賦詩者的志，而不是詩人的志，八股文作者脫離了原來語境，字面意義並

可見八股文在「肖題」之餘，對於作者也有「口氣獨得」的嚮往，不僅思見「作者深處」，且欲「用」經語，使其肖爲「自己出者」也。評家至此所論者，不在於作者是否肖於古人，反而在其使用古人經句，能否表現出自己的神髓意趣。

因此，無怪八股選家會重申「言爲心聲」，認爲八股文實要求作者「各言其心之所得」，如方苞曰：

> 臣聞言者心之聲也，古之作者其氣格風規，莫不與其人性質相類，而況經義之體，以代聖人賢人之言，自非明於義理，把經史古文之精華，雖勉焉以襲其形貌，而識者能辨其僞，過時而堙沒無存矣。其間能自樹立，各名一家者，雖所得有淺有深，而其文具存，其人之行身植志亦可概見。〔註24〕

如江國霖曰：

> 制藝之興，其人心之不容已者乎！漢取士以制策，其弊也泛濫而不適於用。唐以詩賦，其弊也浮華而不歸於實。宋以論，其弊也膚淺而不根於理。於是依經立義之文出焉，名曰制義。蓋窮則變，變則通，人心之不容已。即世運升降剝復之自然也。士人讀聖賢書既久，各欲言其心之所得。……吾故曰：制義雖代聖賢立言，實各言其心之所得者也。〔註25〕

可以想見在明清文士，雖出之以聖賢口吻書寫，殆不會以爲八股文之內容是一種「取消個性」的文體。〔註26〕正如我們絕不認爲當前之小說寫作，透過情節安排與角色對話之運用，是沒有作家「自己的思想」的。〔註27〕

未發生改變，但是總體指向發生了變化，都是用典籍的詞面意義來作爲溝通前人與自己的橋樑，都是借重而又忽略原文的意思來表達自己的意思。」（〈賦詩言志與代聖立言——關於八股文的一點思考〉，《中國典籍與文化》，2003年第3期總第46期，北京：江蘇古籍出版社，2003年9月，頁97～101）

〔註24〕方苞，〈進四書文選表〉。

〔註25〕江國霖，〈制義叢話序〉。

〔註26〕如明袁宏道說：「天地間，眞文漸減殆盡，獨博士家言猶有可取。……二百年來，上之所以取士，與士子之伸其獨往者，僅有此文。」（〈與友人論時文〉，同註2）不但八股作者要「伸其獨往」，讀者也求洞見文章之「性情志尚」，如清劉熙載云：「文不易爲，亦不易識。觀其文，能得其人之性情志尚于工拙疏密之外，庶幾知言知人之學也與！」（〈經義概〉，《藝概》，卷六，第九十五條）

〔註27〕梅家玲曾論及擬作者必須經過兩個階段來完成作品：「神入」、「賦形」，而其手法是「與小說家創作小說角色的情形，頗有幾分類似」。（〈論謝靈運〈擬魏

　　前文提及商衍鎏所釋八股文的結構，應該再加以補充說明，在一篇八股文章「收結」之處，似可回歸作者身分以「自攄所見」，〔註28〕至少在明代時有如此寫法，據顧炎武說：

　　（經義）篇末敷演聖人言畢，自攄所見，或數十字，或百餘字，謂之「大結」。明初之制可及本朝時事；以後功令益密，恐有藉以自炫者，但許言及前代，不及本朝。〔註29〕

以顧氏所論，明人八股文之「大結」，是可論及於「本朝時事」的，其後，雖不准言及本朝，然於「大結」處「自攄所見」的精神仍是保留著的。換言之，僅管寫作者是以古代聖人的身份暢言經義，八股文讀者卻可以預期於大結處見到作者論及後世之事例，以發表其高見。然而入清之後，此一寫法卻因故禁止了。據梁天池的說法：

　　前明制義每篇之後多有大結，……漢唐以下之事皆可借題立論，……明之中葉，每以此爲關節，……我朝康熙六十年始懸爲禁令。〔註30〕

梁氏所論有二點值得注意：第一，因爲篇末「大結」的寫法，明代八股文可以視爲一種「借題立論」；第二，清人禁止的理由爲這種寫法常作爲試場之「關節」，影響考試之公平性。

　　如果從另一方面來考慮，禁止考生「借題立論」，自然會使其寫作較回歸於考試之書面題旨。清人在八股文寫作上放棄了明人「借題立論」的寫法，不妨將之視爲此文體書寫上的「變異—返本」現象。八股作爲應試文體的長

太子鄴中集詩八首并序〉的美學特質〉，《臺大中文學報》，第7期，1995年4月，頁155～215）小說家自有其所寓之深思。另外，晚清左宗棠在諭子書中所推薦的「作八股」要點，除「熟讀經史」外，便是「其識解必求出尋常意見之外」。梁章鉅盛贊李光地、韓菼、方舟、方苞之八股文，以爲「專於義理求勝，……而識力獨到，往往補傳注所不及」，皆足以證明八股之重視創見。（請參見祝總斌，〈正確認識和評價八股文取士制度〉，《國學研究》，第九卷，北京：北京大學出版社，2002年6月，頁18～19）

〔註28〕關於八股收結之寫法，據葉國良說：「宋明人在結尾或大結部分常『自攄己見』，不見得只是『敷演傳注』做程朱的傳聲筒而已。」（〈八股文的淵源及其相關問題〉，同註5，頁56。）大陸學者祝總斌則申論其重要性：「『代聖賢立言』難以聯繫後代歷史和當代現實，『自攄所見』的矛盾，通過『大結』便得到了解決，並且由明初至清康熙年間行用三百多年。它至少說明：簡單化地將『代聖賢立言』歸之爲限制應試者的自由思想，並不符合明清科舉立法意圖和歷史事實。」（〈正確認識和評價八股文取士制度〉，同前註，頁9。）

〔註29〕〈試文格式〉，《日知錄集釋》，卷十六。

〔註30〕《制義叢話》，卷一（引《書香堂箋記》）。

期書寫，自然會形成其寫作風格上的演變，清人看待明代的八股文，如方苞說：

> 明人制藝，體凡屢變：自洪永至化治百餘年中，皆恪遵傳注，體會語氣；謹守繩墨，尺寸不踰。……至啓禎諸家，則窮思畢精，務為奇特，包絡載籍，刻雕物情。凡胸中所欲言者，皆借題以發之。就其善者，可興可觀，光氣自不可泯。〔註31〕

焦循說：

> 大抵化治正嘉為正，而隆萬啓禎為變。正者不過注疏講義之支流；變者乃成知言論世之淵海。此猶詩至李杜韓白，詞至蘇辛也。變之極，不無奇濫，則矯以復正，然體益純而益窘，遂復為注疏講義之附庸矣。〔註32〕

以方氏所論，明中葉後之八股作者「窮思畢精，務為奇特」，「凡胸中所欲言者，皆借題以發之」，與明初之「謹守繩墨，尺寸不踰」有別。焦氏則認為化治正嘉八股其正者「不過注疏講義之支流」，反倒是隆萬啓禎之變者乃成「知言論世之淵海」。康熙年間取消了八股「大結」之寫法，或許可視為清人欲「矯以復正」的措施。可惜如此寫法，「體益純而益窘」，竟侷限為「注疏講義之附庸」。〔註33〕

　　不過，無論一篇八股文是偏向「借題立論」，或是近於「謹守繩墨」者，代言體之書寫，畢竟與傳注體有別，此誠如清人管世銘所言：

> 前人以傳注解經，終是離而二之。惟制義代言，直與聖賢為一，不得不逼入深細。〔註34〕

代言者發為古人口吻之書寫，可以產生「直與聖賢為一」的親切感，此與傳注之客觀拘謹自有分別。而代言體之書寫，在我國文學史上亦非無跡可尋的。

〔註31〕方苞，《欽定四書文·凡例》。

〔註32〕轉引自盧前，《八股文小史》，上海商務印書館，1937年，頁39。

〔註33〕八股文自是對經句詮釋的一種型式，雖不同於傳注，其重要性卻不可輕忽。葉國良說：「就儒學資料的角度言，闡述經旨的論說文（其中包含經義與八股文）與收在經部的注疏、收在子部的儒家類，其目標是一致的，只不過這類論說文通常被列入集部而已。……八股文很像宋代某些不事訓詁、發抒經旨的經學著作，如張栻的《南軒論語解》等，而一篇經義（八股文）往往可視為一二句經文的注。」（〈八股文的淵源及其相關問題〉，同註5，頁39、56）

〔註34〕《制義叢話》，卷一。

三、八股代言書寫之用心

對於八股代言之寫作淵源，歷來有許多看法，其一認爲是受到元雜劇影響而產生，如焦循《易餘籥錄》卷十七、吳喬《圍爐詩話》卷二皆主之，以八股文爲俗體，代人說話，斥爲俳優之道。其二則欲溯及宋人文章之寫法，如舉楊萬里經義文〈國家將興必有禎祥〉爲例，此篇於點題後，用「以爲」二字領起下文議論，已爲代古人之口氣；另楊氏〈至於治國〉篇於點題後以「謂」字議論起，也是聖人口氣，爲行文平添了生動恰切的語氣，梁章鉅認爲「代古人語氣實始此」。〔註35〕除應制文外，稍早蘇洵於〈易論〉中的寫法：「聖人云：是天人參焉，道也，道有所施，吾教矣。」〔註36〕也是明顯的代言。〔註37〕其三則更往前溯及《四書》經典文本中之寫法，如劉熙載說：「至《大學》以『所謂』字釋經，已隱然欲代聖言，如文之入語氣矣。」〔註38〕

以上所論，除第一種意見指出代言的戲劇效果外，〔註39〕其餘二種則想從歷代文本找尋寫法之根源。三種說法中，八股文寫作受到宋人經義文的影響當屬最大，據《日知錄》記載：

> 今之經義，始於宋熙寧中，王安石所立之法，命呂惠卿、王雱爲之。
> 〔註40〕

〔註35〕 轉引《八股文觀止》，頁60。

〔註36〕 〈六經論〉，《嘉祐集》，卷六。

〔註37〕 參見孔慶茂，〈八股文與中國文學〉，《江海學刊》，1999年第3期，頁179。

〔註38〕 〈經義概〉，《藝概》，卷六，第八十六條。

〔註39〕 比之爲戲劇，如焦循說：「余謂八股以口氣代其人論說，實本於曲劇。而如陽貨、臧倉等口氣之題，宜斷作，不宜代其口氣。吾見工八股者作此種題文，竟不啻身爲孤裝邦老，甚至助爲訕謗，口角以俏肖爲能。是當以元曲之格爲法。」（《易餘籥錄》，卷十七）又如錢鍾書：「八股古稱『代言』，蓋揣摹古人口吻，設身處地，發爲文章；以俳優之道，抉聖賢之心。……竊謂欲揣摹孔孟情事，須從明清兩代佳八股求之，眞能栩栩欲活。漢宋人四書注疏、清陶世徵《活孔子》，皆不足道耳。其善於體會，妙於想像，故與雜劇、傳奇相通。」（〈八股文體探源〉，《錢鍾書論學文選》，第五卷，花城出版社，1990年5月，頁34～35）涂經詒的說法頗值注意：「關於八股形式是由元劇衍生出來的這種看法，也有其重要的含意，暗示八股文的出現，可能是由於文學形式本身進化而起，而非專制政府規定的、或刻意努力的結果。換言之，八股文的興起，可能與一般人的時尚、愛好有關，而政府只在它的演化過程和自然結果之間，扮演了產婆的角色而已。」（〈從文學觀點論八股文〉，《中外文學》，第12卷，第12期，1984年，頁175）周作人也約略提及八股文與劇曲之關係。

〔註40〕 《原抄本日知錄》，卷十九，「經義論策」條。

顧炎武乃稱八股爲「今之經義」，並溯其寫作源流於宋王安石所創制之經義文。宋人寫作經義文雖然未將「代言」定爲考試規矩，然論及明清八股「代聖賢語氣爲之」的用心，實不應忽略此文體受到宋學之影響。如茅坤說：

> 世之爲古文者，必當本六籍以求其至；而爲舉子業者，亦當繇濂洛
> 關閩以泝六籍，而務得乎聖人之精。〔註41〕

清皮錫瑞也曾就宋儒《尚書》注釋評論說：

> 宋儒解經善於體會語氣，有勝於前人處，而其失在變易事實以就其
> 說。〔註42〕

八股作者思欲擺脫漢魏以來龐大的傳注累贅，直接回歸經典本義，重視體會聖賢語氣的精神，實根源於宋代理學家之意趣。茲舉要如下：

> 聖希天，賢希聖，士希賢。伊尹顏淵，大賢也。志伊尹之所志，學
> 顏子之所學。〔註43〕（周敦頤）

> 某受學於周茂叔，每令尋仲尼顏子樂處，所樂何事？〔註44〕（程顥）

> 讀書者當觀聖人所以作經之意，與聖人所以用心，……句句而求
> 之，……則聖人之意見矣。〔註45〕（程頤）

> 簡策之言，皆古昔聖賢垂教無窮，所謂先得我心之同然者。〔註46〕
> （朱子）

理學家們追尋「孔顏樂處」的用心，並認定聖賢爲「先得我心之同然者」；因此，想要體會聖人之精神面貌，唯有將經義從己心深入探求，將自己的心地提昇爲聖賢的心境，志其所志，學其所學。

由於受到理學影響，明清八股作者乃將四書五經視爲「聖賢心學所在」，將其體會聖賢語氣的功夫視同「深山學道」，如明舉業家吳嶔說：

〔註41〕〈復王進士書〉，《茅鹿門先生文集》，卷六。

〔註42〕《經學通論・書經》「論宋儒體會語氣勝於前人而變亂事實不可爲訓」條，中華書局1998年版，轉引自祝總斌〈正確認識和評價八股文取士制度〉文，同註17，頁5。

〔註43〕〈通書〉，「志學第十」，《周敦頤集》，卷二。

〔註44〕《宋元學案》（中華書局1986年12月版），頁519。

〔註45〕《近思錄》，卷三。

〔註46〕轉引自錢穆，《宋明理學概述》（臺北：臺灣學生，1977年），頁217。朱子在這一段話後面又接著說：「凡我心之所得，必以考之聖賢之書，脫有一字不同，更精思明辨，以益求至當之歸。」並不以經典字句爲絕對之價值標準，此故錢穆認爲理學家「重聖賢更勝於重經典，重義理更勝於重考據訓詁。」（頁171）

　　四書五經之言，皆聖賢心學所在。我之心，千古聖賢之心，我於聖
　　賢之言，一一體念於心，想其光景，玩其趣味，務得其所以然之故。
　　久之，而義理通融，自然有自得之學。〔註47〕

如明艾南英說：

　　舉業一道，……其代聖賢之精神，則必降心柔氣，嗜欲淡而機智淺，
　　如深山學道之夫而後可。〔註48〕

清劉大櫆也說：

　　古文祇要精神勝，時文要己之精神，與聖賢精神相湊合。〔註49〕

　　立乎千載之下，追古聖之心思於千百載之上而從之。聖人愉則吾亦
　　與之為愉焉；聖人戚則吾亦與之為戚焉；聖人之所以窈然而深懷、
　　脩然而遠志者，則吾亦與之窈然而深懷，脩然而遠志焉。如聞其聲，
　　如見其形，來如風雨，動中規矩。〔註50〕

著重「降心柔氣」的「體念」功夫、著重以己心「與聖賢精神相湊合」，皆足
證明八股代言之體會「用心」，實受理學甚深影響。〔註51〕

　　八股代言書寫除在內容受到理學深刻影響外，於我國悠遠的文學史中，
文家運用「代言」體寫作（或摹擬）詩賦的嘗試，也所在多見。早在漢代，
揚雄本傳就說他仿《離騷》而作《廣騷》，又心慕司馬相如之賦，常擬之以為
式。〔註52〕而梁昭明太子蕭統所編纂的《文選》一書，列有「雜擬」一目，
其中著錄了許多此類的著作。值得注意的是，這些擬古之作，在當時評家眼
裡佔有極高地位，不因作者之擬古而斥為卑俗。據鄧仕樑的看法：「六朝擬古，
在當時不但沒有遭受輕視，反而有可能成為首要之作。……這似乎顯示了鮮
為人注意的現象：當時文人，愈有創新的勇氣，愈留意於繼承傳統的問題。
擬古本來未嘗沒有創新的意義，此在下文再論。但文士操筆擬古，必然先對
所擬對象有深切的體會。也許我們還可以看到一條規律：大凡致力於擬古的

〔註47〕　〈吳崑麓評語〉，李叔元，《新鍥諸名家前後場肆業精訣》，卷三。
〔註48〕　〈子魏近藝序〉，《天傭子集》，卷二。
〔註49〕　《海峰文集‧時文論》。
〔註50〕　〈徐笠山時文序〉，《海峰文集》，卷四。
〔註51〕　八股文家對於聖賢的體會，由程朱理學而來，如丘維屏所論：「今諸儒議論講
　　　　　說具在，而求其切中孔、孟之情，足為萬世之經，不可易者，舍程朱章句傳
　　　　　注外，亦未可以多得也。」（〈魏凝叔四書義序〉，《丘邦士文鈔》，卷一）
〔註52〕　參見鄧仕樑，〈論謝靈運《擬魏太子鄴中集詩》〉，《國家科學委員會研究集刊》
　　　　　（人文及社會科學），第四卷，第一期，1994年1月，頁1。

作者，都是勇於嘗試、銳意求新的。此在陸機、謝靈運、陶淵明、江淹、鮑照、庾信，莫不如此。他們都有擬古之作，而在當時都是勇於開創的詩人。」〔註53〕是當時文人反藉擬古寓其創意。到了唐代，擬作之風不減，如陳子昂寫《感遇》模擬阮籍《詠懷》，而李白以《古風》置於詩集卷首，皆以「擬古」爲創造。〔註54〕

　　清人梁章鉅在《文選旁證》書中曾經引述，在唐代的省試詩題中，有「李都尉重陽日得蘇屬國書」一類的題目。〔註55〕由此可知，以科舉詩文摹寫古人心境，並不肇始於明清八股。今如深究擬作者之心理動機，據蔡英俊的看法，是出自文士尋求「情感認同」的集體意識：

> 所謂「擬作」的問題，顯然不能單純祇就文體模仿學習的角度來考察。清代翁方綱在論及有關李陵與蘇武作品的擬作問題時，就不無肯定的說道：「蘇、李遠在異域，尤動文人感激之懷，故魏晉以後，遂有擬作〈李陵答蘇武書〉者。」此一提法其實深刻看到了「擬古」背後所潛藏的心理動機，即是魏晉以後古典作家由情感認同所引生表現出的一種創作上的集體意識，而更重要的，這種情感認同是來自於對過往作家所處的境遇及其映照出的獨特的精神風貌的一種理解。所謂的「擬作」，具體反映了對於時間上屬於「過去」的作家或作品的辨認與想像，因此是中國古典文學傳統在塑形發展的歷史過程中一種植根奠基的創作型態與書寫方式，文士作家的集體意識就是在這種創作型態與書寫方式之中逐漸匯集出來的。〔註56〕

蔡氏所論雖係針對六朝詩文擬作而言，實則八股文人之體會聖賢語氣，欲以

〔註53〕〈論謝靈運《擬魏太子鄴中集詩》〉，同前註，頁2。

〔註54〕參見呂正惠，〈發端於「擬古」的詩藝——《古風》在李白詩中的意義〉，中央研究院第三屆國際漢學會議，2000年。呂氏且認爲：「『擬作』無疑在李白的創作生涯中扮演了非常重要的角色，因此，李白遠比杜甫更被『束縛』在傳統的『模式』之中。最終，當他極需在文學想像的世界裡作自我肯定時，他還是採取了傳統模式，並極有意義的命名爲『古風』。」（頁14）

〔註55〕參見蔡英俊，〈「擬古」與「用事」：試論六朝文學現象中「經驗」的借代與解釋〉，中央研究院第三屆國際漢學會議，2000年，頁15。

〔註56〕同前註，蔡氏認爲「透過認同作用所伴隨的對於過往經驗的借代與解釋，不論『擬古』或『用事』在在顯示出古典作家試圖把時間上的『過去』拉向『現在』的一種自覺，使得『過去』能與作家當下所屬的『現在』具有一種『同時代性』（contemporaneousness），並且以此喚起造就一種文化上的集體意識。」（頁8）。

尋求「情感認同」之集體意識亦然。其不同者,明清八股寫作之集體意識,
卻是奠基在道統、聖賢與四書五經之上的。

四、八股代言之「傳統」詮釋

　　八股代言既作為一種「情感認同」的方法,則擬作者對於「傳統」的集
體意識,可以作兩方面的思考:首先是如何將自我融攝於道「統」之中,其
次是道統如何經我而「傳」續。前引董玘文〈予未得為孔子徒也〉說得不錯:
「道之行於世也無存亡,而統之屬於人也有絕續,由堯舜至於周孔,道統有
自來矣。」道統之所傳有絕續,端在歷代有志之文士。

　　提到「傳統」一詞,這裡不妨參考美國批評家 T.S.艾略特(Thomas Stearns
Eliot,1888～1965)的說法:

> 如果傳統的方式僅限於追隨前一代,或僅限於盲目的或膽怯的墨守前
> 一代成功的地方,「傳統」自然是不足稱道了。……「傳統」的意義
> 實在要廣大得多。它不是承繼得到的,你如要得到它,就必須用很大
> 的勞力。第一,它含有歷史的意識,我們可以說這種意識對於任何人
> 想在 25 歲以上還要繼續作詩人的差不多是不可缺少的;歷史的意識
> 又含有一種領悟,不但要理解過去的過去性,而且還要理解過去的現
> 存性;歷史的意識不但使人寫作時有他自己那一代的背景,而且還要
> 感到從荷馬以來歐洲整個的文學及其本國整個的文學有一個同時的
> 存在,組成一個同時的局面。這個歷史的意識是對於永久的意識,也
> 是對於暫時的意識,也是對於永久和暫時的合起來的意識。就是這個
> 意識使一個作家成為傳統的。同時也就是這個意識使一個作家最銳敏
> 的意識到自己在時間中的地位,自己和當代的關係。
>
> 詩人,任何藝術的藝術家,誰也不能單獨地具有他完全的意義。他
> 的重要性以及我們對他的鑒賞就是鑒賞對他和已往詩人以及藝術家
> 的關係。你不能把他單獨地評價:你得把他放在前人之間來對照、
> 來比較。

正因為任何作者的特殊(創造)性都必須放在其所書寫之傳統中,才顯現價
值,因此理解自身於傳統中所處之位置,融攝其歷史發展,正是確認自我存
在的一種「情感認同」的努力。而為了確認自我存在,求取傳統的認同,以
理解「過去的現存性」;作者則必須要努力提昇自己,艾氏又說:

他就得隨時不斷的放棄當前的自己，歸附更有價值的東西。一個藝
術家的前進是不斷地犧牲自己，不斷地消滅自己的個性。〔註57〕

作者所以必須委棄常俗的私見，即是爲了更有價值的傳（道）統。八股文以
代言立制之初衷蓋亦有見於此，類似的看法如丘維屏所言：

蓋聖人之經，堙晦而難明也久矣，沿漢歷宋，千餘年之儒者，窮思
極力，而不能無怪迂春駁之議論，夾雜于其中，此其患在于據一己
之意，本時俗之情，以求聖人之道，而不能曠觀崛起，設其身于孔、
顏、思、孟之間，而若出其言于予之口，是以其意終閣格而不傳。⋯⋯
嘗謂國家有數大議大法，超出從前數十代之上者，皆由學者耳濡目
染于古聖賢之言語志氣而得之。是以歷年幾于三百，而治平之象，
如出一日。此夏、商以降，所絕無而未嘗有者。⋯⋯由其耳目手口，
嘗效習于聖賢之言論，不敢以偏窺臆見、浮情橫議，闖入假托，以
害孔、孟之旨也。〔註58〕

丘氏「不敢以偏窺臆見、浮情橫議，闖入假托」之說法，可見代言彷彿是要
以犧牲「一己之意」來換取傳統的認同。然此就明清八股作者而言，卻絕不
感其爲憾，前錄董玘文不有云：

文未喪天，而流風之未泯者，人固得傳之，我則從而取之，以善其
身焉；
道未墜地，而餘韻之獨存者，尚能誦之，我則從而資之，以陶其德焉。
大成之矩，雖不可即矣，而金聲玉振之餘響，猶得竊之以自鳴，則
淵源所自，謂非魯東之家法不可也；
時中之聖，雖不可作也，而江漢秋陽之餘光，猶得竊之以自責，則
支流所衍，謂非素王之餘緒不可也。
此又非予之大幸哉？〔註59〕

千載之下，能承受孔子「金聲玉振」的餘響，便足爲其犧牲代價，非但不痛
覺可悲，且以此爲「大幸」。此番心境，頗有崇奉神聖般的宗教意味，彷彿因
此便契入不朽之傳統。而代言體背後屬於集體意識的「神聖性作者觀」，更是

〔註57〕〈傳統與個人才能〉，卞之琳譯，轉引自《二十世紀西方文論選》，上卷，朱
　　　　立元、李鈞主編，北京：高等教育出版社，2002 年 6 月，頁 258～261。
〔註58〕〈魏凝叔四書義序〉，《丘邦士文鈔》，卷一。
〔註59〕轉引自《八股文觀止》，頁 310～311。

「歷史上儒家的基本性格」。〔註60〕

儒門宗師孔子曾經提及自己「述而不作，信而好古」，〔註61〕據《禮記‧樂記》所載「作者之謂聖，述者之謂明」，是孔子並不自居為「作者」，僅以「傳述者」自處。又言：「我非生而知之者，好古敏以求之者也」，〔註62〕孔子認為其所「知」，實因為「好古」樂學。所學者何物？其高徒子貢曾回答道：「文武之道，未墜於地在人；賢者識其大者，不賢者識其小者，莫不有文武之道焉。夫子焉不學？」〔註63〕則孔子所效法傳承者，也就是文武之道。文武周公的道統巍峨在前，孔子既以傳述者自處，百世而後體會其精神口吻之文士，又何能以作者自居？〔註64〕

〔註60〕 參見龔鵬程，〈中國文人傳統之形成：論作者〉，《文化符號學》，臺北：臺灣學生，1992 年 8 月，頁 3～46。龔氏提出「神聖性作者觀」構成了儒家基本性格為：「強調先王之道是永不可變易的真理，自居於一學習者與傳述者的地位。重視經典的傳習講授、文獻的整理，推崇神聖性作者的功績。」（頁 14）錢穆則強調我國傳統「向時間求綿延」，他說：「在中國人觀念中，人生不僅生在當時此一社會之內，同時亦是生在上下古今那一歷史綿延之內。中國人父子祖孫世世相傳的家族觀，亦即是一種歷史觀。中國人此項歷史觀，即是中國人之人生觀，亦即是中國傳統文化主要精神命脈之所在。」（〈中國文化傳統中之史學〉，《中國學術通義》，臺北：臺灣學生，1982 年 1 月，頁 139）

〔註61〕 《論語‧述而篇》。李明輝認為「述而不作」是我國傳統之精神：「在中國傳統文化中，『原創』（作）與『詮釋』（述）之間並無明顯的界限，而迥異於西方的學術傳統。……中西學術傳統的根本分歧應當在於對『作』與『述』的區別，以及對『作』、『述』二者不同程度的確認之上。王陽明在《傳習錄》中說：『夫道，天下之公道也；學，天下之公學也，非朱子可得而私也，非孔子可得而私也。』這透露出中國思想家以詮釋、而非發明真理（道）為本務的傾向。從這一點切入，就較能理解何以西方思想家往往透過批判前人的學說來建構自己的學說，而中國思想家即使提出新說，也要強調自己只是『道』的詮釋者。由此我們也較能理解《公羊傳》、《穀梁傳》與《左傳》由《春秋》的註釋升格為經典的思想背景。」（〈《中國經典詮釋學的特質》學術座談會記錄〉，《中國文哲研究通訊》，第十卷，第二期，2001 年 6 月，頁 256～257）

〔註62〕 《論語‧述而篇》。

〔註63〕 《論語‧子張篇》。孔門重學，余英時提出我國「寓思於學」的傳統，與西方「以思馭學」有別，請參見氏著〈意識形態與學術思想〉，《中國思想傳統的現代詮釋》，臺北：聯經，1987 年，頁 54～59。「寓思於學」故重傳承，「以思馭學」故重創見。

〔註64〕 然而孔子也曾喟歎：「甚矣，吾衰也！久矣，吾不復夢見周公！」（《論語‧述而篇》）在其夢見古人，與古人「神會」之際，卻是自以為最具有創造性的經驗。八股文人代言「傳述者」之精神，如果放到西方文化脈絡中，也就是蘇格拉底所批評的模仿（imitation），因為這已落入對觀念（idea）的「仿製品的仿製」，遠離了真實。參見海若‧亞當斯（Hazard Adams）著，傅士珍譯，〈模

然而，如果換個角度設想，八股代言又有其弔詭之一面，問題在於：後起者如何可能「體會」先進？在經句間體會口吻的超凡經驗中，誰是主體？關於此問題，八股作者「神入」、體會聖賢口吻的理路，實類於孟子所論：

> 頌其詩，讀其書，不知其人可乎？是以論其世也；是尚友也。〔註65〕

> 說詩者不以文害辭、不以辭害志，以意逆志，是爲得之。〔註66〕

後起者頌讀經句，其目的原是爲了對先進者有所瞭解體會；在閱讀過程中，如何進行此番體會與瞭解，而不爲文辭所害，則必須超越地以讀者之「意」契合作者之「志」。〔註67〕如此詮釋體會的過程，讀者在「意」、「志」契合時所感悟到的神聖心境，既可以說是作者的創造，更是屬於讀者切身所有之經驗。值此契入「傳統」的美妙時刻，傳述者躋身於作者，其代言既爲詮釋，也是改寫。〔註68〕

順此思路，八股代言的眞諦，也許並不在於追究作者之「本意」爲何，難怪有論者認爲：「時文不在學，只在悟，……理義原悅人心，我合著他，自是合著人心。」〔註69〕著意於「悟」而不重其「學」，是偏近代言者自家之體會。也因此，八股代言於其「肖題」時，並不認爲所引述的經句有一絕對解釋；猶如眾人傳唱歌謠時，吟唱者以其體會所趨，誘發爲不同的情感表現。在八股選家而言，對其所謂「合著人心」之詮釋，自不妨有多義紛陳的期待。

仿之辨〉，《西方文學理論四講》（臺北：洪範，2000 年），頁 3～46。
〔註65〕《孟子·萬章篇》。
〔註66〕同前註。
〔註67〕八股擬作之類此，如方苞評點譚元春〈道并行而不相悖〉之意見：「觀物察化，皆從心源浚淪而出，非徒乞靈於故紙者。」（《八股文觀止》，頁 669）
〔註68〕如周慶華認爲：「主體譯者所受到客體古籍的制約，可能只是一個假象；而主體譯者的能動性所展現的再創造和原創造之間，也沒有一個必然性的階次關係。……有關古籍今譯的主體和客體的重新理解，可能或理當是主體譯者假借客體古籍構設了一個文本（原稱它爲譯語），以便遂行他的權力意志（連帶謀取利益或行使教化）。」（《中國符號學》，臺北：揚智文化，2000 年，頁 146～150）「『相互主觀性』終將是一切有關古籍今譯的理解、認知，甚至討論的基礎。」（頁 154）大陸學者黃強則說：「有理由認爲，儒家經典本文通過八股文人的理解和『代言式』的闡釋，其意義並不是偶然地才逾越出『聖賢』的意圖，而是永遠處在這種越出『聖賢』意圖的情形之中，理解和闡釋因而並不是一個重構『聖賢原意』的過程，相反，它永遠是一個創造的過程。」（〈八股文的解釋學透析〉，《揚州大學學報》（人文科學版），1998 年第 2 期，頁 30）
〔註69〕董其昌，《畫禪室隨筆》。

〔註70〕此處且以經題「桃應問曰」為例，看看方苞對於明清四篇不同作者的意見：

> 化累敘問答之板局，而以大氣包舉，實理充貫，有龍象蹴盤之概。（評王鏊）

> 理醇法老，質色皓然，輝光日新。（評楊廷樞）

> 學識定，然後下語不可動搖。匪是而逞辨，必支離無當。即墨守註語，亦淹淹無生氣也。（評黃純耀）

> 黃蘊生（淳耀）、楊維斗（廷樞）作皆於平正處發揮，此文又於題解之外，另翻出一層道理，立格似奇，而義更深醇；文氣清剛快削，更得賈誼筆意。（評熊伯龍）〔註71〕

方氏所評，並不以某篇八股為切近古聖賢本心之確解，反倒著重於評述各家在詮解風格上的不同。由此可見，對聖賢傳統的移情融攝，並無害其面臨經典時之自由詮釋。當然，這些不同的詮釋間，也會在經句文本的制約下，有其「道同德合」的集體認同感。如章學誠所述：「聖人之言，賢人述之，而或失其指；賢人之言，常人述之，而或失其指。人心不同，如其面焉。而曰言托於公，不必盡出於己者，何也？蓋謂道同而德合，其究終不至於背馳也。」〔註72〕世人面貌儘管各自不同，終不礙人類之有其共相。在八股中，其「共相」就是對於聖賢笑語的想像投射。

　　於是對此道統傳承、與經典之理解，在八股作者彷彿既舊亦新，其所論章句雖古，但於己心所體會者卻是嶄新可親的。〔註73〕精於八股的歸有光說：「夫取吾心之理而日夜陳說於吾前，獨能頑然無慨於中乎？……以吾心之理

〔註70〕八股選家重視經義深（新）詮，於評語中屢見表揚，如「奈何古今作者盡以為……，惟此程極有體認」（李光地評點許國〈修身則道立〉，《八股文觀止》，頁503）、「前輩文亦未透及此」（張玉書〈射不主皮〉自記，頁861）、「前儒未發之覆」（方苞評點李光地〈富歲子弟多賴〉，同前，頁875）等可為例證。

〔註71〕轉引自鄭邦鎮，〈八股文守經遵註的考察——舉《欽定四書文》四題八篇為例〉，《清代學術論叢》，第六輯，臺北：文津，2003年6月，頁9～15。

〔註72〕〈言公〉，《文史通義》，內篇4，《章氏遺書》，卷四。

〔註73〕艾略特說：「（傳統）是一種會變化的心靈，……現在與過去的不同就是，我們所意識到的現在是對於過去的一種覺識，而過去對於本身的覺識就不能表示出這種覺識的樣子，不能表現到這種覺識的程度。」（同註57，頁258～261）對過去的覺識與時（現在）偕進，因此傳統在歷史中才有深化的可能。八股於明清稱「時文」，或許也有此覺識吧。

而會書之意，以書之旨而證吾心之理，則本原洞然，意趣融泄。舉筆爲文，辭達義精。」〔註74〕因爲經典中的意義，無不出自於讀者內心所感慨領悟；對於經典聖賢的情感認同，也就是讀者對於自我認識的深化。

　　換個角度觀察，明清兩朝以八股代言所詮解的四書五經，多麼像羅蘭‧巴特（Roland Barthes，1915～1980）所說的「可寫性文本（writerly text）」，〔註75〕透過代言之書寫其實是文本意義上一種再生產的活動，它不但歡迎讀者加以重新詮解，而且在「傳統」之看法，唯有「可寫性文本」才適成其爲經典。〔註76〕

五、結　論

　　八股文作爲一種特殊的書寫體裁，在我國曾有悠久的歷史，無論其優劣如何，此一文體早已在現代化的進程中被淘汰了。可惜的是，近人在鄙棄舊社會的落後之餘，將傳統文化一時尚拋不開的包袱，全都丟給了科舉八股來

〔註74〕〈山舍示學者〉，《震川先生集》，卷七。
〔註75〕何金蘭曾譯介羅蘭‧巴特對文本的區別如下：「在談到如何評定一個文本的價值時，巴特強調它必須連接到一種實踐之上，即是『書寫』的實踐；有一些是我們還可以再書寫的；另外也有不能再寫的；能夠接受讓我再去書寫、想望、前進，有如我世界中的一種力量的文本，那就是評價時所尋找的價值。文學工作就是要使到讀者變成不再是消費者而是文本的生產者；然而文學教育制度之下的文學是把文本的製造者和使用者、作者和讀者無情地區隔開來，讀者只能陷入一種無所事事之中，無法享受『能指』的魅力和書寫的快感，而只能在接受或拒絕文本之間被迫作一抉擇，閱讀最後變成是一種徵求意見似的舉動。這種只可以被閱讀而不能被書寫的，就是可讀性。巴特把古典作品都叫『可讀性文本』，即是已不再具有生產性的文本，死亡的文本。」（〈《S/Z》：從可讀性走向可寫性——羅蘭‧巴特及其語碼解讀法〉，《第三屆現代詩學會議論文集》，彰化師範大學國文系，1997年5月，頁241）很顯然，四書五經雖屬「古典作品」，卻在一定的規範下，允許讀者有其書寫生產之自由。八股文將經句作爲一種「可寫性文本」的看法，尤以「截搭題」之運用爲顯例，如巴特的定義：「在理想的可寫性文本中，其網絡是多重、複雜的，⋯⋯這個文本是一些能指（signifiant）的整座星系，而不是所指（signifié）的結構，它沒有一個啓始處，它是可以換方向的，我們可以從多處入口進入，沒有任何一個可以宣稱它是主要的入口。」（同前，頁241）
〔註76〕以這樣的觀點重新理解，經典之上的「道統」實處於一種等待「被（傳述）完成」的變化狀態，其最終意義被無止境的延後。八股的「知言論世」，極類似亞里斯多德於《詩學》（Poetics）的藝術見解：「模仿」具有「模塑與創造的力量」，「使變化中的自然物成爲人類可瞭解的對象」，進而獲得情緒的「滌清」（catharsis）。（參見〈模仿之辨〉，同前註64，頁25、29）

承受。以八股之爲空洞僵化，何嘗不是豔羨西學之踏實充盈？而被視爲「他者」看待的我國傳統文化，包括八股文在內，實亟需吾人以一種「溫情與敬意」來重新面對。

八股文體「代古人語氣」的書寫規約，常被評論爲此文體卑俗之根源，或認爲寫作者將因而無法表達其個人意見，只能言聖賢經典之所言。實際上，就其可見之篇章及相關評點來看，以「代言」書寫的運用有一定的限制，八股作者也不見得會因爲「代古人語氣」就無法「知言論世」；相反，八股作品的風格在時人眼裡卻是「年變而月不同，手眼各出，機軸亦異」的。

進一步細論，選家於八股評點中所強調的「肖題」，是要代言者謹慎認題，肖其時聖賢之精神面貌而發爲議論。選家所論之「入口氣」、「順口氣」，則強調以代位書寫之「體會」功夫。批點作品時，這些評論者不只強調其代言必須肖似，且贊許「口氣獨得」的創見。

本篇認爲此種代言與體會（聖賢）之行爲，乃出自後世文人對於經典傳統在「情感認同」上的表現。八股代言對於「情感認同」的思考，尤其受宋代理學影響甚大，宋儒以尋「孔顏樂處」爲詮釋經義的切入點，明清文人則發爲八股代聖立言之體會。

八股代聖賢立言之書寫，可以視爲儒家「述而不作」觀念的呈現，論者且以此精神爲中西學術思想上之大別。此一體會古人心境的歷程，使代言者得以躋身於千年來之道統；而其所書寫詮釋的心得，則使此道統得以延續薪傳。對於「傳統」如此的體悟詮釋，則不唯古聖賢改寫了代言者的面貌，代言者對於古人精神面貌的改寫深化，亦與時俱新。

參考書目

1. 盧前，《八股文小史》（上海商務印書館，1937 年）。
2. 田啓霖編，《八股文觀止》（北京：海南出版社，1994 年）。
3. 周作人，《中國新文學的源流》（臺北：里仁，1982 年）。
4. 郭紹虞，《中國文學批評史》（臺北：藍燈，1988 年 10 月）。
5. 錢穆，《宋明理學概述》（臺北：臺灣學生，1977 年）。
6. 錢穆，《中國學術通義》（臺北：臺灣學生，1982 年 1 月）。
7. 余英時，《中國思想傳統的現代詮釋》（臺北：聯經，1987 年）
8. 龔鵬程，《文化符號學》（臺北：臺灣學生，1992 年 8 月）。

9. 周慶華，《中國符號學》（臺北：揚智文化，2000 年）

10. 林進財，《艾南英時文理論之研究》，中山大學中國文學系碩士論文（1995 年 6 月）。

11. 涂經詒著，鄭邦鎮譯，〈從文學觀點論八股文〉，《中外文學》，第 12 卷，第 12 期，（1984 年 5 月），頁 167～180。

12. 黃強，〈八股文的解釋學透析〉，《揚州大學學報》（人文科學版），1990 年 2 期（1990 年 6 月），頁 26～32。

13. 葉國良，〈八股文的淵源及其相關問題〉，《臺大中文學報》，第六期（1994 年 6 月），頁 39～57。

14. 孔慶茂，〈八股文與中國文學〉，《江海學刊》，1999 年第 3 期（1999 年 9 月），頁 177～182。

15. 祝總斌，〈正確認識和評價八股文取士制度〉，《國學研究》，第九卷（北京：北京大學出版社，2002 年 6 月），頁 1～33。

16. 鄭邦鎮，〈八股文守經遵註的考察——舉《欽定四書文》四題八篇為例〉，《清代學術論叢》，第六輯（臺北：文津，2003 年 6 月），頁 1～16。

17. 鄧仕樑，〈論謝靈運《擬魏太子鄴中集詩》〉，《國家科學委員會研究集刊》（人文及社會科學），第四卷，第一期（1994 年 1 月），頁 1～14。

18. 呂正惠，〈發端於「擬古」的詩藝——《古風》在李白詩中的意義〉，中央研究院第三屆國際漢學會議論文（2000 年 6 月），頁 1～17。

19. 蔡英俊，〈「擬古」與「用事」：試論六朝文學現象中「經驗」的借代與解釋〉，中央研究院第三屆國際漢學會議論文（2000 年 6 月），頁 1～26。

20. 何金蘭，〈《S/Z》：從可讀性走向可寫性——羅蘭‧巴特及其語碼解讀法〉，《第三屆現代詩學會議論文集》，彰化師範大學國文系（1997 年 5 月），頁 233～249。

21. 海若‧亞當斯（Hazard Adams）著，傅士珍譯，〈模仿之辨〉，《西方文學理論四講》（臺北：洪範，2000 年），頁 3～46。

附錄三　傳統評點學試探

摘　要

評點是我國宋元以降常見的文學評論方式，根據學界研究，此種評論型式不但作為一種基礎文藝教育的方法，也涉及市民文化的品味，以及出版業的商業宣傳、籌資過程……等等；至於其影響力之大，評點甚至於可能動搖了傳統經典的神聖地位，改變了閱讀活動的內涵。

本文欲嘗試說明評點（者）與作者、作品之間的三角關係：後起讀者所以能施加評點，是因為他們認為作品中具有客觀之「文法」，此種新興閱讀觀威脅了傳統創作者崇高的神聖地位，反而促使讀者們將其閱讀興趣放在作品的字句形構之上，敢於質疑，勇於抒論。從而，本篇也提出評點在古典文類中作為論學工具之適用性、考見其利弊所在。

關鍵：評點、文法、讀者

一、評點的出現

評點是我國從南宋以後逐漸發展成熟的一種讀書方法，根據《四庫全書・總目》記載：

> 宋人讀書，於切要處率以筆抹。故《朱子語類》論讀書法云：「先以某色筆抹出，再以某色筆抹出」。呂祖謙《古文關鍵》、樓昉《迂齋評註古文》，亦皆用抹，其明例也。謝枋得《文章軌範》、方回《瀛奎律髓》、羅椅《放翁詩選》始稍稍具圈點，是盛於南宋末矣。〔註1〕

所以評點之初，只是宋人讀書時在文章「切要處」，為顯明其「例」，而加以「筆抹」、或「圈點」的一些符號標記。〔註2〕點抹之外，以最著名的呂祖謙《古文關鍵》為例，〔註3〕評點者也開始在篇章前後、或夾行中間寫下自己的心得見解。自此以往，「評點」乃成為近代讀者最常見之閱讀與評論方式。

評點這種註解型態，興起於宋代，是基於一相當特別的歷史條件。我國從魏晉以降，開始有所謂「文筆之分」的討論，開始試圖去釐清哪些作品屬於「文」、而哪些作品不屬於「文」（而屬於「筆」）？「文學」作為「經史子集」四部之一的地位，要到了《隋書・經籍志》始告確立。另一方面，隋唐開始建立起來的科舉制度，逐漸以詩賦之科考內容取代了原先的明經，建立起一個相當特殊的文人階層（以寒族士子為主），也因此加速了豪門貴族階級

〔註1〕 《四庫全書・總目》，卷三十七，〈四庫類存目・蘇評孟子〉條（臺北：藝文印書館，1989 年 1 月）。又如葉德輝云：「刻本書之有圈點，始於宋中葉以後，岳珂《九經三傳沿革例》有『圈點必校』之語，此其明證也。孫記宋版西山先生真文忠公《文章正宗》二十四卷，旁有句讀圈點。……有元以來，遂及經史。如繆記元刻葉時《禮經會元》四卷，何焯校《通志堂經解》、程端禮《春秋本義》三十卷，有句讀圈點，大抵此風濫觴於南宋，流極於元明。」（《書林清話》，卷二，〈刻書有圈點之始〉）說明了刻本書之圈點，始於南宋。

〔註2〕 如南宋程端禮提及當時的「點抹例」云：「紅中抹（一本作黃旁抹）─綱、凡例；紅旁抹─警語、要語；紅點─字義、字眼；黑抹─考訂、制度；黑點─補不足。」（《讀書分年日程》，卷二，〈勉齋批點四書例〉）

〔註3〕 據吳承學研究指出：「呂祖謙《古文關鍵》標志著南宋文學批評的一種新風氣：從寫作實用的角度，重在分析文章的結構形式、用筆，而基本不涉及其內容，這在文以載道、文以明道風氣為學術主流的宋代文壇，確是非常值得注意的。特別之處還在於呂祖謙是位理學家，卻開創一種純形式的批評，這種現象促使我們對宋代理學家與文學的關係作進一步考察。」（〈現存評點第一書─論《古文關鍵》的編選、評點及其影響〉，《文學遺產》，2003 年第 4 期，2003 年，頁 79）評點與新經學（理學）之興盛實有密切關聯性。

的崩潰。

中唐開始，有李白、杜甫的詩歌復古運動在先，有韓愈、柳宗元的古文運動在後，都以極大的氣魄去總結歷代詩文之成就，試圖以其書寫來用世與明道。由於朝廷以詩賦文采取官，知識分子又相信寫作詩文可以治國平天下，且隨著印刷術的進步，文學作品日漸普及而成為一般知識分子可以參與之事，文學的地位自此被提到了前所未有之高度。

韓、柳以降，文人們在標舉文學的神聖性時，開始強調作品中的「法」度。好的詩歌與文章皆有法度可言，因為如果沒有法度，文學作品的欣賞將會成為一種無法普及交流的活動，此觀念尤以宋代為最。〔註4〕宋人王安石在制訂新的科考文體「經義」時，便要求應試者須按照一定的「程式」來書寫，因為程式也就是一種行文的法度；主試者認為考生如能掌握文章的格式與行文脈絡，自然會對古代的經籍有所見地，而對於經典的熟稔則能深契於聖人之「作意」，能深契聖人之心則證明應有幹事之材。〔註5〕朝廷既以文學取士，書塾教育又以講授程式為尚，此後元代的制義、明清的八股文，都是承繼此種重視文法之精神而愈形嚴密繁瑣。

評點的興起，就是在這種重視文藝、強調文法的背景下，衍生出來的評論模式，因為其最初功能就是在點出作者於篇章中的「行文之法」，成為一種閱讀或寫作上的指導。〔註6〕

二、閱讀目的之改變

評點當實際運用於文學作品之解讀時，可以析分「圈點」與「評論」兩部

〔註4〕　如呂祖謙論韓文：「學韓文簡古，不可不學他法度。」（《古文關鍵・總論》）魏了翁更認為「有韓子作，大開其門以受天下之歸，反刓虯偽，堂堂然特立一王之法，則雖天下之小不正者，不將於王、將誰歸？」（《鶴山先生文集》，卷一百）可見宋人尊韓文之標榜「法度」。

〔註5〕　今存宋人談文專書，如陳騤《文則》、李耆卿《文章經義》是以五經、孟荀老莊韓柳歐蘇文為析論對象，歸納經籍中之修辭技巧及原理；而呂祖謙《古文關鍵》、謝枋得《文章軌範》則「為諸生課試之作」，逐篇評點韓柳歐蘇行文章法。

〔註6〕　單德興說：「文學評點的發展，多虧唐宋文評家對於『法』的重視，歷代政府科舉取才的方式，以及明朝明定八股文為考試的文體。因此，評點與文學鑑賞、考試制度、教本出版關係密切，可說是文學、教學、政治、社會、經濟多種目標的結合。」（〈試論小說評點與美學反應理論〉，《中外文學》，第20卷第3期，1991年8月，頁73）

分來標舉議論。前者欲藉由點抹幫助讀者理解行文之格式，誠如清初唐彪說：

> 凡書文有圈點，則讀者易于領會而句讀無訛，不然，遇古奧之句，
> 不免上字下讀而下字上讀矣。又，文有奇思妙論，非用密圈，則美
> 境不能顯；有界限段落，非畫斷，則章法與命意之妙，不易知；有
> 年號、國號、地名、官名，非加標記，則批閱者苦于檢點，不能一
> 目了然矣。〔註7〕

據唐氏說，圈點的功能已包括了：便利「檢點」、使「句讀無訛」、明「章法」
及「命意」、而顯其「美境」。值得注意的是，圈點於文章實無關乎優劣，如
黃宗羲曾圈點自己編定的文集《南雷文定》，並認為：

> 文章行世，從來有批評而無圈點，自《正宗》、《軌範》肇其端，相
> 沿以至荊川《文編》，鹿門《大家》，一篇之中，其精神筋骨所在，
> 點出以便讀者，非以為優劣也。〔註8〕

據黃氏所論「文章行世，從來有批評而無圈點」，可見「批評」的運用更早於
「圈點」；〔註9〕而圈點之施用在於「點出以便讀者，非以為優劣也」；對文章
加以評騭優劣的功能，仍需由《詩品》、《文心雕龍》以降傳統之文學評論來
完成。〔註10〕章學誠即溯評點之源於此：

〔註7〕 見唐彪輯撰，趙伯英、萬恆德選注：《家塾教學法》，〈圈點〉（上海：華東師
範大學出版社，1992 年 6 月），頁 63。

〔註8〕 黃宗羲，《南雷文定‧凡例》。

〔註9〕 據林穗芳研究傳統之標點符號：「古人在記事、寫作、校讎、出版、讀書、批
點、評點、講學時使用過的符號，計幾十種之多。主要有五類：圈（大圈、
小圈、多圈、套圈），點（大小圓點、尖點、長點、短點、雙點、多點），線
（有長短、斷連、橫豎、粗細），框（正方形、長方形、三角形，單框、多框、
白框、黑框），以及不規則形（鉤識號、魚尾號、弦月號、乙字號等）。」（《標
點符號學習與應用》，台北：五南，2002 年，頁 11）管錫華認為宋以後為我
國標點符號的成熟期：「我們說唐五代以前兩千年使用標點符號都是帶有隨意
性的。宋代以後情況大變，許多寫刻本都周遍性地使用了標點符號。宋代的
如建安余仁仲刻的《春秋公羊解詁》、《春秋穀梁傳》，元代的如坊間所刻的部
分書籍，明代的如三億多字的《永樂大典》等等。標點符號的使用也很規範，
大小一致，位置固定，佔格合適。……這一時期產生的標點符號方案，也從
一個側面反映出了標點符號的發展進入了成熟的階段。宋真德秀《批點法》、
黃榦《勉齋批點四書例》、陳騤《南宋館閣錄‧校讎式》、元程端禮《續補句
讀例》、《批點韓文凡例》、明唐順之《批點法》、歸有光《評點史記例意》，對
標點符號的名稱、用法，有的還有形體，都做了詳細的說明。」（《中國古代
標點符號發展史》，成都：巴蜀書社，2002 年 9 月，頁 11）

〔註10〕 傳統詩文評論的常見形式包括：（全書或各章回的）序或跋、眉批、行間夾批、

評點之書，其源亦始鍾氏《詩品》、劉氏《文心》。然彼則有評無點，且自出心裁，發揮道妙，又且離詩與文，而別自爲書，信哉其能成一家言矣。〔註11〕

此外，首次揭出「評點之學」一辭的曾國藩亦云：

自六籍燔於秦火，漢世捃拾殘遺，徵諸儒能通其讀者，支分節解，於是有「章句之學」。劉向父子勘書秘閣，刊正脫誤，稽合同異，於是有「校讎之學」。梁世劉勰、鍾嶸之徒，品藻詩文，褒貶前哲，其後或以丹黃識別高下，於是有「評點之學」。三者皆文人所有事也。〔註12〕

二氏皆以劉勰、鍾嶸「品藻詩文，褒貶前哲」爲評點之遠源。〔註13〕凡此，

雙行夾批。一般說來，書前序和回前序的討論，由於出現在敘事正文之前，嘗試引導讀者看待文本的方向或方式，使他們依照文評家所理解和指定的方向來進行閱讀。眉批經常與敘事結構或特定事項的分析有關。夾批則多集中於標明、評估行文技巧，解說一個用法或表達方式，甚或品評一句、一詞、一字的優劣。回後跋則承上啓下，總結前回或前數回的意旨和重點，並爲下回或下數回預作準備，甚至討論到全書的重大結構及起承轉合。書後跋主要就全書的旨意結構加以總結。後起的小說戲曲評點則又加入讀法、總評、段評、序跋、題識、凡例、題詞、集評、音釋等等新的評論型式。

〔註11〕 章學誠，《校讎通義·宗劉》。
〔註12〕 曾國藩，〈經史百家簡編序〉。
〔註13〕 張素卿主張評點之特徵在「點」不在「評」，她說：「評點之書隨文批注以呈現其分析離合的閱讀進程，『點』之外，往往還有『評』，兩相結合以分析本文脈絡，提示其義理旨趣或文理關鍵，藉以引導讀者進行閱讀。從宋、元儒者『辭不費而義明』的批點，以迄於黃宗羲等學者側重圈點之法，可以表明：『評』、『點』兩大要項比較而言，『點』尤爲特徵所在，而『評』次之。『點』具有須隨文標示的特性，而標示性的符號適合分析、提示，評騭優劣則不夠明確；那麼，『點』特別能突顯其閱讀的性質，正是評點有別於文學批評的重要特徵。因此，評點在形式上以『點』爲要，而『評』次之；性質上，則以閱讀爲基本，而批評次之。運用標示符號或評論文字，伴隨本文予以分析離合，呈現閱讀的進程，這是評點的基本特質。」（張素卿，〈評點的文本分析〉，教育部顧問室補助「文本分析研讀會」，第一期會議記錄，唐立宗記錄，2000年11月19、20日，請參詳 http://benz.nchu.edu.tw/~chenlin/text/text1/record.htm）徐漢昌則以爲：「對於研讀古文，不論評論全文精髓、章法段落、遣詞用字，都比圈點文句要更有價值，並可見出評點者的觀念。而圈點工作，往往限制在只能圈點出內容的緊要處或文字的精彩處。因此，評比點顯然重要多了。」（〈桐城吳汝綸父子評點《韓非子》研究〉，《清代學術論叢》，第六輯，臺北：文津，2003年6月，頁89）徐先生持論同於章、曾二氏，是皆著重於內容層面；然張先生所論，卻扣緊了評點作爲閱讀方法上「在本文尋出脈絡」的形

無論是圈點或評論，皆是站在便利「讀者」閱讀的立場考量。既然圈點是隨文隨抹，評論多寫在夾行之間、或段落上扉頁之空白處，因此這種評論模式可以說是完全依附於文本而生的，沒有文本也就不見其評點。依附於文本之字句而探究文法、析論命意，因此評點家多視美文爲一有「法度」的、「完整」的篇章，閱讀者也將其興趣完全聚焦到文本之上。

評點者與讀者將閱讀興趣聚焦於文本，於是造成了閱讀目的之改變。閱讀目的最顯著之改變，即以評點方式隨文閱讀時，造成了文本地位之提昇，而作者之神聖地位卻因此下降。〔註14〕

中唐以前，我國傳統的閱讀目的，原著重於對「作者之志」的考見；讀者透過閱讀欲找尋作者之「志」，就不得不對其人生平下一番考證工夫。在儒家思想影響下，傳統文化重視道德主體更勝於其文采與事功之表現。如孔子曰：

> 弟子入則孝，出則弟，謹而信，汎愛眾，而親仁。行有餘力，則以學文。〔註15〕

如孟子云：

> 頌其詩，讀其書，不知其人可乎？是以論其世也；是尚友也。〔註16〕

因此，傳統儒家的教育態度是：學「文」猶爲己身躬行孝悌之餘事，讀者在頌覽詩書時，更必須對於作者之立身處世有一番認知，其頌讀才有意義。孟子又說：

> 說詩者不以文害辭、不以辭害志，以意逆志，是爲得之。〔註17〕

強調需以讀者之「意」逆作者之「志」，而不膠泥於其文辭。由此可見，傳統的閱讀並不重視以文辭（或文本）來理解作者之「志」（或意趣），相反地，是要用作者生平之操守德行據以想像，來見證其發爲詩文之「志」。無論如何，

式特質。章、曾二氏論源流時之重「評」而不重「點」，或因其著眼於「評點」有「褒貶前哲」的特質，故皆貶低此體。

〔註14〕英國學者奧斯威特（William Outhwaite）指出讀者欲理解一篇文章的意義可藉由兩種不同的方式，區別爲「主體的意義」（subjective meaning）與「客觀的意義」（objective meaning），所謂「主體的意義」亦即作者心中的旨意，而「客觀的意義」即「文本（text）」自身的語言結構所蘊含的意義。（William Outhwaite著，傅尚裕譯，〈論嘉達瑪〉，《歐洲思潮引介》，第一卷，稻鄉出版社，1989年2月，頁16）

〔註15〕《論語・學而篇》，第六章。

〔註16〕《孟子・萬章篇》，第十七章。

〔註17〕同前註，第四章。

作品的意義都與作者的心性志趣一致，而作者的心性志趣則必須見諸其生平行事之傳記。

　　前面已提及，唐宋以降的社會，可以說是文學地位快速提昇的社會；[註18] 評點的出現，說明了一種新的閱讀策略出現——時人對於文學章法的考究，其實是爲了辨識與熟習行文格式，以利於自己的創作。就閱讀目的兩相比較，也許可以這麼形容：「古之讀者爲人（爲理解作者），今之讀者爲己（爲自己寫作所需）」。因此，作者的神聖性就被文本和讀者所取代了。

　　明人張鼐對於文章「法度」的觀點頗值深究：

> 先輩文惟制科中程者，字無虛設，如高曾規矩，的確不移，其詳略偏正，開闔呼應，有上句自然有下句，有前股自應有後股，非特法度固然，即作者亦不知其然，所謂靈心化工也。文章家每於神清氣定時，將先輩程墨細批細玩，何處是起，何處是伏，何處是實，何處是虛，何處是轉摺，何處是關鎖，何處是提掇，何處是詠嘆，看其一篇是何成局，伏習眾神，後來自然脈脈相接也。[註19]

張氏認爲一篇好的程文，是出於「靈心化工」，無意間掌握了「固然」的「法度」；而「即作者亦不知其然」一句卻說明了美文之「法度」，並非屬於原作者之所有權。[註20] 能夠對此作品之法度詳加詮釋，揭示出審美價值的，實

[註18] 我國社會「文學化」之形成，可參見龔鵬程〈文學崇拜與中國社會：以唐代爲例〉（《文化符號學》，臺灣：學生書局，1992 年 8 月，頁 307～401）。郭紹虞論及明代的評點風氣，認爲當時頗有從「文」的觀點遍讀群書、甚至群經的文學趨勢，參見氏著《中國文學批評史》（臺北：藍燈，1988），頁 389～394。

[註19] 引自葉慶炳、邵紅輯《明代文學批評資料彙編》，〈論文三則〉，臺北：成文出版社，1981 年 3 月，頁 277。

[註20] 金聖嘆也有類似的說法，他曾對其評點之《西廂記》加以聲明：「《西廂記》不同小可，乃是天地妙文，自從有此天地，他中間便定然有此妙文。不是何人做得出來，是他天地直會自己劈空結撰而出。若定要說是一個人做出來，聖嘆便說，此一個人即是天地現身。……七十三、《西廂記》不是姓『王』字『實父』此一人所造，但自平心斂氣讀之，便是我適來自造。親見其一字一句，都是我心裡恰正欲如此寫，《西廂記》便如此寫。七十四、想來姓『王』字『實父』此一人亦安能造《西廂記》？他亦只是平心斂氣向天下人心裡偷取出來。七十五、總之世間妙文，原是天下萬世人人心裡公共之寶，決不是此一人自己文集。」（金人瑞，〈讀第六才子書西廂記法〉，《金聖嘆評點才子全集》，林乾主編，北京：光明日報出版社，1997 年 8 月）作者之原意是邈茫難知，也未必可靠的；由於時代、環境或立場不同，讀者對於文本的「視域」會隨之轉變，評點家的慧眼有時反而能得見原作者也未必盡知的隱藏結構。

在於「神清氣定」的評論家。〔註 21〕作者雖或「不知其然」,「神清氣定」的讀者卻可以得其所以然,這就不得不將此一「法度」視之爲具有普遍性的了;〔註22〕因爲具有普遍性、規格化,故可以此施之於考核官職。〔註 23〕

　　由此,我們看到評點造成了閱讀目的之改變,使得文本(或書寫方式)取代了作者(傳記及相關名物註釋等)在閱讀活動中的神聖性。

三、評點是「可寫的」閱讀活動

　　當代法國文學理論家羅蘭‧巴特(Roland Barthes)曾區分兩種文本〔註 24〕

〔註21〕1999 年作家金庸在大陸與其《評點本金庸武俠全集》出版者「文化藝術出版社」之間的官司爭訟,實爲吾人在觀察「評點」與作品「所有權」時一個有趣的文學現象。金庸因不滿評點者「態度輕率」,於是在媒體上公開批評其評點本實爲一種「聰明的盜版方式」,認爲「評點」必須得到原作者的授權和同意,否則便是「侵權」。(請參見〈聯合報‧讀書人周刊〉,1999 年 4 月 26 日,及 2000 年 8 月 18 日〈中國時報〉,張晨特約稿)換個方式來看,這正顯示原作者(金庸)與評點家在作品解釋權上的角力。

〔註22〕如李夢陽說:「文必有法式,然後中諧音度。如方圓之於規矩;古人用之,非自作之,實天生之也。今人法式古人,非法式古人也,實物之自則也。」(〈答周子書〉,見《空同集》,卷六十一,台北:偉文圖書出版公司,1976 年 5 月,頁 1747〜1748)毛宗崗說:「觀天地古今自然之文,可以悟作文結構之法矣。」(引自毛宗崗評訂:《三國演義》,濟南:齊魯出版社,1991 年 1 月,第九十二回回首總評,頁 1137)據載姚鼐也認爲「文之至者,通於造化之自然,人力不得而施也。」(吳德旋,〈七家文鈔後序〉,引自《清代文論選》,王運熙、顧易生主編,北京:人民文學出版社,1999 年 1 月,頁 707)魏禧所論尤足驚異,他認爲這些文法是「一定不可易」的,並嘗試由反覆書寫中來加以驗證:「嘗言古文轉接之法一定不可易。或問:『古文轉接有極奇變出人意外處,何謂一定?』曰:『試將原文轉接處,以己意改換,至再至十,終不能及,便知此奇變乃是一定也。若非一定,便任人改換得。』」(《魏叔子文集》,胡守仁校點,北京:中華書局,2003 年,頁 1125)

〔註23〕曾國藩曾論及評點與科舉之關係:「前明以四書經藝取士,我朝因之,科場有勾股點句之例,蓋猶古者章句之遺意。試官評定甲乙,用朱墨莊別其旁,名曰『圈點』。後人不察,輒仿其法,以塗抹古書,大圈密點,狼籍行間。」(〈經史百家簡編序〉)另據《宋會要輯稿‧選舉六》之記載:「初考(官)以點檢爲名,蓋點檢程式、別白優劣,而上於覆考(官)。覆考(官)以參詳爲職,蓋參訂辭義,精詳工拙,以上於知舉。至於知舉則取舍方定。」可見宋以後之評點與時文程式、科考取士關係密切。

〔註24〕在二十世紀七十年代初期,文學理論家羅蘭‧巴特(Roland Barthes)和克利斯提娃(Julia Kristeva)等提出以「文本(text)」的觀念取代「作品(work)」的觀念。在此之前,文學批評都環繞著作者與作品的關係大作文章,作品爲作者的產品(product),任何探討都得對「作者」這一環予以尊重,因爲作品

爲：「可讀的（lisible）」和「可寫的（scriptible）」。他提倡「可寫的」文本，有以下說法：

> 爲什麼「可寫性文本」是我們的價值呢？因爲文學工作（文學就像工作）的賭注，是使讀者不再成爲消費者，而是成爲文本的生產者。……可寫性文本，就是無小說的故事性，無詩歌的詩意，無論述的隨筆，無風格的寫作，無產品的生產，無結構的結構化。可是，什麼是「可讀性文本」呢？那便是「產品」（而非「生產」），這種文本構成我們文學的龐大整體。〔註25〕

巴特所謂「可讀的」文本，是指不可能再現的文本寫作；而「可寫的」文本則與讀者的生產有關，它是在讀者的參與下形成的。巴特這樣的區分法，我們在古典詩文「評點」活動中，也可以看到有相當類似的現象與爭論：作品所以被評點，因爲它們是容許被批評或改寫的；然而，有些作品卻不能輕易施之以評點，因爲它們是只能拿來捧讀的、業以完成的「產品」。

提到我國傳統著作觀，孔子的說法是最重要的。據《論語》載：

> 子曰：「述而不作，信而好古，竊比於我老彭。」〔註26〕

〔註25〕

　　永遠都是屬於這一個創作者。1968 年巴特宣布「作者的死亡」之後，文學研究已逐漸改觀，作者的「死亡」代表讀者的誕生。文本觀與作品觀念的最大不同是，作品是作者的產品，而文本所強調的則是讀者的參與生產，所以是生產（production）或生產力（productivity）。參見陳慧樺於《讀者反應理論批評》書前之總序（Elizabeth Freund 著，陳燕谷譯，駱駝出版社，1994 年 6 月）。
羅蘭・巴特：〈Ｓ／Ｚ〉，收入《羅蘭・巴特隨筆選》（懷宇譯，天津：百花文藝出版社，1995 年），頁 154～155。按傑佛遜（Ann Jefferson）的理解，我們不能把兩種文本對立起來，然後分別去尋找其「代表作」，準確地說，應當是指同一文本中兩種不同的品質：一是「可讀的」，一是「可寫的」，「因爲既不存在純粹可讀的文本，也不存在純粹可寫的文本。」哲學家德希達（Jacques Derrida）亦區分兩種閱讀：一是傳統的閱讀，一是解構的閱讀。前者指向文本的可讀性、可理解性，後者相互於文本的不可讀性、可寫性。第一種閱讀是重複性閱讀（Repetitive Reading），後一種閱讀是批評性閱讀（Critical Reading）。請參見《後結構主義》（楊大春著，臺北：揚智文化，1996 年），頁 165～6 及 171。

〔註26〕

　　《論語・述而篇》，第一章。李明輝認爲「述而不作」是我國傳統之精神：「在中國傳統文化中，『原創』（作）與『詮釋』（述）之間並無明顯的界限，而迥異於西方的學術傳統。……中西學術傳統的根本分歧應當在於對『作』與『述』的區別，以及對『作』、『述』二者不同程度的確認之上。王陽明在《傳習錄》中說：『夫道，天下之公道也；學，天下之公學也，非朱子可得而私也，非孔子可得而私也。』這透露出中國思想家以詮釋、而非發明真理（道）爲本務的傾向。從這一點切入，就較能理解何以西方思想家往往透過批判前人的學

孔子說自己對於傳統的態度是「信而好古」、「述而不作」，他著重於追述傳統，卻不願自我創作，猶如殷朝的賢大夫老彭好述古事。漢代以後，儒家既然在政教方面取得了無可替代的地位，孔子「述而不作」的觀念更形同規約一般，把古典的經書視為神聖不可冒犯；如果對於論述內容想要加以轉向變革，則多在「傳統」中找尋更早的事例來扭轉議題。

換言之，文本意義永遠是屬於原「作者」或歷史的，讀者只能在「可讀的」文本中追述傳統，如果剝奪了這中間的距離，文本之神聖性、經典之完整性恐將遭受極大的質疑。

文學觀念的確立、評點活動的出現，在經典詮釋史上卻恰恰嚴重地挑戰了這些（已形同巴特所謂「產品」的）典範的「作者」所有權，從文學的立場臧否作品。如《四庫全書・總目》對清初王源《或庵評春秋三傳》的貶斥：

> 經義、文章，雖非兩事，《三傳》要以經義傳，不僅以文章傳也。置
> 經義而論文章，末矣；以文章之法點論而去取之，抑又末矣。〔註27〕

經書之構成自然是以文句書寫，凡書寫自然涉及於表達層面的考慮，讀者將很難想像可以無視這些字句的用法、事件的鋪排，而來高談意義。〔註28〕然評點卻是要「以文章之法點論而去取之」，如果經典的字句可以去取修改，其結果實難免襲取了奠基其中的意義的神聖性。〔註29〕

不只經書如此，一些「高級」的文類如古文，亦是如此。章學誠即主張：

> 時文可以評選，古文經世之業，不可以評選也。〔註30〕

説來建構自己的學說，而中國思想家即使提出新説，也要強調自己只是『道』的詮釋者。由此我們也較能理解《公羊傳》、《穀梁傳》與《左傳》由《春秋》的註釋升格為經典的思想背景。」（〈《中國經典詮釋學的特質》學術座談會記錄〉，《中國文哲研究通訊》，第十卷，第二期，2001年6月，頁256～257）

〔註27〕 《總目》，卷三十一，〈春秋類存目二・或庵評春秋三傳〉。

〔註28〕 賀濤即曾質疑：「古人精神寄於文字，文字之不知，精神之莫喻，而欲求古人於故籍，託名經與史焉，無當也。」（《賀先生文集・吳先生點勘史記序》）

〔註29〕 德國哲學家嘉達瑪（Hans-Georg Gadamer）認為經典是構築我們認知的根源，具有「起源之優勢」和「創始的自由」，他認為讀者應把更多的注意力置於對法學或神學類文本的關懷上，因為嘗試去詮釋這些文本不僅會帶給我們更深一層的理解，我們甚至能夠將這些經典文本融入自己的生命中。然而他的學生，文學理論家及接受美學的創始人漢斯・羅伯特・姚斯（Hans Robert Jauss）對此則持反對意見，強調新穎性才是文學評價的重要甚至唯一標準，強調讀者的「期待視野」是隨時不斷變化的。二者之論點，嘉達瑪所重在經典之地位，姚斯所重則在讀者創發（改寫）之可能。

〔註30〕 《文史通義校注》，卷五，〈古文十弊〉之十。章氏此段有詳細的申論：「夫

古文作爲「經世」之用，其地位也不可輕易以評選撼動。〔註 31〕因爲這些神聖文類一經評點，據章氏意見認爲會失去經典教化之意：

> 且如《史記》百三十篇，正史已登於錄矣。明茅坤、歸有光輩，復加點識批評，是所重不在百三十篇，而在點識批評矣，豈可復歸正史類乎？謝枋得之《檀弓》、蘇洵之《孟子》、孫鑛之《毛詩》，豈可復歸經部乎？凡若此者，皆是論文之末流，品藻之下乘，豈復有通經習史之意乎？〔註 32〕

而錢謙益則憂心評點終將造成「人心日壞」：

> 孫之評《書》也，於〈大禹謨〉則譏其漸排矣；其評《詩》也，於〈車攻〉則譏其「選徒囂囂」，背於「有聞無聲」矣。尼父之刪述，彼將操金椎以轂之。又何怪乎孟堅之史、昭明之《選》，詆訶如蒙僮而揮斥如徒隸乎？……是之謂非聖無法，是之謂侮聖人之言。而世方奉爲金科玉條，遞相師述。學術日頗，而人心日壞，其禍有不可勝言者，是可視爲細故乎？〔註 33〕

古人之書，今不盡傳，其文見於史傳，評選之家多從史傳采錄，而史傳之例往往刪節原文以就隱括，故於文體所具不盡全也。評選之家不察其故，誤謂原文如是，又從而爲之辭焉。於引端不具而截中徑起者，詡謂發軔之離奇；於刊削餘文而遽入正傳者，詫爲篇終之巤峭。於是好奇而寡識者，轉相歎賞，刻意追摹，殆如左氏所云：『非子之求，而蒲之覓矣。』有明中葉以來，一種不情不理，自命爲古文者，起不知所自來，收不知所自往，專以此等出人思議，誇爲奇特，於是坦蕩之涂生荊棘矣。」其反對評選古文之主要理由，在於選評家常割裂古書中之某篇，而高談文章之佈局篇法，其實古文原有全書一貫之敘述條理，迥非唐宋後以「篇章」爲文章單元之觀念。（正如曾國藩對林雲銘所批《左傳》也持「割裂其成幅，而粉傅其字句」的反感。）章氏所言甚精確，此問題亦非三言兩語可輕易説明，這部分請俟他文另行處理。

〔註 31〕宋呂祖謙《古文關鍵》、謝枋得《文章軌範》、王霆震《古文集成前集》、元方回《瀛奎律髓》、賴良《大雅集》等原皆有著名的「批點」、「評點」，這些選集經收入《四庫全書》後，其「圈點」一概不見。而基於對經典評點之反感，《四庫全書》不予收入唯見於存目者頗多：如明凌濛初《言詩翼》、明沈偉《書經説意》、明林兆珂《考工記述注》、明郭正域《批點考工記》、明程明哲《考工記纂注》、明孫鑛《孫月峰評經》、清孫濩孫《檀弓論文》（以上經部），明穆文熙《四史鴻裁》、明茅坤《史記鈔》（史部），明門無子《韓子迂評》（子部），清洪若皋《昭明文選越裁》、清黃生《杜詩説》（集部）等不一而足。

〔註 32〕《校讎通義校注》，卷一，〈宗劉〉篇。

〔註 33〕錢謙益，《牧齋初學集》（上海：古籍出版社，1985 年 9 月），卷二十九，〈葛端調編次諸家文集序〉。

對於不再神聖之作者，讀者藉由評點揮斥詆訶，如對蒙僮徒隸。經史原有的神聖地位將因評點而消解，而不再被視爲原來的經典；因此這些深受保護景仰的作品實在屬於「只可遠觀不可褻玩焉」的「可讀性」（scriptible）作品，而這些文本的意義也凌駕於其字句之上，絕不可染指其純潔。〔註34〕

如此一來，評點將何以施爲？明末沈光裕說：

> 凡著書，如小品及教後學，獨得自喜者，不妨略用圈點，以標新意；若經制大編，以呈君相，質師友，傳之天下萬世者，一用圈點，便成私書，轉瞬異同蜂起矣。〔註35〕

正是因爲這些欲「傳之天下萬世」的「經制大編」，「一用圈點，便成私書」，〔註36〕可能會襲取了意義的普遍性。此故，評點的施行範圍便當好好劃分，

〔註34〕 相關的論文例證甚多，如方苞說：「《易》、《詩》、《書》、《春秋》及四書，一字不可增減，文之極則也。降而《左傳》、《史記》、韓文，雖長篇，句字可蕪薈者甚少。其餘諸家，雖舉世傳誦之文，義枝辭冗者或不免矣，未便削去，姑鉤劃於旁，俾觀者別擇焉。」（〈古文約選序例〉）如吳偉業說：「唐、宋鉅儒，始爲黜浮崇雅之學，將力挽斯世之頹靡，而軌之於正，『古文』之名迺大行。蓋以自名其文之學於古耳。其於古人之曰『經』曰『史』者，未敢遽以『文』名之。」（〈古文彙鈔序〉）如侯方域說：「大約秦以前之文主骨，漢以後之文主氣。秦以前之文若六經，非可以『文』論也。」（〈與任王谷論文書〉）皆認爲經史不得以文學觀點視之，因其爲文之「骨」、爲文之極至。關於經史的眞理、事實，與文學編排敘事的虛構性，二者界限之相關討論，美國當代新歷史主義（The New-Historicism）學者海登‧懷特（Hayden White）主張「歷史文本也出自於文學性建構」，他認爲「對於歷史學家來說，歷史事件只是故事的因素。事件通過壓制和貶低一些因素，以及抬高和重視別的因素，通過個性塑造、主題的重複、聲音和觀點的變化、可供選擇的描寫策略等等，——總而言之，通過所有我們一般在小說或戲劇中的情節編織的技巧——才變成了故事。」（《新歷史主義與文學批評》，張京媛主編，北京大學出版社，1993年1月，頁163）「同文學一樣，歷史隨著經典著作的產生而前進，因爲經典著作不會同科學的主要公式概念一樣容易失效或被否定。永久性（nondisconfirmability）說明了歷史經典中根本的文學性質。一部歷史傑作中有不可否定的東西，這不可否定性因素（nonnegatable element）正是其形式，歷史傑作的虛構在於它的形式。」（同前，頁169）懷特認爲歷史經典之傑出其實不在於其反映了事實，而在於史家掌握住某種具有「不可否定性因素」的永久性形式，在於歷史經典形式表述之成功。

〔註35〕 沈光裕撰：〈與友〉，《賴古堂名賢尺牘新鈔》，卷十二。

〔註36〕 此所謂「私書」，猶金聖嘆之聲明：「聖嘆批《西廂記》是聖嘆文字，不是《西廂記》文字。……天下萬世錦繡才子讀聖嘆所批《西廂記》，是天下萬世才子文字，不是聖嘆文字。」（金人瑞，〈讀第六才子書西廂記法〉，《清代文論選》，頁740）讀者在其點評之際成爲「可寫性文本」的主體。據大陸學者譚帆研究，

常見其運用於評賞「小品」〔註 37〕、或教導後學時文章法。宋代以降，評點的文類從詩、文開始，發展到通俗小說、戲曲的蔚爲大觀，這種觀念要爲主因。〔註 38〕而這些當代的、通俗的、個人性的評點文類，都可以歸爲「可寫的」文本。〔註 39〕

清中葉以後之小說評點已逐步轉入文人之手，當日之文人評點有兩種特色：（一）表現出評點者與小說家之間的個人關係，使小說評點成了一種「帶有私人性的行爲」，走向文人自賞性與私人性。（二）表現爲評點者通過一己之閱讀純主觀地闡明小說義理，以個人情感思想闡釋作品的表現內涵、或發抒政治感慨，成爲他們炫耀才學的工具。此期除了公開出版的評本之外，未刊行的評點稿本也越來越多。（請參考氏著〈論中國古代小說評點之類型〉，《文學遺產》，1999 年第 4 期，1999 年，頁 79～91）另楊玉成〈小眾讀者：康熙時期的文學傳播與文學批評〉（《中國文哲研究集刊》，第十九期，2001 年 9 月，頁 55～108）一文，更清楚舉證說明當時小說評點在傳覽及刊行過程中，實已具有「小眾讀者」之特質。

〔註37〕如明末陳邦俊稱此爲小道：「明尚評點，以便初學觀覽，非大方體。」（《廣諧史・凡例》）

〔註38〕換另一個角度來看，晚明李贄等人正是利用「評點」將小說與戲曲樹立爲典範，將之與其他已建制化的文類相提並論，參見單德興，〈試論小說評點與美學反應理論〉（《中外文學》，第十二卷第三期，1991 年 8 月），頁 73～74。如金聖嘆說：「聖嘆本有才子書六部，《西廂記》乃是其一。然其實六部書，聖嘆只是用一副手眼讀得。如讀《西廂記》，實是用讀《莊子》、《史記》手眼讀得。便讀《莊子》、《史記》，亦只用讀《西廂記》手眼讀得。如信僕此語時，便可將《西廂記》與子弟作《莊子》、《史記》讀。」（〈讀第六才子書西廂記法〉）「《水滸傳》有許多文法，非他書所曾有，……子弟讀了，便曉得許多文法：不惟曉得《水滸傳》中有許多文法，他便將《國策》、《史記》等書，中間但有若干文法，也都看得出來。」（〈讀第五才子書法〉）金氏宣稱其評點可以「將《西廂記》與子弟作《莊子》、《史記》讀」，以拉抬小說、戲曲之重要性。至於毛宗崗說：「《三國》敘事之佳，直與《史記》彷彿，而其敘事之難，則有倍難於《史記》者。」（〈讀三國志法〉）則更倒置了雅俗文類原本之位階。從此處也可以觀察評點文類之轉移，根據管錫華研究，清人使用標點有兩大特色：「一是用號書籍的總量大大增加。這個特點不體現在官刻，而體現在坊刻；不體現在經書、甚至史書，而體現在子書、集書，特別是民間文學作品；不體現在高層次文化讀者所讀之書，而體現在低層次文化讀者對象所讀之書。在用標點符號的清本中，小說、詩、詞、曲和用於學子學習的範本範書佔了絕對的多數。……二是官家纂書使用標點符號的倒退。」（管錫華，《中國古代標點符號發展史》，同註 9，頁 12）可以佐證評點在後期之運用上，尤以通俗文類爲主。

〔註39〕評點於小說之「可寫性」尤爲明顯，據譚帆的研究，由於通俗小說文體卑下，流傳時之民間性、刊刻之商業性使小說文本在傳播及評點過程中不斷變異，此期小說之編創由「世代累積」逐漸轉向「個人獨創型」方向演化（請參考氏著〈小說評點的解讀—《中國小說評點研究・導言》〉，《文藝理論研究》，

在這種情形下，桐城派文家對於評點取捨之掙扎，成爲特別複雜的文學現象。桐城文家對於評點之功能，本持有極高期許，如方苞曾上奏摺曰：：

> 舊刻經史俱無句讀，蓋以諸經、注疏及《史記》、前後《漢書》辭義古奧，疑似難定故也。因此，纂輯引用者多有破句。臣等伏念：必
> 敦思詳考，務期句讀分明，使學者開卷瞭然，乃有裨益。〔註40〕

方氏欲對朝廷經史刊本施加圈點，使句讀分明，便利學者之閱讀。姚鼐也認爲歸有光批點的《史記》，啓發人意，有益於學文：

> 震川閱本《史記》，於學文最爲有益，圈點啓發人意，有愈於解說者
> 矣。可借一部臨之，熟讀必覺有大勝處。〔註41〕

足徵桐城學者之重視評點。以劉聲木《桐城文學撰述考》爲準，曾從事評點之學者自歸有光以下，計有十六家，其中方苞評點六種，劉大櫆評點八種，姚鼐評點十五種，吳汝綸評點更高達九十九種。〔註42〕

姚鼐早年雖充分肯定評點並親自評點了許多書籍，〔註43〕但晚年時對於評點的看法卻有所改變，據載他「初刻《古文辭類纂》曾有圈點，晚年則盡

華東師範大學，2000 年 1 期，2000 年，頁 76～84）。文本既具累積流動性，評點者常針對文本加以增刪修改，張燦堂也指出：「《聊齋誌異》編創過程中體現『世代累積』的發展狀況，包括故事題材和藝術形式兩方面，都是不斷累積、逐步邁向評家所認爲的『完善』的過程，小說之文本並不是一次定型或獨立完成的。」（《聊齋誌異諸家評點研究》，暨南國際大學，中國語文學系研究所碩士論文，2001 年，頁 146）

〔註40〕 方苞，〈奏重刻十三經廿一史事宜箚子〉。

〔註41〕 姚鼐，〈答徐季雅書〉。姚氏選編之《古文辭類纂》，吳德旋則認爲「其啓發後人，全在圈點。」（《初月樓古文緒論》，第七則）

〔註42〕 《桐城吳先生年譜‧著述表》則列出一百零二種，參見徐漢昌，〈桐城吳汝綸父子評點《韓非子》研究〉（《清代學術論叢》，第六輯，臺北：文津，2003年 6 月，頁 81～96）。曾國藩儘管慨歎「我朝右文崇道，鉅儒輩出，當世所號爲能文之士，如方望溪、劉才甫之集，與姚姬傳氏所選之古文詞，亦復綴以批點。賢者苟同，他復何望？蓋習俗之入人深矣。」（王安定，《求闕齋弟子記》，卷二十二，〈文學下〉引《曾國藩文集》）然而他自己卻也做了大量的評點和句讀工作，如：《評點左傳》、《評點孟子》、《評點文選》和《十八家詩鈔》、《經史百家雜鈔》等。而且他的評點對後人影響還很大。劉聲木《桐城文學淵源考》就說他「讀書必離析章句，條開理解，證據論議，墨注朱揩，爲吳汝綸評點諸書之先河。」（卷四，「曾國藩」條）

〔註43〕 包括《易經》、《毛詩故訓傳》、《周禮》、《禮記》、《左傳》、《大戴記》、《秦板九經》、《莊子》、《揚子法言》、《李注文選》、《唐賢三昧集》、《五七言今體詩鈔》、《古詩箋》、《黃山谷全集》、《歸震川文》、《精華錄》等。

去之，以爲鄰近俗學。」〔註44〕可以看出姚鼐對於施用評點之利弊，實存有疑慮。曾國藩更認爲近代評點俗本爲「天下之公患」。〔註45〕

姚、曾的疑慮其實也反映在當代《四庫全書》的編印上，根據研究，明人選編之《永樂大典》已首次可見有分派專員承擔圈點工作的記錄，〔註46〕此巨著共三億多字皆加以斷句標點，無論其原書有無標點，一經裁入皆如此編訂。而《四庫全書》所收書三千餘種，無論原書有無斷句、標點，一經編入則悉數去之。二者相比，可知清人對於經籍施用圈點之影響，持慮甚深。〔註47〕

爲了避免後起評點者襲取作者對於經典的「解釋權」，危害於作品「原有」之意義，於是論者對於評點之運用便不得不加以限制，如章學誠曾說：

> 文字之佳勝，正貴讀者之自得，如飲食甘旨，衣服輕暖，衣且食者
> 之領受，各自知之，而難以告人。如欲告人衣食之道，當指膾炙而
> 令其自嘗，可得旨甘；指狐貉而令其自被，可得輕暖，則有是道矣。

〔註44〕《桐城文派述論》（吳孟復，安徽：教育出版社，1992年），第163頁。吳孟復對此有所回應：「其實，俗否不在於評點，而在怎樣評。如果能抉發文章立意遣詞安章宅句之妙，傳出古人的『不傳之秘』，爲後學指出賞奇析疑之門，那當然是有益的事。」（出處同前）吳氏所論是從閱讀一邊說，從著作的一方設想，孫德謙認爲作者施加圈點實有助於讀者之曉解：「古書向無圈點，蓋謂一用圈點，近於陋儒之所爲，不知此未爲讀書者計也。如著書之士早加圈點，豈不使後之讀者祇須探索意旨，而於字句可不必經意乎？然古書之流傳至於今日既相承無圈點矣，吾人在誦讀時正宜自行用點，蓋一經點讀，其書文義或有難解者，即其上下句法若何聯屬，皆將再三諦審，與泛覽者不同。」（〈書用點讀例〉，《古書讀法略例》，卷四）有論者認爲評點之陋乃失於過詳，吳閩生辯護曰：「或謂評點太詳，疑若示人以陋，此妄也。陋不陋在學識高下，不在外著之迹。學識至矣，雖點竄經傳以示來茲，皆可法式。如其未也，即緘默不發，庸詎免於陋乎？」（《吳評古文辭類纂·諸家評點古文辭類纂序》）

〔註45〕王安定，《求闕齋弟子記》，卷二十二，〈文學下〉引《曾國藩文集》。

〔註46〕管錫華，《中國古代標點符號發展史》，同註9，頁216。

〔註47〕清人對於圈點的疑慮，顯然在其影響層面，其實評點作爲一種閱讀批評方法，圈點既有益於理解，評語更不可能全屬無稽，試參方東樹所論：「古人著書爲文，精神識議固在於語言文字，而其所以成文義，用或在於語言文字之外，則又有識精者爲之圈點，抹識批評，此所以筌蹄也。能解於意表而得古人已亡不傳之心，所以可貴也。近世有膚學顢頇僻士，自詡名流，矜其大雅，謂圈點抹識沿於時文儈氣，丑而非之，凡刻書以不加圈點評識爲大雅，無眼愚人不得正見，不能甄別，聞此高論奉爲仙都寶誥，於是有譏真西山、茅順甫、艾千子爲陋者矣，有譏何義門爲批尾家學者矣，試思圈點抹識批評亦顧其是非得真與否耳。豈可并其直解意表能得古人已亡不傳之妙者而去之哉！」（〈書歸震川史記圈點評例後〉，《考槃集文錄》，卷五）

必吐己之所嘗而哺人以授之甘，摟人之身而置懷以授之暖，則無是理也。……

學文之事，可授受者規矩方圓，其不可授受者心營意造。至於纂類摘比之書，標識評點之冊，本爲文之末務，不可揭以告人，祇可用以自誌：父不得而與子，師不能以傳弟，蓋恐以古人無窮之書，而拘於一時有限之心手也。……

歸震川氏取《史記》之文，五色標識，以示義法。今之通人如聞其事，必竊笑之，余不能爲歸氏解也。然爲不知法度之人言，未嘗不可資其領會，特不足據爲傳授之祕爾。……然使一己之見，不事穿鑿過求，而偶然瀏覽，有會於心，筆而誌之，以自省識，未嘗不可資修辭之助也。〔註48〕

章氏認爲評點雖然「未嘗不可資其領會」、「未嘗不可資修辭之助」，但是「不可揭以告人，祇可用以自誌」；因爲如此一來，禁止圈點的經書還是屬於公眾性的聖典，保留了意義的完整性；至於讀者自己要如何（針對文學形式）議論圈點批評，大發其俗陋之見，那就只能關起門來私下去做。〔註49〕

到了後來，論者又強調評點原是出自個人性的閱讀筆記，從前的評點人並沒有公諸於世之想法，如姚永概說：

讀者各以其見而爲評，評有所不盡，乃復爲圈點以別之，於是有評點之學。其所得深者，則其評點亦愈精。古之爲是者，亦第記其甘苦而已，非欲以示後人也，後之人乃爭相傳錄焉。〔註50〕

這種說法與評點興盛之實際歷程全然不符，評點隨著印刷術與選刊本的發展，從一開始就有公開指導之目的，後來才發展出私人性、長期評點的未刊本觀念。

〔註48〕 章學誠，《文史通義・文理》（轉引自《清代文論選》，同註22，頁617～620）
〔註49〕 此種限制性閱讀觀點又如曾燦之說：「集中不加圈點評語者，遵古也。……評點切當者，不無裨益後學，而古人精神，或反沈泥于句下。況仁者見仁，智者見智，亦何必執一法以例天下之學者乎？」（《過日集・凡例》，引自《清初人選清初詩彙考》，謝正光、佘汝豐編著，南京：南京大學出版社，1998年12月，頁192～193）認爲評點可能會沈沒古作者之精神，因此不妨保留見仁見智的可能性，不執一法以例律天下。能執一法以例天下者，如歸有光評點《史記》，當然會襲取了司馬遷的重要性，因爲意義是由評點者所加以揭發的。
〔註50〕 《吳評古文辭類纂・諸家評點古文辭類纂序》。

當然還有另一種情形，有些選評者會對於某些作品或作家故意放棄了圈點評論，而以文章原來的面貌加以選刊。例如，早在宋代謝枋得所評選的《文章軌範》中，就有七篇只有圈點而無批注，甚且其選刊之〈前出師表〉、〈歸去來辭〉兩篇竟連圈點也沒有，似乎別有寓意。又如金聖嘆在其《選批唐才子詩》中獨不收杜詩，他曾解釋原因為：「吾於杜詩乃無間然」，「所謂願學斯在者也」。〔註51〕同時金氏因為尊杜，其於杜詩只有「解」，而沒有「批」。這也說明讀者放棄了批評的位置，謙虛就教於其所尊敬之作者，在此一時刻，文本也就形同巴特所說不具「生產」可能之「可讀的」經典了。

三、作者、評點家、讀者與出版商的複聲合唱

當我們觀察中古以降文學史的發展，會發現一個相當有意思的現象：唐宋之後文學性社會的建立，其結果卻導致了經典神聖性的消解。經典「文學化」的結果，明顯具現於八股文「代聖立言」對於古代經典的轉譯，在人人冒充聖賢口吻發表著自己的高見同時，聖人也就換上了凡夫的面貌。

評點活動更是這些自詡為「得其作意」的讀者發表高見的舞臺，他可以贊同作者卻無意地將其原意扭曲，或者他根本就否定了作者的寫法，另出己見。而後起的評點家或者又有高論，這些聲音便一一具現於評點文本之中，形同複聲合唱，使得閱讀評點文本成為一種熱鬧卻充滿張力的賞味活動。在這樣對於文本詮釋與他人閱讀的論辯中，文本的「正確意義」成為一種動態的生產過程；閱讀活動不再是嚴肅的端坐受教，它轉而召喚讀者提出「自己的」觀點。

如以《幽夢影》為例，讀者如將其文本與評點一起閱讀：

為月憂雲，為書憂蠹，為花憂風雨，為才子佳人憂命薄，真是菩薩心腸。

余淡心曰：洵如君言，亦安有樂時耶？

孫松坪曰：所謂「君子有終身之憂」者耶？

黃交三曰：「為才子佳人憂命薄」一語，真令人淚濕青衫。

張竹坡曰：第四憂，恐命薄者消受不起。

江含徵曰：我讀此書時，不免為蟹憂霧。

〔註51〕金聖嘆，〈答韓釋玉籍琬〉，《金聖嘆全集》，曹方人、周錫山校點，臺北：長安出版社，1986 年 9 月。

竹坡又曰:江子此言,直是爲自己憂蟹耳。

尤悔庵曰:杞人憂天,嫠婦憂國,無乃類是!〔註52〕

便很容易在評點文本的語境召喚下,自己也來構思一些雋言妙語。讀者不再誠惶誠恐追究文本的作意爲何,卻欲以其評點與作者玩弄機鋒,在文本閱讀時形成一種動態的、活潑的論辯語境。〔註53〕對於此種新興的評語形態,乾隆年間楊復吉的跋作了生動的形容:

昔人著書,間附評語。若以評語參錯書中,則《幽夢影》創格也。
詩言雋旨,前于後喁,令讀者如入眞長座中,與諸客周旋。聆其謦
欬,不禁色舞眉飛,洵翰墨中奇觀也。〔註54〕

在這種閱讀活動中,書寫與評點的歷時性幾乎被隱藏不見,所有後來的讀者都聚焦於語句書寫的當下,變成在同一文本空間中的應對周旋,楊義對這種評語型態有所謂「讀書沙龍」的譬喻:

要使讀者在有作者、書中人、評點者、甚至還有評點者臨時拉來助
興的古人的多向對話之中,身心投入地同憂樂,共行止,轉喜爲悲,
破涕而笑,從而把閱讀的世界變成超越時空障礙的生命世界,變成
一個讀書雅集,用當今時髦的話來說,變成「讀書沙龍」了。〔註55〕

因此讀者在閱讀評點時,乃成爲對「閱讀活動」的閱讀。評點活動將文本書寫閱讀的歷時過程,轉化爲刊本上空間性的具體呈現,具現出文本的「可寫性」。〔註56〕

〔註52〕張潮,《幽夢影》(臺北:文津出版社,1991年),頁9。

〔註53〕張潮在《虞初新志‧凡例》中也說:「文自昭明而後,始有選名;書從匡鄭以
來,漸多箋釋。蓋由流連欣賞,隨手腕以加評,抑且闡發揄揚,並胸懷而迸
露。茲集觸目賞心,漫附數言於篇末;揮毫拍案,忽加贅語於篇餘。或評其
事而慷慨激昂,或賞其文而咨嗟唱嘆。敢謂發明,聊抒興趣,既自怡悅,願
共討論。」(張潮輯,《虞初新志》,北京:文學古籍刊行社,1954年12月)
強調「隨手腕以加評」之「聊抒興趣」,此種閱讀心態尤爲經典護衛者所難容。

〔註54〕張潮,《幽夢影》(臺北:文津出版社,1991年),頁4。

〔註55〕《中國敘事學》,嘉義:南華管理學院,1998年,頁420。楊義對此有鮮活的
形容:「在精神共享的閱讀狀態中,評點家爲讀者提供了智慧、情感和心理體
驗相互撞擊的多重對話系統。評點家是思路活躍而健談的讀書人,他伶牙俐
嘴,指點排調,對書中人物極盡欣羨和調侃、同情和嘲諷之能事;有時他又
把作者拉出來,奉承幾句,或捉弄幾句,到了一定的時機,評點者本人也現
身說法,當場表演一番。」(頁388)

〔註56〕當代俄國文學理論家米赫依‧巴赫汀(Mikhail Bakhtin)曾提出「眾聲喧嘩」
(heteroglossia)的概念,它的原意是「不同的」「言語」(speech),被巴赫汀

前揭《幽夢影》引文也可以看出作者與評點者之私交，如原作者張潮竟在江含徵「我讀此書時，不免爲蟹憂霧。」評語後，另自起一評曰：「江子此言，直是爲自己憂蟹耳。」可見這種帶有文人雅趣的評點書寫不再聚焦於文本字句之間，有時卻旨在標榜出彼此交情，側寫出評點者之神態或意趣。〔註57〕

此外，在小說評點方面也有同樣熱鬧的趨勢。通俗小說在傳統文人眼中本爲不入流之文類，因此從來也並不重視作品之作者、與文本之完整。從唐傳奇以來，同一小說故事之結構便在流傳過程中，不斷經過後人刪裁改寫、形成不同的主題，如欲追究這些小說定本之原貌，想經由作者生平傳記，據以析解出作品之「原意」，實際上是不可能辦到的。

由於評點文類之不同，評點家在面對經典古文時的謙沖敬愼，到了小說文類時，便不再如此客氣了。評點家對於小說文類之改寫與破壞，成爲傳統評點中極致特異的表現。〔註58〕如李卓吾、金聖嘆評點《水滸傳》、毛宗崗評

用以描述一個歷史／文化時刻裡的語言環境。他認爲一個社會裡，按不同的社會團體、職業或年齡輩份，會產生不同層次的言語。某一種言語會合法化成爲中心的、統一的、權威的言語；而另一方面，「不同的」「言語」會因社會的日趨複雜而擴大和深化。（請參見《文學的後設思考》，呂正惠主編，正中書局，1991 年 9 月，頁 63）就巴赫汀之論點而言，評點對於作者原意的不斷深化／分化，也可以視同爲對作者「單一語言」（unitary language）權威的離心化，從而生產出多元的意義。

〔註57〕據楊玉成研究，這種在文人集團中流傳累積的評點刊行活動，作者、編者、評點者相互熟識，帶有「小眾讀者」的特性，在康熙年間形成一股新風氣，請參見氏著〈小眾讀者：康熙時期的文學傳播與文學批評〉（同註36）。此種作者與評點者互相熟識，幾近於合作書寫的類似例子，又如吳儀一將洪昇原本五十齣的《長生殿》更定爲二十八齣，洪氏說：「曩作《鬧高唐》、《孝節坊》諸劇，皆友人吳子舒鳧爲予評點。今《長生殿》行世，伶人苦于繁長難演，竟爲儉輩妄加節改，關目都廢。吳子憤之，效《墨憨十四種》，更定二十八折，而以虢國、梅妃別爲饒戲兩劇，確當不易。且全本得其論文，發우意所涵蘊者實多，分兩日唱演殊快，取簡便當覓吳本教習，勿爲儉恍可耳。」（洪昇：〈例言〉，《長生殿》，收入《古本戲曲叢刊五集》，上海：上海古籍出版社，上冊，頁 1b～2a。）可知吳儀一曾長期爲洪昇作品加以評點，而身爲作者的洪昇竟反過來爲好友的改寫（評點）版本加以背書推薦。

〔註58〕據楊玉成研究，南宋劉辰翁在評點詩文集時，已大幅刪改文本中前人之注解，請參氏著〈劉辰翁：閱讀專家〉（《國文學誌》，第三期，【宋代文化專號】，彰化師範大學國文系，1999 年 6 月，頁 199～248）。楊先生此篇且指出「評論家」作爲新的文人形態出現是一種近代現象，這種新身分似乎是城市興起和印刷術的直接產物。楊文中也提出幾個重要的觀察：一、印刷術進步使廣泛的閱讀成爲可能；二、劉辰翁批語之審美觀有「輕薄短小」的傾向，和市民

點《三國演義》、張竹坡評點《金瓶梅》，汪淇、黃周星評點《西遊記》等，都無視於原作品之所有權，直接刪改文本。有學者指出，通俗小說因文體卑下，其流傳之民間性、刊刻之商業性，使小說文本在傳播過程中不斷變異；此一文類之「定本」，因評點而由「世代累積型」逐漸轉向「個人獨創型」方向演化。〔註59〕

因此，這些小說作品逐漸給人一種印象，小說的意義是要經由評點者之「去取」才具有價值的，清人黃叔瑛《第一才子書三國志序》曾誇張地說：「信乎筆削之能，功倍作者」，〔註60〕以孔子來比擬評點者之地位。

找尋具有權威的論者評點同時更成為商業出版中重要的行銷手法，如時文（八股文）選家之「艾（南英）、羅（萬藻）、陳（際泰）、章（世純）」，而小說評點家李卓吾標榜《西廂記》和《水滸傳》為「宇宙間五部大文章」，金聖嘆倡言《西廂記》「不同小可，乃是天地妙文」，以「宇宙」、「天地」這樣誇張的語調來強調，與評點家欲吸引消費讀者之注目是習習相關的；彼時之評點家，猶如今日之球賽播報員，觀眾未必真心喜愛或理解球員之表現，他們卻在商業化、文學性的社會感染下，熱衷於評點家們所營造出的熱絡氣氛。

進一步觀察，清代小說評點也出現了集評的現象，大致上可以區分為兩種方式：其一是同時敦請諸家評點以擴大小說之影響，此舉較早見於清順治年間刊刻的《女才子書》。其二則表現為小說評點的不斷累積。當時有明確集評意識的評點本包括《儒林外史》、《紅樓夢》、《聊齋誌異》三組評本系列，如《儒林外史》評本現存臥評本、齊省堂評本、天目山樵評本和黃小田評本，後三種評本均以臥評本為其底本，悉數刊載臥評本的全部評語，因而文本表現出一個評點不斷累積的刊刻過程，文本意義的可能性也因此不斷豐厚、深化。

集評現象在清晚期所以能形成風氣，正說明了小說文類經由評點在社會上日受重視；在這種熱烈的氣氛下，當時竟然出現了有評家對於特定評點本

文化有關，劉氏是一個大眾讀物的讀者；三、評點可說是書寫文化（印刷術）產生的一種獨特的批評型態；四、評點直接加在注解上，結果形成了一種閱讀的閱讀、詮釋的詮釋，涉及後設批評（批評的批評）許多有趣的課題。（頁2～3）從南宋以來的這些評點傾向觀察，評點文類會由經典古文轉向小說戲曲，便不足為奇。

〔註59〕譚帆，〈小說評點的解讀—《中國小說評點研究‧導言》〉（《文藝理論研究》，華東師範大學，2000 年 1 期，頁 76～84，2000 年）。

〔註60〕黃叔瑛《第一才子書三國志序》，雍正十二年（1734）郁郁堂刊本《官板大字全像批評三國志》卷首。

加以評點的情形，如黃小田對於《儒林外史》臥評本的評點、文龍對於《金瓶梅》張竹坡本加以評點，〔註61〕小說作者的位置早已在閱讀過程中，被評點者取而代之。

　　晚近學界也開始研究評點活動如何介入文本書寫的出版過程，以清初呂熊小說《女仙外史》為例，根據統計，此書評點者計有 67 人，評語總得 264 條。〔註62〕此書根據批語記載，呂氏初稿約成於康熙四十一年（1702），厥後即將初稿在朋友中傳閱，請他們撰寫評語；當日籌資印行之最初贊助人劉廷機曾提出修改意見，認為「中有淫褻語」，作者呂氏則同意加以修改；之後的贊助人陳奕禧非但寫了前序，還寫下評語三十五條。這些評語足以證明，在當時小說贊助者有以評論家身分介入小說創作的現象；直到康熙五十年（1711），此一小說才順利刊行，然早於付梓之初這些評點即已經完成。〔註63〕由此可知評點者的意見與籌資需求，在刊刻過程中對於作者與文本的制約；而刊本在出版時所呈現的樣貌，本就兼顧了包括作者、評論者、甚至出資者多方面的聲音。〔註64〕

五、結語：多元視角的遊歷過程

　　前面我們提及評點此種論文形式，與「行文之法」的揭出是互為表裡的，評點家們似乎認定文章有某種結構性的審美脈絡，於是在文本中以圈點揭發、以批評抒論。如金聖嘆認為：

〔註61〕此處資料多參見譚帆，〈中國古代小說評點形態論〉（《文學評論》，第一期，1998 年），頁 81。不敢掠美。

〔註62〕〈中國古代小說評點的價值系統〉，同前註，頁 96。

〔註63〕參見〈小眾讀者：康熙時期的文學傳播與文學批評〉，同註 36，頁 93～95。

〔註64〕根據李伯重研究明清時期江南地區的出版印刷業，可以觀察此期印刷業之蓬勃發展，與商業化出版品之轉趨世俗：「一、在明代，官營出版印刷業在江南出版印刷業中占有重要地位，而到了清代，則是私營出版印刷業占有絕對的優勢。二、明清江南出版印刷業出現了重要的技術進步，其中最值注意的是活字印刷的推廣，其次便是彩色印刷技術的出現與改造。三、明初，政治性、教化性讀物在江南出版印刷產品中占有很高比重，明中期以後，以牟利為目的、面向廣大中下層社會民眾的商業化出版印刷業日益發展，到了清代則成為主流。四、明清江南印刷出版業在物料與銷售上有『外向化』（跨地域性）的趨勢。」（〈明清江南的出版印刷業〉，《明清史》，北京：中國人民大學，2002 年第 1 期，頁 2）從這個側面也可以說明，出版商以評點作為行銷手法，如何由經典文類或教化中樞（如歸有光之評《史記》）生根萌芽，進而在小說戲曲等次級文類中開花成長，結出商業性之果實（如金聖嘆、毛宗崗之評點小說），以餵養廣大的新興讀者群。

> 今人不會看書，往往將書容易混帳過去，於是古人書中所有得意處、
> 不得意處、轉筆處、趁水生波處、翻空出奇處、不得不補處、不得
> 不省處、順添在後處、倒插在前處，無數方法，無數筋節，盡付之
> 茫然不知。……吾特悲讀者之精神不生，將作者之意思盡沒，不知
> 心苦，實負良工，故不辭不敏，而有此批也。〔註65〕

可知金氏之批點文本，正是爲了提醒讀者這無數行文的「方法」與「筋節」，使後人看書時不致「將作者之意思盡沒」，這才生出了許多細碎的文法名目。爲了彰明文本中之作意，使讀者信服，金氏在評點中甚至採用了「量化」的方法研究，然而胡適對於這種種作法有所謂「機械式文評」的反感：

> 金聖嘆用了當時選家評文的眼光來逐句批評《水滸》，遂把一部《水
> 滸》凌遲砍碎成了一部十七世紀眉批夾注的白話文範。例如聖嘆最
> 得意的批評是指出景陽崗一段連寫十八次「哨棒」、紫石街一段連寫
> 十四次「簾子」和三十八次「笑」。聖嘆說這是草蛇灰線法。這種機
> 械的文評正是八股選家的流毒，讀了不但沒有益處，並且養成一種
> 八股式的文學觀。〔註66〕

胡適此處對於金聖嘆批點型式的評論牽涉到兩個層面：第一，這種機械式的文評將把作品「凌遲砍碎」，成爲「十七世紀眉批夾注的白話文範」；第二，這種文評法正是「八股選家的流毒」，讀了毫無益處。

首先，胡適說評點家把文本變成了「白話文範」是對的，因爲評點原來就旨在於揭出「行文之法」，本來就是爲了幫助讀者的理解與寫作，但是這種後起且往往是武斷的文法卻常常破壞了原作的面貌。如前文曾提及的，明清評點刊本多半以夾批、眉批方式，將評點意見與作者本文同時刊出；因此讀者在觀覽作品時，雖然受到評點的引導與幫忙，卻也無法避免受其所干擾，打斷了作品原有文氣之酣暢，使讀者忽略其內容，更注意抽象的「文法」與「結構」。評點不是完美的文學評論方式，其對於作品之詮解導覽，本就具有

〔註65〕 〈金批水滸傳楔子總批〉，《金聖嘆評點才子全集》，同註20。
〔註66〕 〈水滸傳考證〉，胡適撰，收入《中國章回小說考證》，新校本，臺北：里仁書局，1982年。賀次君也認爲這些細碎的章法名目，不足以規範文本：「史遷外腓內充，口無擇言，健筆所到，盡成文采，不能規以繩墨、定以義例。而明清學者於《史記》文章則講主客、虛實、照應、分合、根枝等法，所論雖多，究無關宏旨。」（《史記書錄》，賀次君撰，臺北：地平線出版社，1972年，頁205）評點者所注目的文法枝節，雖然幫助讀者的理解，卻也往往破壞了寫作當下「不能規以繩墨、定以義例」的活潑自由。

利弊兩面。

　　近代評點家在解析作品高唱文法時，也意識到古今「文法」之異，如唐順之即曾論辨漢唐文之不同：

> 漢以前之文，未嘗無法，而未嘗有法，法寓於無法之中，故其為法也，密而不可窺。唐與近代之文，不能無法，而能毫釐不失乎法，以有法為法，故其為法也嚴而不可犯。密則疑於無所謂法，嚴則疑於有法而可窺，然而文之必有法，出乎自然而不可易者，則不容異也。且夫不能有法，而何以議於無法？〔註67〕

隱約提及漢以前文未必合於唐以後發明之「文法」，但「文之必有法」乃「出乎自然而不可易者」，故仍強調以有限之文法析論暗合於自然法則之上古文。〔註68〕魏禧的說法更有意思：

> 曰：古之文章足以觀人，今之文章，不足以觀人者，何也？曰：古人文章無一定格例，各就其造詣所至，意所欲言者，發抒而出，故其文純雜瑕瑜，犁然並見。至於後世，則古人能事已備，有格可學。忠孝仁義有其文，智能勇功有其文，孰者雄古，孰者卑弱，父兄所教，師友所傳，莫不取其尤工而最篤者，日夕揣摩，以取名於時，是以大奸能為大忠之文，至拙能襲至巧之論。嗚呼！雖有孟子之知言，亦孰從而辯之哉！〔註69〕

〔註67〕唐順之，〈董中峰侍郎文集序〉，《弇州山人四部稿選》。

〔註68〕此又如章學誠說：「時文當知法度，古文亦當知有法度。時文法度顯而易言，古文法度隱而難喻，能熟於古文，當自得之。執古文而示人以法度，則文章變化非一成之文所能限也。」（《文史通義·文理》，同註48）。

〔註69〕《魏叔子文集》（胡守仁校點，北京：中華書局，2003年），頁1122。魏禧〈答蔡生書〉又說：「文章之變，於今已盡，無能離古人而自創一格者。獨識力卓越，庶足與古人相增益。是故言不關於世道，識不越於庸眾，則雖有奇文，可以無作。」（同前，頁265）認為文章形式上已臻完善，難以再創新格，作者只能在內容上努力充實。但魏禧也認為學習近代之文法有益於閱讀古文，他說：「汝學文須學古人文，不當以古人子孫為祖父。然同時人情事相比近，吾可得知用意力處艱難所在，……譬猶誤上峻石，臨浪沸之水，面白筋弛，慄不得下，見能者掉臂引足，武之所布，皆有尺寸方法，達於平地，豈不迭暢？故學今人文，有功速於古，何以？以此也。便不當視今人為準的，則子孫之說，吾又故言之。」（〈與諸子世傑論文書〉，同前，頁284）因此主張由唐宋文為門戶，上窺六經左馬。廖燕從歷史發展的角度標榜評點之當代意義：「梁太子昭明，始取秦、漢以來之詩文集為一書，時號『選體』，雖因而實創，其得失俱可不論。迨後宋蘇明允批點《孟子》、

魏氏認為古人行文足以觀其人品，而今人則否，原因在於後世之書寫已處於
「古人能事已備，有格可學」的情境，今人對於語文的使用是早經種種格例
習染的，故不復可見其本真。在這種情形下，無論作者構思，或是評點家之
閱讀，當然會以整個文壇、乃至閱讀大眾都早已接受的文法格例，發為種種
設想。當然，彼時最重要的文法觀念，不容否認是來自於時文寫作的訓練。

其次，胡適認為金聖嘆之評點是「八股選家的流毒」。「八股選家」所標
舉的時文義例是否可稱為「毒」，容待後論；然金氏既身處於八股科舉之時代，
而評點自南宋以來就與科舉緊密相關，受其薰染當然更是不可避免的。〔註70〕
如金氏曾以八股文之認題、結構解讀《西廂記》曰：

> 譬如文字，則雙文是題目，張生是文字，紅娘是文字之起承轉合。
> 有此許多起承轉合，便令題目透出文字，文字透入題目也；其餘如
> 夫人等，算只是文字中間所用之乎者也等字。〔註71〕

此外，其解杜詩亦曰：

> 唐人詩多以四句為一解，故雖律詩，亦必作二解。若長篇，則或至
> 作數十解。夫人未有解數不識，而尚能為詩者也。如此篇第一解，
> 曲盡東都醜態。第二解，姑作解釋。第三解，決勸其行。分作三解，
> 文字便有起、有轉、有承、有結。從此雖多至萬言，無不如線貫華，
> 一串固佳、逐朵又妙。自非然者，便更無處用其手法也。〔註72〕

金氏更進一步主張所有文類皆應符合於「起承轉合」之文法：「詩與文雖是兩

謝疊山評《檀弓》，以及明與我朝茅鹿門、鍾伯敬、金聖嘆輩出，無不批窾
導窾，鬚眉畢露，殆無餘蘊矣。使尚執《文選》之例以律今時，評點概置
不用，是猶欲今人草衣木食，以與太古比德也，可乎哉？」（〈評文說〉，引
自《清代文論選》，同註 24，頁 400）

〔註70〕 如章學誠曾提及當日之「時文結習」曰：「蓋塾師講授《四書》文義，謂之
時文，必有法度，以合程式。而法度難以空言，則往往取譬以示蒙學。擬
於房室，則有所謂間架結構；擬於身體，則有所謂眉目筋節；擬於繪畫，
則有所謂點睛添毫；擬於形家，則有所謂來龍結穴。隨時取譬，習陋成風，
然為初學示法，亦自不得不然，無庸責也。惟時文結習，深錮腸腑，進窺
一切古書古文，皆此時文見解，動操塾師啓蒙議論，則如用象棋杆，布圍
棋子，必不合矣。」（〈古文十弊〉，引自《清代文論選》，同註 24，頁 624
～625）

〔註71〕 〈讀第六才子書《西廂記》法〉，第四十八，《金聖嘆評點才子全集》，同註 20。

〔註72〕 〈贈李白〉，《聖嘆外書·才子杜詩解》，臺北：新文豐出版公司，1979 年 10
月，卷一。

樣體，卻是一樣法。一樣法者，起承轉合也。除起承轉合，更無文法；除起承轉合，亦更無詩法。」〔註73〕可知在其觀念中之「文學」，必以具有「起承轉合」的行文結構，始得稱之。

此外根據當代美國漢學家浦安迪（Andrew H. Plaks）之研究，在《紅樓夢》清代各鈔本中，已散見由傳統畫論、曲話，以及古文修辭學等領域借來的專門批評詞彙。在清末批評本之《讀紅樓夢隨筆》曾進一步點出八股文制藝為小說章法的主要模範。〔註74〕浦氏認為：「清末評點家批閱小說文章時往往想及當時風行一世的文類，即『八股』制藝的『時文』。在如《紅樓夢》這種『人情小說』的情況，評者偶提八股文也許使人難信，但細研其理則可知諸如『起承轉合』、『破題、小講』等文法實與小說美學緊緊相關。」〔註75〕金聖嘆的觀念與浦安迪的結論頗值學界進一步研究，畢竟文類不同在文學形式上也有極大差異，分析古文的章法實未必適用於詩歌的具體分析，更遑論長篇敘事性小說應有其文類獨有之審美特性。但當日作者在創作時之分章佈局，如已先有時文「起承轉合」觀念，則當然會有應對若響之行文結構。

前文亦曾提及，評點施用於作品有由經典古文轉移向通俗文類的現象，在這個轉變的過程中，評點者的閱讀心態也起了奇妙的變化，他們從嚴肅端謹慢慢變得輕鬆起來，覺得自己可以揭示作品中的奧義，甚至刪改作者之敗筆。其所以施加於文本之上的評點，雖然一方面仍強調文法，另一方面卻有離題高論、瓦解文本的逸樂傾向。

如以閱讀樂趣這方面來看，可以說評點的長處卻也正是在這些細碎的地方湧現靈光，彷彿文本中有無限隙縫，處處可窺得風景。金聖嘆說：

> 彼不能知一籬一犬之奇妙者，必彼所見之洞天福地皆適得其不奇不妙者也。蓋聖嘆平日與其友人斲山論游之法如此。……斲山云：「千載以來，獨有宣聖是第一善游人，其次則數王羲之。……宣聖，吾深感其『食不厭精，膾不厭細』二言；……王羲之若閑居家中，必就庭花逐枝逐朵細數其鬚。」……然則如頃所云，一水一村、一橋一樹、一籬一犬，無不奇奇妙妙，又秀又皴、又透又瘦，不必定至

〔註73〕〈示顧祖頌、孫聞、韓寶昶、魏雲〉，《金聖嘆全集》（南京：江蘇古籍出版社，1985，第四冊），頁46。
〔註74〕〔美〕浦安迪（Andrew H. Plaks）編釋，《紅樓夢批語偏全》（北京：北京大學出版社，2003年7月），頁13
〔註75〕同前註，頁583～584。

於洞天福地而始有奇妙。〔註76〕

評點文章之開闔、呼應、操縱、頓挫，殆與導遊勝景頗有相似之處，閱讀者經由一字一句的諦觀凝視中，揭出許多審美趣味。而這些逸脫原作的，屬於評點者（或讀者）個人經驗的意趣、想像，有時在其瓦解文意脈絡之處，反而開闊了文本閱讀的視野。

評點者重視文本的態度，頗近似當代西方形構主義者，尤其是「新批評」（the New Criticism）學派的論文觀點。〔註77〕如李維斯（F. R. Leavis）、李查茲（I. A. Richards）等人強調必須把重點集中在嚴謹的批評分析，訓練有素地注意作品上的「白紙黑字」（words on the page），認為文學的意義不僅在其本身，更在其能含蘊創造性的能量。新批評學派推動對於文本「精讀」（close reading），將文學作品「物化」（reification），與傳統中的偉人論決裂，堅信作者的寫作意圖即使可能找出，也和其文本的詮釋無關。〔註78〕

此外，就評點與新批評解讀作品之不同處觀察，龔鵬程指出二者對於文學結構之審美觀有根本的差異：

> 新批評的分析架構，在修辭方面，側重文句的緊密性、曖昧性、複雜度、講反諷、講矛盾語；在情節與結構上，講究「起—中—結」的集中於一個焦點的統一性，均與其悲劇傳統有密切的關係。跟細部批評一般所慣用的「起——承——轉——合」、「頓挫往復」之說，亦根本大異。游心於小的審美態度，更是山水畫式的多焦點移動，與山水畫所追求的渾灝流轉之美一致，而遠於新批評。〔註79〕

〔註76〕〈金批水滸傳楔子總批〉，《金聖嘆評點才子全集》，同註20，卷五。

〔註77〕如陳萬益說：「從結構與字質的分析中，去探尋作品的意義，是批點與新批評非常類似的地方。而且新批評起於不滿舊有文學教育的性格，也與評點甚為接近。」請參見陳萬益，《金聖嘆的文學批評考述》，第三章，臺大文史叢刊，1976年。

〔註78〕此處請參考 Terry Eagleton，《文學理論導讀》（Literary Theory），吳新發譯（臺北：書林，1993年），第一章，頁31～74。Eagleton 也提及二十世紀三○年代這一些新批評學者推動文本物化的動機，與他們出身於「中下層階級」有關，藉由客體化文學之「標準」，以提昇自己的社會階級。評點在我國主要是由下層文人施用於次級文類，與其頗有類似之處。

〔註79〕請參見龔鵬程〈細部批評導論〉（《中國國學》，第十七期，1989年1月）。其所謂「細部批評」，是指「不空談原則，而常常是藉實例以帶引出一些寫作和閱讀的原則，而且對於作品的文辭之美，可以在字裡行間細細評解，這種評解，當然最常見的形式是評點。」（頁397）除評點形式外，有些詩話也是針

龔氏指出兩者審美觀之核心不同，強調我國文論在「起承轉合」、「頓挫往復」中的文氣流轉，具有「游心於小」〔註80〕、「多焦點移動」的特質。

　　總結來看，評點這種論文型態實可以分兩方面論之：一方面評點者（讀者）藉由標舉文法義例，鬆動了作者對文本詮釋的專斷性，使得閱讀成為每個讀者皆可參與之創造活動；另一方面評點者（讀者）的個人體驗，卻也細碎地伴隨著文本無限擴張、衍生與積累，不斷藉由評點書寫豐厚了閱讀的內涵。〔註81〕

　　　對單一作品加以細部分析，故龔文涵括以論之。本論文為定義明確之便利，故討論時僅針對評點形式立說。我國藝文審美的根本精神，且以宗白華先生之說法為例：「用心靈的俯仰的眼睛來看空間萬象，我們的空間意識不是希臘的有輪廓的立體雕像，不是埃及墓中的直線甬道，也不是倫伯蘭的油畫中渺茫無際追尋著的深空，而是『俯仰自得』的節奏化音樂化了的宇宙。……我們嚮往無窮的心，須能有所安頓，歸返自我，成一回旋的節奏。我們的空間意識……是瀠洄委曲，綢繆往復，遙望著一個目標的行程（道）！我們的宇宙是時間率領著空間，因而成就了節奏化音樂化了的『時空合一體』。」（《美從何處尋》，臺北：駱駝出版社，1987 年 8 月，頁 89、105）證諸於傳統文論，清代文家梁章鉅說：「朱子嘗言：『文須錯綜見意，曲折生姿。李習之嘗教人看韓公《獲麟解》，一句一轉，可悟作文之法；而不教人看《原道》，以其稍直也。』近魏叔子言：『古文之妙，只是說而不說，說而又說，是以極吞吐往復，參差離合之致。』袁簡齋亦言：『天上有文曲星，無文直星』，雖是戲言，亦自有致。」（《退庵隨筆》，卷十九，轉引自《韓愈資料彙編》，台北：學海出版社，1984 年 4 月，頁 1444）簡單地說，我國傳統的藝術精神在追求「俯仰自得」的生命境界，形諸於詩文則表現為「頓挫往復」之韻律舞動。此與西方傳統之審美觀有別。

〔註80〕　楊玉成研究南宋劉辰翁之評點，曾指出其批語型式可稱為「語言的斷片」，楊先生認為「從文化史的觀點看，這種斷片語言可說是大敘述（grand narrative）崩潰後的產物，剩下某種零碎的小敘述。這可能是『晉人語』在思想史上最重要的意義，摘句（詩歌）、清談（名士）、軼事（小說）都興起於晉代，都具有一種反傳統的姿態。在文化史上，劉辰翁開啟了明人重視《世說》及名士品味的風氣，也必須從這個角度來理解。」（〈劉辰翁：閱讀專家〉，同註58，頁 228）。評點被文家認為「非大方體」，除了讀者對於文句之鑽研穿鑿外，也因為此種批評方法受限於文本主體的觀念，不得不多以「斷片」出之，游心於小。

〔註81〕　這裡要特別強調的是，評點標舉文法之普遍性、客觀性，與評賞者個人體驗之生產是一體兩面的效應。前註提及哲學家德希達（Jacques Derrida）曾區分兩種閱讀：一是重複性閱讀（Repetitive Reading），一是批評性閱讀（Critical Reading）。他認為「重複性評論的環節在批評性閱讀中無疑有其地位，然而，要承認和尊重它的所有經典闡釋是不易的，並且需要運用傳統批評的所有工具。但是，沒有這種承認和尊重，批評性生產將會有漫無方向發展的危險，而且差不多會讓自己無所不說。」（《後結構主義》，楊大春著，臺北：揚智文化，1996 年，頁 185）德希達尊重且承認「重複性閱讀」的經典闡釋，欲以規範「批評性閱讀」的「漫無方向」，而且巴特「可讀的」與「可寫的」既非

參考文獻

1. 《中國敘事學》，楊義撰，南華管理學院出版，1998 年 6 月。

2. 《明清之際小說評點學之研究》，林崗撰，北京大學出版社，1999 年 11 月。

3. 〈細部批評導論〉，龔鵬程撰，《文學批評的視野》第三章，頁 387～438，大安出版社，1990 年；《中國國學》，第十七期，1989 年 1 月。

4. 〈試論小說評點與美學反應理論〉，單德興撰，《中外文學》，第十二卷第三期，頁 73～101，1991 年 8 月。

5. 〈浪翻古今是非場：從作品接受過程看金聖嘆詩歌評點〉，劉苑如撰，《中華學苑》，第四十四期，頁 235～257，1994 年 4 月。

6. 〈評點之興：文學評點的形成和南宋的詩文評點〉，吳承學撰，《文學評論》，1995 年第一期，頁 24～33，1995 年。

7. 〈明清小說評點對中國敘事學的意義〉，鄭鐵生撰，《南開學報》，1998 年第 1 期，頁 60～67，1998 年。

8. 〈晚明《西廂記》評點的發展及其與時代思潮的關係〉，林宗毅撰，《國立編譯館館刊》，第二十七卷第一期，頁 227～255，1998 年 6 月。

9. 〈明清小說評點與敘事學研究〉，陳果安撰，《中國文學研究》，1998 年第 1 期，頁 12～14，1998 年。

10. 〈劉辰翁：閱讀專家〉，楊玉成撰，《國文學誌》，第三期，頁 199～248，1999 年 6 月。

11. 〈敘事文結構的美學觀念：明清小說評點考論〉，林崗撰，《文學評論》，1999 年第 2 期，頁 20～32，1999 年。

12. 〈論中國古代小說評點之類型〉，譚帆撰，《文學遺產》，1999 年第 4 期，頁 79～91，1999 年。

13. 〈小說評點的解讀—《中國小說評點研究·導言》〉，譚帆撰，《文藝理論研究》，華東師範大學，2000 年 1 期，頁 76～84，2000 年。

14. 〈小眾讀者：康熙時期的文學傳播與文學批評〉，楊玉成撰，《中國文哲研究集刊》，第十九期，頁 55～108，2001 年 9 月。

15. 〈鍾惺《詩經》評點性質析論〉，侯美珍撰，《中國古典文學研究》，第七期，頁 67～94，2002 年 6 月。

16. 〈現存評點第一書—論《古文關鍵》的編選、評點及其影響〉，吳承學撰，《文學遺產》，2003 年第 4 期，頁 72～84，2003 年。

兩種截然對立的文本，吾人可以視「標舉文法（本）」為客觀意義之追求，閱讀活動（評點歷程）是在追求客觀意義（法）的共識下，由各評點者（讀者）自行表述，從而閱讀活動才有了批評性、創造性意義生產之可能。

附錄四　從劉熙載《藝概‧經義概》試論「經義」之為體

摘　要

　　劉熙載為清末著名樸學家兼文論家，其代表論著《藝概》，析論包括文、詩、賦、詞曲、書法及經義等六種藝文體類，由其體系架構之豐富，風靡學界。〈經義概〉為專論八股文之作；民國以後，國人對八股文之作法與篇章多無所悉，然今日果欲瞭解清人如何將經義（即八股文）看待為一種藝文品類，與此文體之藝術特質所在，重讀劉氏〈經義概〉對於八股文之詮解，自可窺見其大體。

　　本論文試圖由〈經義概〉文本，解析劉氏的論述架構，包括下述層面：（1）經義具有命題作文之屬性（2）由經義文書寫之「法」與「辭」，討論其具體書寫手法（3）以劉氏經義作品為例，試加解析（4）談經義文之氣格與「形象化」代言（5）談經義文書寫的修養論、文道合一觀。

　　本論文除試圖尋找相關評點例證以說明劉氏經義文理論外，亦希望藉由辨析其說法，以釐清文學史上對於八股文的成見與未見。

　　關鍵詞：劉熙載，經義概，八股文，藝概

一、前　言

劉熙載字伯簡，號融齋，清嘉慶十八年（1813）出生於江蘇興化縣，道光十九年（1839）中舉，二十四年中進士，改授翰林院庶吉士，留館學習三年後授翰林院編修。咸豐七年（1857），請假往山東禹城開館授徒，於九年底回京，仍爲翰林編修。十一年，受湖北巡撫胡林翼之請，前往武昌任江漢書院主講。同治即位，受詔回京，初任國子監司業，後出爲廣東學政。任期未滿，便去職回到故鄉興化。翌年起受聘爲上海龍門書院主講達十四年之久，於光緒七年（1881）病逝興化，享年六十九歲。

劉氏爲清末著名樸學家兼文論家，著作現存有《古桐書屋（六種）》及《古桐書屋續刻（三種）》，其中影響較著、廣爲人知的，尤以收錄於前者的《藝概》六卷爲其代表著作，析論包括：文、詩、賦、詞曲、書法及經義等六種藝文體類，由其體系架構的豐富，與觀點之新穎而獨樹一幟，風靡學界。

此書中〈經義概〉一卷爲其專論經義（八股文）之作，篇幅上雖然並不長，然較諸於明清經義相關之各種零碎評點、文話而言，此篇所述及之種種概說顯然別具體系，且可與詩文賦詞書法等諸藝別相提並論，得以參照。劉氏既登進士，擔任過學政，並長期於教壇講授，〈經義概〉之文體評論實具有相當代表性。民國以後，學界對八股文之爲體既乏興趣，亦少理解，今日果欲瞭解清人如何將經義文看待爲一種藝文品類，與其書寫制作與閱讀審美之特質所在，重讀劉氏〈經義概〉之評論主張，應可窺見其大體。

二、經義文體之屬性：應題論理

〈經義概〉開宗明義，首先說明此文體之來歷，指出「經義」是一種悠久的考試文體：

> 經義試士，自宋神宗始行之。神宗用王安石及中書門下之言定科舉法，使士各專治《易》、《詩》、《書》、《周禮》、《禮記》一經，兼《論語》、《孟子》。初試本經，次兼經大義，而「經義」遂爲定制。其後元有「四書疑」，明有「四書義」，實則宋制已試《論》、《孟》、《禮記》，《禮記》已統《中庸》、《大學》矣。今之「四書文」，學者或並稱「經義」：《四書》出於聖賢，聖賢吐辭爲經，以「經」尊之，名實未嘗不稱。爲經義者，誠思聖賢之義宜自我而明，不可自我而晦，

則爲之自不容苟矣。〔註1〕

此一文體之書寫理想在於「爲經義者，誠思聖賢之義宜自我而明」，因此，經義書寫上至少具備了兩個層次：（一）此文體旨在論述聖賢義理，是一種具有經典詮釋學意義的載道之文；（二）作者並非自述其道，此文體自宋以來即施於測驗經書大義，因此其所闡述道理，實爲《四書》中之義理。

　　此故，經義之爲體與經典傳注及古文有相似處，如劉熙載言：

「制義」推明經義，近於「傳」體。……〔註2〕

「制藝」體裁有二：一本「註釋」，就題詮題也；一本「古文」，夾敘夾議也。註釋，合多開少；古文，小開大合、大開小合，俱有之。〔註3〕

漢桓譚徧習五經，皆訓詁「大義」，不爲「章句」，於此見「義」對「章句」而言也。至「經義」取士，亦有所受之。趙岐〈孟子題辭〉云：「漢興，孝文廣遊學之路，《孟子》置博士。訖今諸經通義得引《孟子》以明事，謂之博文。」唐楊瑒奏有司試帖「明經」，不質「大義」，因著其失。宋仁宗時，范仲淹宋祁等奏言有云：「問大義，則執經者不專於記誦矣！」合數說觀之，所以用經義之本意具見。〔註4〕

《宋文鑑》載張才叔〈自靖人自獻於先王〉一篇，隱然以「經義」爲古文之一體，似乎自亂其例。然宋以前已有韓昌黎省試〈顏子不貳過論〉，可知當經義未著爲令之時，此等原可命爲古文也。〔註5〕

說明了經義在「不專於記誦」上，可遠承漢人「訓詁大義，不爲章句」傳注義理之方式；又如《宋文鑑》收錄了張庭堅〈自靖人自獻於先王〉一篇，認爲前人原把此類論說經義之「應試文章」，亦視同古文之一體。既接納經義文爲古文，也就間接強調了這文體並不隨時淹滅（僅爲「時文」），而值得重視。

　　據劉氏說，根據此類應試文體早期之體例，在其書寫「理想」上可以兼及三個層面：

〔註1〕　劉熙載：〈經義概〉，《藝概》（收入《劉熙載論藝六種》，徐中玉、蕭華榮整理，
　　　　　四川：巴蜀書社，1990 年 6 月），第 1 則，頁 164。
〔註2〕　〈經義概〉，《藝概》，第 86 則，頁 173。
〔註3〕　〈經義概〉，《藝概》，第 58 則，頁 170。
〔註4〕　〈經義概〉，《藝概》，第 87 則，頁 174。
〔註5〕　〈經義概〉，《藝概》，第 88 則，頁 174。

元倪士毅撰《作義要訣》，以明當時經義之體例：第一要識得道理透
徹，第二要識得經文本旨分曉，第三要識得古今治亂安危之大體。
余謂第一、第三俱要包於第二之中。聖人瞻言百里，識經旨則一切
攝入矣。〔註6〕

儘管劉氏認爲「識得經文本旨分曉」便能同時「識得道理透徹」、「識得古今
治亂安危之大體」；但亦足見此文體在元朝時的體例次第，原是以「論說義
理」爲優先的，至於經旨之如何恪遵，反而爲其次之選擇。前面說過，經義
文體近傳注，所以它本就具有闡釋「經文本旨」之目的：如著眼於所闡釋的
章句，就強調「經文本旨」；如著眼於本旨如何被闡釋，就強調「道理」之
見識透徹。

不管以「論理」或「經旨」孰重，回到劉氏所處的時空，經義文之書寫，
總必須與應試題目的「經文本旨」有所對話：

先敘後議，我注經也；先議後敘，經注我也。文法雖千變萬化，總
不外於敘議二者求之。〔註7〕

杜元凱《左傳・序》云「先經以始事」，「後經以終義」，「依經以辯
理」，「錯經以合異」。余謂經義用此法操之，便得其要。經者，題也；
先之、後之、依之、錯之者，文也。〔註8〕

劉氏認爲經義之爲體，與《左傳》詮解《春秋》義理相仿，是在特定經旨（題
目）下，「先之、後之、依之、錯之」，「先敘後議」或「先議後敘」，藉以彰
明題意的論說文。如果義理層面暫置而不論，劉熙載此處「經者，題也；先
之、後之、依之、錯之者，文也。」的說法，正清楚地點出應試文之特性，
必須是在經題界定下，透過適當文學技藝以闡明其意義的。

在〈經義概〉中，關於如何處理題旨的技巧甚夥（在本篇95條目中，與
題旨相關者即佔32條之多），以下略舉其要援引說明：

凡作一篇文，其用意俱要可以一言蔽之。擴之則爲千萬言，約之則
爲一言，所謂主腦者是也。破題、起講，扼定主腦；承題、八比，
則所以分櫨乎此也。主腦皆須廣大精微，尤必審乎章旨、節旨、句
旨之所當重者而重之，不可硬出意見。主腦既得，則制動以靜，治

〔註6〕〈經義概〉，《藝概》，第89則，頁174。
〔註7〕〈經義概〉，《藝概》，第59則，頁171。
〔註8〕〈經義概〉，《藝概》，第2則，頁164。

煩以簡，一線到底，百變而不離其宗，如兵非將不御，射非鵠不志也。〔註9〕

昔人論文，謂未作破題，文章由我；既作破題，我由文章。余謂題出於書者，可以斡旋；題出於我者，惟抱定而已。破題者，我所出之題也。〔註10〕

文莫貴於尊題，尊題自破題、起講始。……尊題者，將題說得極有關係，乃見文非苟作。〔註11〕

破題是箇小全篇。人皆知破題有題面，有題意，以及分合明暗、反正倒順、探本推開、代說斷做、照下繳上諸法，不知全篇之神奇變化，此為見端。〔註12〕

上述四條論「破題」需如何精要扼定文章「主腦」，界定題意，〔註13〕以張皇題旨。此外與題旨經營相關之手法，尚論及於：

有認題，有肖題。善認題故題外無文，善肖題故文外無題。〔註14〕

題有筋有節。文家辨得一「節」字，則界畫分明；辨得一「筋」字，則脈絡聯貫。〔註15〕

題有題眼，文有文眼。……〔註16〕

有題要，有題緒。……〔註17〕

章旨在本題者，闡本題即所以闡章旨也；章旨在上下文者，必以本題攝之。……〔註18〕

有題面與題意同者，有題面與題意異者。……〔註19〕

〔註9〕 〈經義概〉，《藝概》，第3則，頁164。
〔註10〕 〈經義概〉，《藝概》，第4則，頁165。
〔註11〕 〈經義概〉，《藝概》，第5則，頁165。
〔註12〕 〈經義概〉，《藝概》，第6則，頁165。
〔註13〕 關於八股文「破題」之重要，在《紅樓夢》第84回中曾有相當生動的記載，小說中賈寶玉隨塾師學作八股文，初「開筆」便由簡短的破題練習起，賈政認為在動筆破題前，須把「界限分清」，把神理想明白。
〔註14〕 〈經義概〉，《藝概》，第7則，頁165。
〔註15〕 〈經義概〉，《藝概》，第11則，頁166。
〔註16〕 〈經義概〉，《藝概》，第12則，頁166。
〔註17〕 〈經義概〉，《藝概》，第13則，頁166。
〔註18〕 〈經義概〉，《藝概》，第14則，頁166。
〔註19〕 〈經義概〉，《藝概》，第15則，頁166。

題義有而文無，是謂減題；題義無而文有，是謂添題。文貴如題。或減或添，俱失之。〔註20〕

題有平有串，做法未嘗不通。……〔註21〕

題字句少則宜用「坼」字訣，字句多則宜用「并」字訣。……〔註22〕

題前有豫作，題後有補作，題中亦補作、亦豫作。〔註23〕

文有「攻棱」、「補窪」二法。攻棱做題字也，補窪做題間也。〔註24〕

題有題縫，題縫中筆法有四，……〔註25〕

題兼虛實字者，文則有「坐虛呼實」、「坐實呼虛」二法；題兼上下句者，文則有「坐上呼下」、「坐下呼上」二法。……〔註26〕

題字有重有輕。詳重略輕，文之常也。……〔註27〕

點題字緩急蓄洩之異，皆從題之真際涵泳得之。……〔註28〕

題中要緊之字，宜先於空中刻鏤，反處攻擊。……〔註29〕

「出」、「落」二字有別。自無題字處點題字，可謂之「出」，不可謂之「落」；自題中此字出彼字，就彼字而言謂之「出」，就自此之彼而言謂之「落」。審於「出落」之來路、去路，文之脈理斯真矣。〔註30〕

以上與解題相關之細目種種，皆受此文體「命題作文」之規範影響，實足以窺見經義文長久書寫所累積發明的訣竅。藉由這些繁瑣手法，我們可以確認經義之特殊屬性，正在於其「依題作文」。（引具體例證進一步說明，詳見下節。）因為對於經句大義（或「題意」）之掌握，實為作者進一步擘畫其架構、鋪展論述的首要基礎。

〔註20〕〈經義概〉，《藝概》，第 16 則，頁 166。
〔註21〕〈經義概〉，《藝概》，第 17 則，頁 166。
〔註22〕〈經義概〉，《藝概》，第 19 則，頁 166。
〔註23〕〈經義概〉，《藝概》，第 22 則，頁 167。
〔註24〕〈經義概〉，《藝概》，第 24 則，頁 167。
〔註25〕〈經義概〉，《藝概》，第 25 則，頁 167。
〔註26〕〈經義概〉，《藝概》，第 27 則，頁 167。
〔註27〕〈經義概〉，《藝概》，第 28 則，頁 167。
〔註28〕〈經義概〉，《藝概》，第 29 則，頁 167。
〔註29〕〈經義概〉，《藝概》，第 32 則，頁 168。
〔註30〕〈經義概〉，《藝概》，第 33 則，頁 168。

三、經義文體之書寫：貫攝變化

經句既已深刻辨明，界定了題目範疇，緊接著劉熙載所關心的乃是「如何適當論述」的具體方法，劉氏說：「言有物爲理，言有序爲法」〔註31〕、「筆法初非本領之所存，然愈有本領，愈要講求筆法，筆法所以達其本領也」，〔註32〕〈經藝概〉中對於文章形構之分析，包括布局、章法、字句的運用等。

（一）

劉氏論及局法時，悉依經句題旨之限制求其變化，而有順逆寬緊之講求：

> 局法有從前半篇推出後半篇者，有從後半篇推出前半篇者。推法固順、逆兼用，而順推往往不如逆推者，逆推之路較寬且活也。〔註33〕

> 文之順逆，因題而名：「順」謂從題首遞下去，「逆」謂從題末繞上來。以一篇位次言之，大抵前路宜用順，後路宜用逆；蓋一「戒凌躐」，一「避板直」也。〔註34〕

> 文局有寬、有緊。大抵題位寬者則局欲緊，題位緊則局欲寬。〔註35〕

強調「寬且活」、「避板直」，當然是著眼於文章布局之靈巧。在章法對偶上，則強調精確、平衡與層次感：

> 柱意最要精確，如題中實字、虛字及無字處，各有當立之柱。……〔註36〕

> 柱分兩義，總須使單看一比則偏，合看兩比則全。若單看已全，則合看爲贅矣。〔註37〕

> 分析題義，「用兩」與「用二」不同：二，有次序，串義也；兩，乃敵稱，平義也。〔註38〕

> 立柱須明三對：大抵「言對」不如「意對」，「正對」不如「反對」，

〔註31〕　〈經義概〉，《藝概》，第 77 則，頁 173。
〔註32〕　〈經義概〉，《藝概》，第 54 則，頁 170。
〔註33〕　〈經義概〉，《藝概》，第 38 則，頁 168。
〔註34〕　〈經義概〉，《藝概》，第 39 則，頁 168。
〔註35〕　〈經義概〉，《藝概》，第 40 則，頁 169。
〔註36〕　〈經義概〉，《藝概》，第 45 則，頁 169。
〔註37〕　〈經義概〉，《藝概》，第 43 則，頁 169。
〔註38〕　〈經義概〉，《藝概》，第 46 則，頁 169。

「平對」不如「串對」。〔註39〕

即使是對偶，也要謹慎地著筆於「題中實字、虛字及無字處」；而所謂「正對不如反對，平對不如串對」，其所重亦在於文意之生動、富於層次。於字句錘鍊上，則主張遣辭用字須能與「篇章映照」，成爲「文中藏眼」：

> 多句之中，必有一句爲主；多字之中，必有一字爲主。鍊字句者，尤須致意於此。〔註40〕

> 文家皆知鍊句、鍊字，然單鍊字句則易，對篇章而鍊字句則難。字句能與篇章映照，始爲文中藏眼，不然，乃修養家所謂「瞎鍊」也。〔註41〕

綜言之，其實劉氏無論在字句鍛鍊、筆法、章法、局法上，皆重視論述主意在全篇首尾之貫攝沉斂：

> 文要不散神，不破氣，如樂律然，既已認定一宮爲主，則不得復以他宮雜之。〔註42〕

> 「起、承、轉、合」四字：「起」者，起下也，連「合」亦起在內；「合」者，合上也，連「起」亦合在內；中間用「承」、用「轉」，皆兼顧「起」、「合」也。〔註43〕

> 起筆無論反正虛實，皆須貫攝一切，然後以轉接收合回顧之。〔註44〕

> 文之要三：主意要純一而貫攝，格局要整齊而變化，字句要刻畫而自然。〔註45〕

字句既求「刻畫而自然」，主意亦謀「純一而貫攝」，〔註46〕在文章格局上則欲「整齊而變化」，使其讀來靈活生動，凡此皆與今人認知八股是一套規矩繁

〔註39〕〈經義概〉，《藝概》，第 44 則，頁 169。

〔註40〕〈經義概〉，《藝概》，第 48 則，頁 169。

〔註41〕〈經義概〉，《藝概》，第 47 則，頁 169。

〔註42〕〈經義概〉，《藝概》，第 82 則，頁 173。

〔註43〕〈經義概〉，《藝概》，第 37 則，頁 168。

〔註44〕〈經義概〉，《藝概》，第 51 則，頁 170。

〔註45〕〈經義概〉，《藝概》，第 78 則，頁 173。

〔註46〕八股文強調行文間起承轉合之機軸，重視義理的連貫性，可由以下記載略見端倪：王士禛在《池北偶談》中提及「予嘗見一布衣，盛有詩名，而其詩實多有格格不達處，以問汪鈍翁，汪云：『此君坐未解爲時文故耳。』時文雖無與於詩、古文，然不解八股，則理路終不分明。」（引見梁章鉅，《制藝叢話》，上海：上海書店，2001 年 12 月，卷二，頁 35）

綱、機械式的文體有別。又如劉氏說：

> 經義戒平直，亦戒艱深。《作義要訣》云：「長而轉換新意，不害其爲長；短而曲折意盡，不害其爲短。」戒平直之謂也。……〔註47〕

> 文忽然者爲斷，變化之謂也，如斂筆後忽放筆是；復然者爲續，貫注之謂也，如前已斂筆，中放筆，後復斂筆以應前是。〔註48〕

> 章法之相間，如反正、淺深、虛實、順逆皆是；句法之相間，如明暗、長短、單雙、婉峭皆是。〔註49〕

> 空中起步，實地立腳，絕處逢生，局法具此三者，文便不可勝用；尤在審節次而施之。〔註50〕

> 文局有先空後實，有先實後空，亦有疊用實、疊用空者；有先反後正，有先正後反，亦有疊用正、疊用反者。其疊用者，必所發之題字不同。至正反俱有空實，空實俱有正反，固不待言。〔註51〕

> 文之有出對比共七法，曰：剖一爲兩，補一爲兩，迴一爲兩，反一爲兩，截一爲兩，剝一爲兩，襯一爲兩。〔註52〕

從這些嚴密寫法凸顯而出的考慮，足見經義作者對於表意效果在「可寫性」〔註53〕上有所反省，試圖改寫經典既有之「說法」，另創一番生動變通的義理表詮方式。正因如此，〈經義概〉中不忘強調這些用以參考的手法無足爲恃：

> 文無一定局勢，因題爲局勢；無一定柱法，因題爲柱法；無一定句調，因題爲句調。不然，則所謂局勢、柱法、句調者，粗且外矣。〔註54〕

〔註47〕〈經義概〉，《藝概》，第 90 則，頁 174。
〔註48〕〈經義概〉，《藝概》，第 69 則，頁 172。
〔註49〕〈經義概〉，《藝概》，第 74 則，頁 172。
〔註50〕〈經義概〉，《藝概》，第 36 則，頁 168。
〔註51〕〈經義概〉，《藝概》，第 41 則，頁 169。
〔註52〕〈經義概〉，《藝概》，第 42 則，頁 169。
〔註53〕當代法國文學理論家羅蘭・巴特（Roland Barthes）曾區分兩種文本爲：「可讀的（lisible）」和「可寫的（scriptible）」，此處或可借其觀念爲用，（請參見陳慧樺於《讀者反應理論批評》書前之總序，Elizabeth Freund 著，陳燕谷譯，駱駝出版社，1994 年 6 月）。就某個層面考察，經義書寫顯然是傳統「述而不作」觀念的翻轉，亦即後世之學者藉由爲孔聖代言，處身於一種創作表達的情境。雖然這裡所討論的，係以書寫技法之發明爲限。
〔註54〕〈經義概〉，《藝概》，第 79 則，頁 173。

泥於法度不如無法，所有的行文技法皆非定然，只能「因題爲局勢」、「因題爲柱法」、「因題爲句調」。在面對經題的凝視沉思間，靈活的創造性表述必須凌越於法度之上。〔註55〕

（二）

於此姑舉劉熙載經義文〈曰：今之從政者何如？子曰：噫，斗筲之人，何足算也〉一篇爲例，觀察作者如何透過上述特別的文章技法，藉以推闡經題中深蘊之義理：

不援士以爲問，即僅求其足算而不得也。（破題）

夫曰「今之從政者」，則其非士，子貢已明知之矣，特未知其猶足算與否耳。然何不察其爲斗筲之人也哉？（承題）

且古大臣之所以大過人者，器量耳。若待勢位權藉以爲重，則其中必有不足者矣。乃或雖無與於器量之大，而苟非其細已甚，定於一成者，斯尚可冀古人之不棄；君子亦何遽鄙之而不屑道也？何子貢繼問士而及者且不然乎？夫子歷言士之爲士，此其人皆非苟焉而已，豈第謂其足算也哉！（起講）

子貢乃別乎此，而問「今之從政者」，則其以爲非士也，已斷斷然矣。（入題）

意固知從政資乎才實也；顧才實之贍，久不可期於酯紊之人，而按其生平，或猶有一二焉足覘其抱負，則亦將節取而不必深苛也。

且知從政本乎行誼也；顧行誼之存，久不可律於高明之族，而綜其端末，或不以此瑣焉自限其懷來，則終且姑許以存一格也。（起二股）

而夫子則聞之而重有慨焉，曰：噫！賜尚不知今之從政者爲何如人乎？豈尚以之爲足算者乎？（出題）

從政者必有不自滿之量，而人始得以益之。且無論不自滿也，就令易滿，亦宜有所受而不遽滿也。而今之人，則懜乎其不能受焉。縱或因事有諮，而善言終莫之聽用，是欲相益而無從也。吾人何爲而論夫不可相益也？

〔註55〕劉熙載論經義時文明顯具有古文家色彩，郭紹虞曾論及桐城派所提出之「活法」，請參詳《中國文學批評史》，台北：藍燈文化，1988年10月，第76、77節，頁550～563。

從政者必有不可竭之量，而人始得以挹之。且無論不可竭也，就令易竭，亦宜有所施而不遽竭也。而今之人，則戛然其不能施焉。惟計身圖之便，豈公義猶恃以共扶？是欲相挹而無從也。吾人何爲而論夫不可相挹也？（中二股）

是斗筲之人而已矣，顧有斗筲之人而足算者耶？夫吾觀今之從政者，未嘗不自掩其斗筲也。（過接）

彼慮示人以實，人將有相形者矣，則不得不設爲寬深優裕以鎭之，若與斗筲者相懸絕焉。蓋底蘊易窮，則矜飾彌欲其取重，故日眩乎愚者之耳目，以爲「吾果斗筲，何以從政而無患也？」此自掩以求足算者也，而用心爲愈陋矣。吾觀今之從政者，又未嘗不自著其斗筲也？

彼慮不示人以衡，人將有立異者矣，則不得不故爲稽實定數以張之，若以其斗筲者爲程式焉。蓋自處於守數之末，正欲杜人以陳義之高，故日倡爲風氣之崇尚，以爲「吾務從政，亦何能以斗筲之名爲避也？」此自著而不求足算者也，而操術爲愈下矣，何足算也？（後二股）

夫子答子貢以此，其亦示以舍士更無可問者歟！（結語）〔註56〕

查此題經句係出於《論語・子路篇》，引文之完整章句原爲：「子貢問曰：『何如斯可謂之士矣？』子曰：『行己有恥，使於四方，不辱君命，可謂士矣。』曰：『敢問其次？』曰：『宗族稱孝焉，鄉黨稱弟焉。』曰：『敢問其次？』曰：『言必信，行必果，硜硜然小人哉，抑亦可以爲次矣。』曰：『今之從政者何如？』子曰：『噫！斗筲之人，何足算也！』」〔註57〕題目僅出此段後面幾句，可知命題時刻意隱去了本章首節「何如斯可謂之士矣？」的核心問題；此故劉氏在「破題」時，首先扼要舉出題面下隱藏的義理關鍵。這也是他所強調的「認題」功夫，認題精確係根據應答者對於經文與義理的熟悉。

其次，〈經義概〉所謂「題有題眼，文有文眼。題眼或在題中實字，或在虛字，或在無字處；文眼即文之注意實字、虛字、無字處是也。」〔註58〕以此篇而論，「士」字即爲全篇經義之題眼、文眼，卻不見於題面，落在「無字處」。

〔註56〕劉熙載：《制義書存》（收入《劉熙載論藝六種》，徐中玉、蕭華榮整理，四川：巴蜀書社，1990 年 6 月），頁 357～358。

〔註57〕《論語集注》，卷七，收入《四書章句集註》，台北：學海出版社，1991 年，頁 146。

〔註58〕〈經義概〉，《藝概》，第 12 則，頁 166。

其次，本篇在「破題」、「承題」、「入題」、「出題」四個段落中，都不斷回返重述題面之「今之從政者」及「足算」兩個名詞概念，此足見經義之爲應試文體，係充分在字面上玩味題意，以求層層深入。〔註59〕

在原本經句中，一般讀者大概只會對於孔子如何回答此問題感到興趣，然而在本篇中，劉熙載卻進一步指出了子貢提問的態度，如在「承題」中說他「明知之」、在「入題」更說「其以爲非士，已斷斷然矣！」這種設身處地的代言書寫，也就是〈經義概〉所謂的「肖題」：「肖題者，無所不肖也：肖其神，肖其氣，肖其聲，肖其貌。有題字處，切以肖之；無題字處，補以肖之。自非肖題，則讀題、認題亦歸於無用矣。」〔註60〕因爲採取這種描寫章句中師徒對答意態的寫法，經義文在閱讀上自然顯得富於神貌形象。

劉熙載曾提及經義有兩種體裁：「一本註釋，就題詮題也；一本古文，夾敘夾議也。」〔註61〕就此文而言，似乎兩者兼具。表面上看其寫法，的確是就題面加以詮釋經旨。然就筆法而論，卻頗有古文「夾敘夾議」的特徵：從本篇結構看來，「破題」、「承題」及「起講」，顯然是作者（劉熙載）之議論；而「入題」、「起二股」，卻描寫子貢心底的疑問，「出題」、「中二股」、「過接」、「後二股」，則借孔子身分代以解答其惑，落到「結語」，又回到其作者立場加以總結。如此寫法不但具有連貫一致的敘事設計，且可充分發揮其議論觀點。

本篇在偶對運用之變化上，尤値令人注目。以「起二股」而言：

> 意固知從政資乎才實也：顧才實之贍，久不可期於醰豢之人，而按其生平，或猶有一二焉足覘其抱負，則亦將節取而不必深奇也。

> 且知從政本乎行誼也：顧行誼之存，久不可律於高明之族，而綜其端末，或不以此瑣焉自限其懷來，則終且姑許以存一格也。

劉氏揭出「才實」與「行誼」，以發明「久不可期於醰豢之人」與「久不可律於高明之族」來闡釋章句（至於如此釋義是否允當，容待後論）。對偶兩股在型式上爲工整之「正對」，內容則足見虛（欲由「今之從政者」之外舉士）實（「今之從政者」不足算）逆說之變化。其「中二股」爲：

〔註59〕此一作法顯然爲時文中重要技巧，爲評家所重視，如方苞在評點王鏊之經義時，即指出其行文爲「層次洗發，由淺入深，題蘊既畢，篇法亦完。」（《欽定四書文・化治文》，卷三，《文淵閣四庫全書》，台北：臺灣商務，第1451冊，頁4上）

〔註60〕〈經義概〉，《藝概》，第10則，頁165～166。

〔註61〕〈經義概〉，《藝概》，第58則，頁170。

> 從政者必有不自滿之量，而人始得以益之。且無論不自滿也，就令易滿，亦宜有所受而不遽滿也。而今之人，則戞乎其不能受焉。縱或因事有詒，而善言終莫之聽用，是欲相益而無從也。吾人何爲而論夫不可相益也？

> 從政者必有不可竭之量，而人始得以挹之。且無論不可竭也，就令易竭，亦宜有所施而不遽竭也。而今之人，則蕞然其不能施焉。惟計身圖之便，豈公義猶恃以共扶？是欲相挹而無從也。吾人何爲而論夫不可相挹也？

延續「起二股」中所提出的「才實」與「行誼」兩端，作者進一步想像「今之從政者」何以不足算，正在此輩「過分自大不聽人言」、與「才量狹小卻無所施於公義」兩層面。於此二股已皆爲虛筆，前舉「不自滿」、後對「不可竭」，以兼言內外，於寫法上則爲「反對」。而「後二股」曰：

> 彼慮示人以實，人將有相形者矣，則不得不設爲寬深優裕以鎮之，若與斗筲者相懸絕焉。蓋底蘊易窮，則矜飾彌欲其取重，故日眩乎愚者之耳目，以爲「吾果斗筲，何以從政而無患也？」此自掩以求足算者也，而用心爲愈陋矣。吾觀今之從政者，又未嘗不自著其斗筲也？

> 彼慮不示人以衡，人將有立異者矣，則不得不故爲稽實定數以張之，若以其斗筲者爲程式焉。蓋自處於守數之末，正欲杜人以陳義之高，故日倡爲風氣之崇尚，以爲「吾務從政，亦何能以斗筲之名爲避也？」此自著而不求足算者也，而操術爲愈下矣，何足算也？

作者則又進一步衍論「今之從政者」在政策上如何虛矯（以掩飾「才實」）與扭曲（以彰顯「行誼」），前揭「彼慮示人以實，人將有相形者矣」、後揭「彼慮不示人以衡，人將有立異者矣」，句式上係一正一反，在內容上則屬於「意對」。從本篇偶對的考察，我們可以作一些簡單的結論：

　　一、作者在「起二股」、「中二股」及「後二股」中，所書寫的重點在於「今之從政者」如何「不足算」，而避過了原始章句裡「子曰：『行己有恥，使於四方，不辱君命，可謂士矣。』曰：『敢問其次？』曰：『宗族稱孝焉，鄉黨稱弟焉。』曰：『敢問其次？』曰：『言必信，行必果，硜硜然小人哉，抑亦可以爲次矣。』」不同次第的論述。這或許是因爲題義上之限定：「題義無而文有，是謂添題。文貴如題。或減或添，俱失之」。

　　二、此篇以偶對的寫法，從對舉「今之從政者」與「士」之差異（「起二

股」），進一步申說「才實」與「行誼」的心理層面（「中二股」）及施政表現（「後二股」），從而論證其所以「不足算」。其解題處處以對比呈現出張力，層層深闢題旨；此亦足見經義文在偶對上變化無方，有手腕的作者自可使其靈動而富於韻律感，不失呆板。

至於在義理層面，劉氏在「起講」論及「夫子歷言士之爲士，此其人皆非苟焉而已，豈第謂其足算也哉！」在「結語」斷言夫子在義理上係「示以舍士更無可問者歟！」顯然劉氏認爲「今之從政者」，倘若其不能成爲士君子，就僅可視爲「不足算」的「斗筲之人」，兩端之間再沒有緩和、或可降格以求的其他層次。然而這種說法，與出處之章句原旨卻未必相符；在經句中，孔子實提出了三種他所肯定的（亦即堪稱「足算」之）人格成就：首先是「行己有恥，使於四方，不辱君命，可謂士矣」，其次是「宗族稱孝焉，鄉黨稱弟焉」，再次爲「言必信，行必果，硜硜然小人哉」。但在劉氏觀點中，或許爲了題面上之限定，又或許是他爲了強烈突顯兩端的差異，與此章傳註之一般見解有別。〔註 62〕就劉熙載文中所舉出的「才實」與「行誼」兩點，對照經文章句，在語意脈絡上未必相符，則應屬劉氏於此題之獨到見解吧。

四、經義風格之發越：氣質涵養

劉熙載談論文藝「本質」時，有一個非常傳統的觀點，他認爲文章是文人立身天地之間的性情呈現，故其道與天地同爲「陰陽剛柔」之發顯。以下略舉其說數條以爲例證：

> 立天之道，曰陰與陽：立地之道，曰柔與剛。文，經緯天地者也，其道惟陰陽剛柔可以該之。〔註 63〕

> 通其變，遂成天地之文。一闔一闢謂之變。然則文法之變，可知已矣。〔註 64〕

> 敘事之筆，須備五行四時之氣。〔註 65〕

〔註 62〕 如朱子注解此章句，認爲硜硜然小人「不害其爲自守也，故聖人猶有取焉」。又程頤也說「夫子告之，皆篤實自得之事。」（《論語集注》，卷七，收入《四書章句集註》，台北：學海出版社，1991 年，頁 146）
〔註 63〕 〈經義概〉，《藝概》，第 84 則，頁 173。
〔註 64〕 《藝概》，頁 42。
〔註 65〕 《藝概》，頁 43。

所以他認爲文章之道，乃效法於天地，其變化則兼備五行四時之氣，有陰陽剛柔之別。這種觀點也遍見於《藝概》一書的各種文類，如〈文概〉說：

> 《易繫傳》：「物相雜故曰文」，《國語》：「物一無文」，徐鍇《說文通論》：「強弱相成，剛柔相形。故於文，『人乂』爲『文』」，《朱子語錄》：「兩物相對待故有文，若相離去，便不成文矣。」爲文者，盍思文之所由生乎？〔註66〕

於〈經義概〉曰：

> 《易繫辭》言：「物相雜故曰文」，《國語》言：「物一無文」，可見文之爲物，必有對也，然對必有主是對者矣。〔註67〕

〈書概〉則稱：

> 書要兼備陰陽二氣。大凡沈著屈鬱，陰也；奇拔豪達，陽也。〔註68〕
>
> 書，陰陽剛柔不可偏陂。〔註69〕

而以〈詩概〉之說法尤爲精要：

> 《詩緯‧含神霧》曰：「詩者，天地之心。」文中子曰：「詩者，民之性情也。」此可見詩爲天人之合。〔註70〕

在劉氏觀念中，文藝因此爲天地性情的交感呈現，並勃發出陰陽剛柔之種種氣質變化。歷來詩文傳統重視「氣格」，正以由此得見書寫者的精神血氣，而非泥守於膚廓之文字句面。〔註71〕

〈經義概〉對於八股文作法有所謂「理法辭氣」的意見。對於此一傳經體裁，劉熙載主張：闡釋義理時應正大精闢，文法修辭需貫徹通變、典雅而精確；在文章氣格上，則提出以「清厚」之理想：

> 文不外「理、法、辭、氣」。理取正而精，法取密而通，辭取雅而切，氣取清而厚。〔註72〕

> 論文或專尚指歸，或專尚氣格，皆未免著於一偏。《舊唐書‧韓愈傳》

〔註66〕《藝概》，頁49。
〔註67〕〈經義概〉，《藝概》，第85則，頁173。
〔註68〕〈經義概〉，《藝概》，頁160。
〔註69〕《藝概》，頁161。
〔註70〕《藝概》，頁50。
〔註71〕如劉熙載說：「文以鍊神鍊氣爲上半截事，以鍊字鍊句爲下半截事，此如《易》道有先天、後天也。……」（〈經義概〉，《藝概》），頁27。
〔註72〕〈經義概〉，《藝概》，第76則，頁173。

「經、誥之指歸，遷、雄之氣格」二語，推韓之意以爲言，可謂觀
其備矣。〔註73〕

就經義而言，劉氏在此處所說的「氣」，可以兼攝兩個層面：首先，做爲「傳
經」用途，其氣體宜求「說理清晰」、「學殖篤厚」，此二者當然具有互爲表裡
的同構關係；其次，就文體而言，其理想境界爲揉和「經誥指歸」與「遷雄
氣格」之兩全，也就是文章中既要能彰顯深厚學理、且能滲透作者崇高之精
神氣質以感動讀者。以下試分別論之。

（一）

做爲應試文體，經義文自有公開之取擇標準，如雍正時所謂「清眞雅正」
的規範。梁章鉅曾提及：

> 雍正十年，始奉特旨曉諭考官，所拔之文務令「清眞雅正」，理法兼
> 備。……是「清眞雅正」四字，代聖賢立言者非此不可，宜乎聖訓
> 相承，規重矩襲，永爲藝林之矩矱、制義之準繩矣。〔註74〕

可知「清眞雅正」爲清廷一貫認可之文體準繩，然則什麼是「清眞雅正」呢？
參考時人之說法：

> 學士方苞於四書文義法夙嘗究心，著司選文之事務，將入選之文發
> 揮題義清切之處，逐一批抉，俾學者了然心目間，用爲楷模。〔註75〕

> 李文貞（光地）《榕村語錄》云：「文字不可怪，所以舊來立法，科
> 場文謂之『清通中式』。『清通』二字最好，本色文字，句句有實理
> 實事，這樣文字不容易，必須多讀書，又用過水磨工夫方能到，非
> 空疏淺易之謂也。」〔註76〕

引文所謂「發揮題義清切」、「清通」，需經由「水磨工夫」之洗練，使其義理
便於學者了然於心目之間；「清」字或許具有「文字不可怪」、如實呈現事理
的「清晰」用途。此外，劉熙載所謂「氣取清而厚」，「厚」字指的自然是李
光地這裡說的「必須多讀書」、「非空疏淺易」的學養厚度。更清楚的解釋，
則見於方苞修撰《欽定四書文》時之說明：

> 唐臣韓愈有言，「文無難易，惟其是耳」。李翱又云：「創意、造言各

〔註73〕《藝概》，頁24。
〔註74〕同註46，頁13。
〔註75〕《欽定四書文・乾隆上諭》，同註59，頁1451-2。
〔註76〕梁章鉅，同註46，頁18

不相師，而其歸則一」。即愈所謂「是」也。文之「清眞」者，惟其理之是而已，即翱所謂創意也；文之「古雅」者，惟其辭之是而已，即翱所謂造言也。而依於理、以達其詞者，則存乎氣。

氣也者，各稱其資材、而視所學之淺深以為充歉者也。欲理之明，必溯源六經，而切究乎宋元諸儒之說；欲辭之當，必貼合題義，而取材于三代兩漢之書；欲氣之昌，必以義理洒濯其心，而沉潛反覆於周秦盛漢唐宋大家之古文；兼是三者，然後能清眞古雅，而言皆有物。〔註77〕

以其意見，「清眞」係指義理詮釋之的然（至於方苞的詮釋標準，則需「切究乎宋元諸儒之說」，換言之：「清眞」與否，具有理學的意義），「古雅」則謂修辭造言之妥適。此處方氏進一步提及了文章氣格之重要，所謂「依於理、以達其詞者，則存乎氣」，即認為闡述義理（清眞）也好，討論修辭（古雅）也罷，皆必須與文家之精神氣質相存攝。

「氣也者，各稱其資材、而視所學之淺深以為充歉者也」，文如其人，經義氣格之清濁卑亢，亦與行文者氣質相彷彿；為昌大文氣，方氏主張需「以義理洒濯其心，而沉潛反覆於周秦盛漢唐宋大家之古文」，此足見除了浸淫於經典義理外，經義文家亦與唐宋古文一般，相當重視行文間作者精神面貌之呈現。

（二）

雖言「經義」，劉熙載畢竟談的還是文藝性，因此論「氣」時相當側重於文章風格（而非僅論其義理「清晰」與否），如他說：

文尚奇而穩。此旨本昌黎〈答劉正夫書〉，奇則所謂「異」也，穩則所謂「是」也。〔註78〕

詩文一源，昌黎詩有正有奇。正者即所謂「約六經之旨而成文」，奇者即所謂「時有感激怨懟奇怪之辭」。〔註79〕

昌黎自言其文「亦時有感激怨懟奇怪之辭」，揚子雲便不肯作此語。此正韓之胸襟坦白高出於揚，非不及也。〔註80〕

〔註77〕　《欽定四書文‧凡例》，同註59，頁1451-4。
〔註78〕　〈經義概〉，《藝概》，第83則，頁173。
〔註79〕　〈經義概〉，《藝概》，頁62。
〔註80〕　〈經義概〉，《藝概》，頁24。

> 抑揚之法有四，……沉鬱頓挫，必於是得之。〔註81〕
>
> 觀其文，須能得其人之性情志尚於工拙疏密之外，庶幾知言知人之
> 學。〔註82〕

雖然論及詩文「約六經之旨」的「穩」、「正」，他卻似乎更著眼於那顯露於「感激怨懟奇怪之辭」的奇特及坦白，強調足以表現作者主體精神「沉鬱頓挫」之性情志尚。經義文講求氣格，寄寓作者強大的精神意志，亦時見於明清評點中，例如俞長城記載：

> 余向錄鄒東廓先生文，以爲不飾，不雕刻，氣和而暢，情淡而深，
> 有元家之度。泗山（德溥）其後也，爲文沖夷逸宕，克繩祖武，昔
> 人所謂家學淵源，不信然乎。〔註83〕

其所謂「氣和而暢，情淡而深」、「沖夷逸宕」，或許並不僅爲文境之形容，更似於狀寫作者心性修養之境地。

　　回到八股文體層面來談，對於文家精神氣度之掌握，實根源於作品之感性。俞長城曾有很生動的說法：

> 江之潮，來自海門，其白如線，倏忽奔激，坤軸俱震，須臾而退，
> 泰若無事。他如瞿塘之峽、積石之門，非不倒注險絕也，然彼則有
> 常而勿驚，此則不測而可駭，故觀水有術，莫奇於潮。八家文以韓
> 爲潮，以蘇爲海。所謂海者，汪洋泛濫，無所窮際耳。至於潮，來
> 不知其所由，去不知其所止，魚龍瓦石挾之以行，清濁混合而人不
> 厭，是以昌黎似之。余於壬辰得奇文三家，戚价人（藩）峭刻陡立，
> 瞿塘之峽也；李石臺（來泰）雄渾浩蕩，積石之門也；至於唐采臣
> （德亮）突兀無端，萬斛並湧，是其錢江之潮乎？善於取勢，其境
> 更怪，潮、海一源也。逆則爲潮，順則爲海，百川學海而不至於海，
> 固不足爲采臣識矣。〔註84〕

這裡形象化所具現的（「所謂海者，汪洋泛濫，無所窮際耳。至於潮，來不知其所由，去不知其所止，魚龍瓦石挾之以行，清濁混合而人不厭」），即爲文章風格之不同感性體會（「峭刻陡立」、「雄渾浩蕩」、「突兀無端，萬斛並湧」）；

〔註81〕　〈經義概〉，《藝概》，第 70 則，頁 172。
〔註82〕　〈經義概〉，《藝概》，第 95 則，頁 175。
〔註83〕　同註 46，卷五，頁 73。
〔註84〕　同註 46，卷八，頁 138。

如前所述，風格氣味之「奇」，又與作者性情及學殖深厚相關。

　　論及性情胸襟，人各有殊；不過就經義而言，一篇傑作最好是具有韓愈、歐陽修的風格氣度，以完美表達出程頤、朱熹的義理沉思。〔註85〕方苞說：

　　　　「以古文爲時文」自唐荊川始，而歸震川又恢之以閎肆。如此等文，實能「以韓歐之氣達程朱之理」，而脗合於當年之語意。縱橫排盪，任其自然，後有作者，不可及也已。〔註86〕

這裡值得留意的是，「以韓歐之氣達程朱之理」的好處，是因爲如此作法實可以「脗合於當年之語意」，也就是說韓歐筆下的胸襟氣度，有助於具現聖賢立言之口吻形象，得以闡釋程朱理學奧義。方氏之《欽定四書文》既奉爲官方範本，足見韓、歐等唐宋古文大家之氣格，爲清人經義所效法的典範。後生小子，精神性情雖然與韓、歐等人有先天之殊異，不過若能多讀這些名家的好文章，或許亦能陶冶自己性情，日趨於正大雄渾。另一方面，「以韓歐之氣達程朱之理」此語，不無以韓歐文爲形而下「載體」之意味。

　　與方苞相似，劉熙載認爲想要寫好經義文之基礎，可以從讀書講學、修養心性做起，唐宋古文亦取其「切於用」：

　　　　存心修行，當以講書爲第一事。講書須使切己體認，及證以目前常見之事，方覺有味。惟不專爲作文起見，故能有益於文。〔註87〕

　　　　「天地之常經，古今之通義」，不可雜以百家之學，然又需博通群書。〔註88〕

　　　　厚根柢、定趨向，以窮經爲主。秦漢文取其當理者，唐宋文取其切用者，制義宜多讀先正，余愼取之。〔註89〕

爲了「厚根柢、定趨向」，故強調「窮經」，閱讀需以「常經通義」爲懷，萬不可走偏，進了「百家之學」的崎嶇小徑，以免趨於下流。〔註90〕講學則需

〔註85〕因此文學與性理日漸滲透，如龔鵬程認爲文人階層「從明末至清中葉這二百年間逐漸發展的趨向，是朝向文人與學人合一這個路子在走的。……透過科舉制藝經義，將文事與經學結合起來，以致講經學的學人和講《四書》的理學家日益與文人界限模糊。」（龔鵬程，〈博學於文：清朝中葉的揚州學派〉，《中國文人階層史論》，宜蘭：佛光人文社會學院，2002 年 5 月，頁 280～281）

〔註86〕《正嘉文》，卷二，同註 59，頁 1451-88。

〔註87〕〈經義概〉，《藝概》，第 93 則，頁 175。

〔註88〕〈經義概〉，《藝概》，第 92 則，頁 175。

〔註89〕〈經義概〉，《藝概》，第 91 則，頁 175。

〔註90〕書寫八股文時不宜雜以子史，也與應試評選之機制相關，一方面是爲了杜絕

「證以目前常見之事」、「切己體認」，正因爲作品中主體精神性的呈現，才是文章之風格所繫。劉熙載此處說「秦漢文取其當理者」，雖與方苞欲「達程朱之理」的取捨有別，然劉氏提倡讀唐宋文與先正制義者，仍在法其高格，所謂「取其切用」，乃效法前作「縱橫排盪，任其自然」的意態面貌。

（三）

既談論經義風格，似不能忽略文體「代聖立言」之規約，以及與此相關的「肖題」觀念。

前面曾提及經義是強調「風格」的體裁，文章中需要表現出作者的精神涵養；特別的是，經義書寫又必須是「代言體」，需將其所代言之聖賢口吻具現於文字修辭間，這就使得其文章更富於形象性——在佳作中不僅表現出作者個人的氣質，卻也狀寫出孔孟等聖賢的精神心境。〔註 91〕經義文中作者主體與代言聖賢之精神湊泊合一，實具有現代詮釋學上的深刻意義。〔註 92〕

要怎麼使聖人之精神面貌，具現於文中呢？李光地說：

> 做時文要講「口氣」，口氣不差，道理亦不差，解經便是如此。若口
> 氣錯，道理都錯矣。〔註 93〕

強調經義中模擬「口氣」的寫法。〔註 94〕劉熙載亦提及：

> 文之要，曰「識」曰「力」。「識」見於認題之眞，「力」見於肖題之
> 盡。〔註 95〕

作弊，一方面是爲了維繫經書義理性的純粹。因此蔡元培的私塾老師甚至不准他們閱讀雜書，認爲若用了子史類書籍的詞句，「一定不爲考官所取」。見蔡元培〈我青年時代的讀書生活〉，《蔡元培先生紀念集》（蔡建國編，臺北：中華，1994 年），頁 228。

〔註 91〕 鄺健行提及經義「起碼在三方面符合了今人強調的文學特質」，依序爲：一、代言具有形象性，二、展示作者不同才性，三、著重內容與寫作技巧。（〈桐城派前期作家對時文的觀點與態度〉，鄺健行，《科舉考試文體論稿》，台北：臺灣書店，1999 年，頁 230～234）鄺氏所舉前二點，恰能表現出此文體之特殊風格。

〔註 92〕 這個題目請參考拙作〈試論八股文之「代聖賢立言」〉，（宜蘭：佛光人文社會學院，《「文學菁英跨校論壇」五校聯合研究生論文發表會論文集》，2004 年 2月），頁 61～84。

〔註 93〕 同註 46，引《榕村語錄》，頁 18。

〔註 94〕 此故不少文家譏諷此體卑俗，類近俳優，如魏禧、吳喬、袁枚等人，最典型的例子是尤侗還以八股文體作了篇〈怎當她臨去秋波那一轉〉，代言改寫《西廂記》。

〔註 95〕 〈經義概〉，《藝概》，第 8 則，頁 165。

> 肖題者，無所不肖也：肖其神，肖其氣，肖其聲，肖其貌。有題字
> 處，切以肖之；無題字處，補以肖之。自非肖題，則讀題、認題亦
> 歸於無用矣。〔註96〕

劉氏所言「肖題」之「力」，或許可以解釋爲情感投射的強度；如何投射呢？
劉氏說要「無所不肖」，既肖其神氣聲貌，可知亦發爲聖賢精神面貌之重現。
以第二節所引劉氏經義文爲例，他就花了相當大的氣力去揣摩題目〈曰：今
之從政者何如？子曰：噫，斗筲之人，何足算也〉中之發問者子貢的神態，
重新建構出他「明知之矣」、「其以爲非士也，已斷斷然矣」的形象。

　　對於近代這種特殊的傳經手法，清人倒不失其自覺自信，如管世銘即認
爲此法更高於朱子之解經：

> 前人以傳註解經，終是離而二之。惟制義代言，直與聖賢爲一，不
> 得不逼入深細。且《章句》、《集傳》本以講學，其時今文之體未興，
> 大註極有至理明言，而不可以「入語氣」，最宜分別觀之。設朱子之
> 前已有時文，其精審更當不止於是也。〔註97〕

就經典詮釋而言，無論「入語氣」是否更顯精審，但「直與聖賢爲一，不得不
逼入深細」的精神投射，顯然較諸漢魏經註更顯得富於情感而親切了。〔註98〕
就經義文體之風格而言，因此更具有了形象性，具有人格感召的精神氣質。

五、餘論：文藝與經義之衝突

　　雖然〈經義概〉在篇幅上主要關心的是文章具體作法，亦即「法」與「辭」
的層面，然劉熙載亦簡要論及了經義「致用」之問題。他說：

> 明儒馮少墟先生名所輯舉業爲《理學文鵠》，「理學」者，兼致知、
> 力行而言之也。我朝論文名言，如陳桂林〈寄王罕皆書〉云：「雖不
> 應舉，亦可當格言一則」，此亦足破干祿之陋見，證求理之實功矣。
> 〔註99〕

強調經義亦有「兼致知、力行」、「證求理之實功」的影響，此一文體書寫之
理想便落在道德修養的實踐層面。力行本不易具體明言，於是劉氏再三提醒

〔註96〕〈經義概〉，《藝概》，第 10 則，頁 165～166。
〔註97〕同註 46，頁 19。
〔註98〕也有論者從這個層面，主張八股文與戲劇的關聯，如清人焦循《易餘・籥錄》，
　　　　卷十七（收入《國學集要》本，臺北：文海，1967 年，頁 403～404）。
〔註99〕〈經義概〉，《藝概》，第 94 則，頁 175。

讀經需識其本旨分曉，方足以掌握古今治亂安危之大體：

> 元倪士毅撰《作義要訣》，以明當時經義之體例，第一要識得道理透
> 徹，第二要識得經文本旨分曉，第三要識得古今治亂安危之大體。
>
> 余謂第一、第三俱要包于第二之中。聖人瞻言百里，識得經旨則一切
> 攝入矣。〔註100〕

重點還是在讀經，熟練於「經文本旨」後，才能通達於道理、識得古今治亂
安危之樞要，由此可見劉氏（或清人）經義文論具有相當濃厚的崇古傾向。
然社會變易隨時而改，經典哲理究應如何回應現實世界的種種困境，本是艱
鉅的難題；如過分泥於講究書卷文本，不免有罔顧現實之危險。

　　就人才教養上，由於「文如其人」的傳統觀念，在經義文修辭、文法及
義理之外，他更重視性情陶冶與才氣的呈顯：

> 文之尚理法者，不大勝亦不大敗；尚才氣者，非大勝則大敗。……
>
> 〔註101〕

換句話說，一個作者沒有才氣性情寫不了好文章，但是縱任才氣若無實學以爲
根砥，毋寧更糟。清代這些經義文家主張的是博學於文，道藝揉和，理氣兼備，
盡善盡美。〔註102〕在這一點上，恰好凸顯出我國傳統科考教育的特殊性。

　　比起劉熙載（1813～1881）稍晚一些，德國著名社會學家馬克斯·韋伯
（Max Weber，1864～1920）曾經對中國科舉及儒士階層做過研究，他對於我
國傳統教育提出的諸多批評論點，頗值深思參考。韋伯認爲：

> 中國的教育有兩個特點，第一，缺乏軍事高等教育，如同牧師教育
> 一樣，側重文學；第二，它的極端的舞文弄墨的儒學特徵。形成這
> 些特點的部分原因，出於獨具一格的中國文字和它哺育的文學藝
> 術。……漢語的書寫符號體系，大大豐富於它的音節體系，後者的
> 局限性在所難免。所以，五彩繽紛的思想無法納入貧乏的形式主義

〔註100〕〈經義概〉，《藝概》，第89則，頁174。

〔註101〕〈經義概〉，《藝概》，頁43。

〔註102〕經義文家之主張文道合一，如劉熙載舉證：「昌黎曰：『學所以爲道，文所以
　　　　爲理耳。』又曰：『愈之所志於古者，不惟其辭之好，好其道焉耳。』東坡稱
　　　　公『文起八代之衰，道濟天下之溺』。文與道，豈判然兩事乎哉！」（〈經義概〉，
　　　　《藝概》，頁25～26）俞長城亦云「言道學者絀風流，言風流者絀道學，皆
　　　　惑也。陳白沙先生倡學東南，爲世儒宗，吾疑其文必方正嚴肅、確不可犯。
　　　　今誦其集，瀟灑有度，顧盼生姿，腐風爲之一洗。吾固知人造其絕者，未嘗
　　　　不有所兼也。」（同註46，卷四，頁60）

地設計出的語音系統，只能與優美的書寫符號互爲表裡。音節的韻
腳不能離開文字基礎。只有書寫和照本宣科地朗誦，才能滿足士大
夫階層的雅興，那時的發音只是平民交往的工具。這與希臘語形成
了鮮明的對照，希臘語可以進行海闊天空、無所不談的會話，可以
充分地交換和表達各種經驗和思想。最精美的儒家文化之花，其價
值遠遠超過了在蒙古人統治時期的戲劇，卻又聾又啞地僵化在華麗
的絲綢之袋中。……

一方面儘管擁有具備一定邏輯性的語言，中國人的思維方式還是沒
有越出形象的和描述的水平，沒有過多地接受那種嚴格限定和推理
的觀念動力。另一方面，偏重形象使得中國的教育訓練把思維和外
在的表達動作割裂開來，這又使得它與其它國家的文學教育大相徑
庭。小學生要費兩年的功夫，學會書寫約兩千方塊字以後，才被教
導這些符號的含義。在考試中，判卷考官首先注意考生的文體、作
詩技巧、引經據典的情況，最後才注意考生的思想表達。

缺少算術訓練是中國教育的又一個特徵，甚至在社會教育中也是如
此。」〔註 103〕

韋伯這裡的主要意見約略可爲（一）中國教育極端舞文弄墨，然因漢語書寫
性優於口語拼音之缺陷，故缺乏會話以交換經驗的工具；（二）思維方式仍停
留在形象描述的水平，缺乏邏輯推理能力，也缺乏算數訓練；（三）教育及考
試不重視思想表達，偏重於形象，因而思維與外在表達動作割裂開來。

　　上述見解，如用以檢視科考爲主之經義文，韋伯的見解其實容或討論，
〔註 104〕他所觀察批評者，甚且多少屬於合理的懷疑。然而換另一個角度來

〔註103〕馬克斯·韋伯（Max　Weber）著，徐鴻賓譯，〈中國儒士階層〉，《西方教育
　　　　社會學文選》，厲以賢編，台北：五南圖書，1992 年 10 月），頁 104～105。
　　　　本篇原選自韋伯《社會學論文集》（Hans Gerth 與 C. Wright Mills 編輯翻譯，
　　　　倫敦：勞特利奇和基根·保羅，1946），第 416～444 頁。
〔註104〕如周作人論八股文也從漢字特性說起，但周氏並未因爲此文體之重視書寫形式
　　　　（如對偶），就否定八股文音韻之美（如韋伯認爲的「又聾又啞」），周氏反而
　　　　強調八股文重視聲調有一種音樂性的追求，且在「破題」類近燈謎的趣味上，
　　　　他主張八股文所以造成「大部分是由於民間的風氣使然」，見周作人《中國新
　　　　文學的源流》，第一講（收入《周作人自編文集》叢書，第 32 冊，石家庄：河
　　　　北教育，2002 年）。另海外學者涂經詒教授亦認爲「八股文的興起，可能與一
　　　　般人的時尚、愛好有關，而政府只在它的演化過程和自然結果之間，扮演了産

觀察，其實韋伯所立論之基礎，正是出於希臘傳統重視哲思排斥文藝形象之主智傳統。如柏拉圖在《共和國》一書記載，蘇格拉底認為「詩人滋養熱情，他們魅惑、引誘，因而對仰賴理性的真理造成危害，必須被驅離出這個理想國度。蘇格拉底於是建議年輕人當修習數學」。〔註105〕此外，蘇格拉底作了「可見」與「可知」的觀念區隔，認為「可知」的抽象概念才是對真理之至高認識；「可見」的物體或意象，則只是較低層級的虛幻感知。（如我們以床為例，真實的床應是一個床的觀念，一個完美的模型；造床者依據這個觀念仿製了床，而有了以物體或現象樣態存在的床。詩人及畫家則仿製這現象的床。在這過程中，詩人的創造遠離了床的真實。〔註106〕）因此，對於無法領略漢語形象美感的韋伯而言，其會有如此「深探根本」之負面評價，實受其歐洲文化傳統所限，可茲理解。

在柏拉圖以後，亞里斯多德另有所謂「本體論」（ontological）的思考，主張藝術品有它自己的確實性（entelechy），認為藝術有它自己的物態及型塑本質，藝術取材於自然界變動之物，將它們模塑成藝術之動態，將之完成。經由型塑與完成的變動過程，運動變化中的這些自然物成為人類可瞭解之對象。〔註107〕（換句話說，人類是從不斷累積的創作經驗中，動態型塑出對於床的完美觀念，因此理型觀念是逐步地演進深化的。）與柏拉圖將詩與哲學視同水火的意見不同，亞里斯多德宣稱詩雖不同於哲學，卻同時比歷史要饒

婆的角色而已。」（涂經詒著，鄭邦鎮譯，〈從文學觀點論八股文〉，《中外文學》，第12卷第12期，1984年12月，頁175）凡此皆與韋伯階級化之說法有別。至於文、言之間孰為優越，所見與所蔽有何不同，更是一個比較文學上的大題目，如龔鵬程認為「關鍵有二：一是人與真理的關係認知不同。凡語言必有一個說話者，為意義之來源。語言優位的文化，重視人與那個真理本源的關係。用德希達的話來說，語言中心主義者，也是邏各斯中心主義。文字優位的文化，則強調人之用文，人就是意義的本源，文字所顯示的意義，則就是宇宙天地萬物之意義……第二，是中國人對『不朽』的強調。……中國人追求不朽、超越時間，卻是靠文字。不在場不但不是缺點，反而是文字足以超越時空隔閡的力證。銘刻代表一種記憶、書寫旨在永恆，故中國人喜歡書於竹帛、鏤諸金石，以垂諸久遠，傳於後世。不像語言那樣，唾欲隨風，縱然語妙於一時，終未能在人或事消逝之後供後代憑考。這裡才會形成「歷史」的觀念。」（〈華文的特色與價值〉，2003年1月，http://www.fgu.edu.tw/~wclrc/drafts/Taiwan/gong/gong-02.htm）故韋伯的看法頗值斟酌。

〔註105〕《西方教育社會學文選》，頁17。
〔註106〕《西方教育社會學文選》，頁15。
〔註107〕《西方教育社會學文選》，頁25。

富哲學意味，因為歷史受限於特殊事件，詩卻處理具普遍性的事物。〔註108〕
而其在《詩學》中論及情節虛構之合理性時，認為詩人在「不合理的可能之
事」與「合理的不可能之事」兩者間，應選取後者。他說：「不知道母鹿無角
遠不如把他畫得毫無藝術可言來得嚴重。」〔註109〕且進一步提及悲劇情節在
型塑過程中的「情緒滌清（catharsis）」。上述亞里斯多德的諸般觀念，也許可
以拿來為偏重修辭形象、寄寓情感懷抱、主張文道合一的傳統經義文試加辯
護。

　　回歸這篇論文的主題，經義取士在立朝制度上，最初顯然是作為一種經
學教育而成形的，方苞在制定官方教材《欽定四書文》時說：

> 制義之興，七百餘年，所以久而不廢者，蓋以諸經之精蘊，匯涵於
> 四子之書，俾學者童而習之，日以義理浸濯其心，庶幾學識可以漸
> 開，而心術群歸於正也。
>
> 伏讀〈聖諭〉，國家以經義取士，人心士習之端倪，呈露者甚微，而
> 徵應者甚鉅。故風會所趨，即有關氣運。至矣哉！聖謨洋洋。古今
> 教學之源流，盡於是矣！
>
> 臣聞言者心之聲也，古之作者，其氣格風規，莫不與其人之性質相
> 類。而況經義之體以代聖人賢人之言，自非明於義理，把經史古文
> 之精華，雖勉焉以襲其形貌，而識者能辨其偽，過時而湮沒無存矣。
> 其間能自樹立，各名一家者，雖所得有淺有深，而其文具存，其人
> 之行身植志，亦可概見，使承學之士，能由是而正所趨，是誠〈聖
> 諭〉所謂有關氣運者也！〔註110〕

所謂「古今教學之源流，盡於是矣！」經義制法之初衷原是希望「日以義理
浸濯其心」，傳承固有經典及文化，其影響所及，或許如同乾隆說的「風會所
趨，即有關氣運」。無論如何，宋以後欲藉由文藝測驗指導讀經、標舉古人義
理的崇高企圖，不免在實踐上轉向為對於書寫手法的形下關注，儘管他們主
張文與道合、博學於文，但此一書寫理想、詮釋義理或教育之特殊方式，至
今仍不免於爭議。

　　八股文是否已經「過時而湮沒無存」呢？方苞提出了「立德」、「立言」

〔註108〕《西方教育社會學文選》，頁39。
〔註109〕《西方教育社會學文選》，頁31。
〔註110〕方苞，《欽定四書文・奏摺》，《欽定四書文》，《文淵閣四庫全書》，頁1451-2。

的不朽觀點，誠然宋元以降「能自樹立，各名一家者」，「其文具存，其人之行身植志，亦可概見」，若果傳統文化之「氣運」並非往而不復，相信後世自會有知音之人吧！

參考書目

1. （宋）朱熹，《四書章句集註》，台北：學海出版社，1991 年。
2. （清）方苞，《欽定四書文》，《文淵閣四庫全書》，台北：臺灣商務，第 1451 冊，1986 年。
3. （清）梁章鉅，《制藝叢話》，上海：上海書店，2001 年 12 月。
4. （清）劉熙載，《劉熙載論藝六種》，徐中玉、蕭華榮整理，四川：巴蜀書社，1990 年 6 月。
5. 郭紹虞，《中國文學批評史》，台北：藍燈文化，1988 年 10 月。
6. 屬以賢編，《西方教育社會學文選》，台北：五南圖書，1992 年 10 月。
7. Elizabeth Freund 著，陳燕谷譯，《讀者反應理論批評》，台北：駱駝出版社，1994 年 6 月。
8. 鄺健行，《科舉考試文體論稿》，台北：臺灣書店，1999 年。
9. 周作人《中國新文學的源流》，《周作人自編文集》，叢書第 32 冊，石家庄：河北教育，2002 年。
10. 龔鵬程，《中國文人階層史論》，宜蘭：佛光人文社會學院，2002 年 5 月。
11. 涂經詒著，鄭邦鎮譯，〈從文學觀點論八股文〉，《中外文學》，第 12 卷第 12 期，1984 年 12 月，頁 167～180。
12. 蒲彥光，〈試論八股文之「代聖賢立言」〉，《「文學菁英跨校論壇」五校聯合研究生論文發表會論文集》，宜蘭：佛光人文社會學院，2004 年 2 月，頁 66～84。

附錄五　試論王船山的經義觀點與書寫
——以《船山經義》爲例

提　要

　　王夫之是明末清初非常重要的理學家，雖然他的理學思想從晚清以來，已受到學界相當重視；但船山同時也是一個廣爲學界所知，十分看重經義文的學者。船山的經義文書寫，現存作品《船山經義》尚收有卅九首；還有重要的經義文論，如《夕堂永日緒論》內外篇，目前亟待學界進一步爬梳。

　　現階段關於船山的種種研究，足見其係以思想名世，而非以科名或文采爲人所知。本論文正欲藉由王船山這樣的思想家（而非文學家）爲例子，試以介紹明末清初經義文之義理層面，說明理學家如何看待、運用及寫作經義文；從這個角度，或許可以更清楚聚焦於八股文與理學思想之間的關聯性。

　　關鍵字：王夫之（Wang Fu-chih）、理學（Song-Ming Neo-Confucianism）、經義（Ching-yi）

一、前言：藉由經義文闡述理學的王船山

明清時期盛行五百多年的經義文（八股文），其文體定制於明初，風行於清代。這種新興文體不但發展出繁複的寫作技法，其解經時所重新萃取、建構之義理層面，也具有經典詮釋學的研究價值。

考明清經義之文體規定，據《明史・選舉志》載：

> 科目者，沿唐宋之舊而稍變其試士之法，專取《四子書》及《易》、《書》、《詩》、《春秋》、《禮記》五經命題試士，蓋太祖與劉基所定。
>
> 其文略仿宋經義，然代古人語氣爲之，體用排偶，謂之「八股」，通謂之「制義」。〔註1〕

可見此文體悉「沿唐宋之舊」而逐漸成熟，在行文格式上，因爲承襲於歷來應制文體，不免受到唐代律賦、試帖詩，宋代的文賦及經義文之影響，而有破題及偶對長股的寫法；在應試經典的內容及作法方面，明清八股文「專取《四子書》及《易》、《書》、《詩》、《春秋》、《禮記》五經命題試士」，且與宋代經義文強調上述經書需「以文解釋，不必全記注疏」〔註2〕的命題精神一致。

八股文因與闡釋經典義理有關，又實承襲於宋代的經義文體而來，故明清時人即以「經義」名之，如劉熙載於〈經義概〉開宗明義說：

> 經義試士，自宋神宗始行之。神宗用王安石及中書門下之言定科舉法，使士各專治《易》、《詩》、《書》、《周禮》、《禮記》一經，兼《論語》、《孟子》。初試本經，次兼經大義，而經義遂爲定制。其後元有「四書疑」、明有「四書義」，實則宋制已試《論》、《孟》、《禮記》，《禮記》已統《中庸》、《大學》矣。
>
> 今之「四書文」，學者或並稱「經義」。《四書》出於聖賢，聖賢吐辭爲經，以經尊之，名實未嘗不稱。
>
> 爲經義者，誠思聖賢之義宜自我而明，不可自我而晦，則爲之自不容苟矣。〔註3〕

〔註1〕 〈選舉志〉二，《明史》，《景印文淵閣四庫全書》，第 298 冊，卷 70，頁 115。

〔註2〕 呂祖謙，《類編皇朝大事記講義》（收入《宋史資料彙編》，台北：文海，1981 年，第 4 輯），卷 16，頁 617。

〔註3〕 劉熙載，〈經義概〉，《藝概》（收入《劉熙載論藝六種》，徐中玉、蕭華榮整理，四川：巴蜀書社，1990 年 6 月），頁 164。

劉氏介紹了此體淵源、及科考內容，其所謂「爲經義者，誠思聖賢之義宜自我而明」，可以看到從中唐以降古文家如韓愈〔註4〕、理學家如二程、朱子等人所屢屢言之的道統。

　　宋代以來、及至明清經義文的特別，首先在於這是一種與經典教育、國家制度（學而優則仕）攸關的「載道之文」，〔註5〕考生必須把四書、五經之章句要義，依命題改寫爲數百字的短篇散文，「試義者須通經有文采，乃爲中格，不但如明經，墨義、粗解章句而已。」〔註6〕因而這種新文體後來不但發展出繁複的寫作技法，其審美趣味值得文學史家分析外；此類文體在解經時所重新萃取、建構之義理層面，也具有經典詮釋學的研究價值。〔註7〕

　　王船山（1619～1692），名夫之，字而農，一號薑齋；晚歲因引隱居於衡陽石船山，自稱船山老人、船山老夫，學者稱爲「船山先生」。船山自十五歲起應鄉試，二十四歲（崇禎十五年）曾以春秋第一中式第五名舉人。迨明室亡，船山知事不可爲，遂閉門隱居，著作不輟。其生平遍註經籍，著作多以「理究天人，事通古今，探道德性命之原，明得喪興亡之故」爲宗旨，如唐

〔註4〕　韓愈提出「文以貫道」的理想，他的文學觀明顯具有一種儒學價值重整的企圖；且昌黎所處之中唐，恰是「哲學突破」的艱難時代。韓愈在文學與思想上之洞見皆很可觀；就其刻苦創發的「古文」而言，在當日實爲一種前所未有的嶄新文類，然昌黎自稱此種短篇散文爲「師（古人）其意，不師其辭」，並欲以如此載體表述「堯以是傳之舜，舜以是傳之禹，禹以是傳之湯，湯以是傳之文、武，文、武以是傳之周公、孔子，書之於冊，中國之人世守之。」（〈送浮屠文暢師序〉，《韓昌黎文集校注》，台北：華正，1986 年，頁 148）的道統觀。此種古文書寫觀，後來深刻影響了明清的文壇。

〔註5〕　可參考歸有光的說法：「宋之大儒，始著書明孔孟之絕學，以輔翼遺經。至於今，頒之學官，定爲取士之格，可謂道德一而風俗同矣。」（〈送計博士序〉，《歸震川集》，台北：世界，1963 年，卷 10，頁 114）八股文以「闡發理道爲宗」，相關例證不勝枚舉，如《四庫全書·總目》云：「蓋經義始於宋，《宋文鑑》中所載張才叔〈自靖人自獻於先王〉一篇，即當時程試之作也。元延祐中，兼以經義、經疑試士。明洪武初，定科舉法亦兼用經疑，後乃專用經義，其大旨以闡發理道爲宗。」（《景印文淵閣四庫全書》，第 5 冊，頁 101-2）如王耘渠曰：「愚嘗論文章之勝三端而已，名手之文率以趣勝，大家之文則以意勝，至以理勝而品斯極矣。金（聲）、陳（際泰）諸公，勝乃在意，其餘不過趣勝耳。理勝者自震川（歸有光）而外，未可多許。」（《制藝叢話》，頁 187）皆可以爲證。

〔註6〕　《文獻通考》（杭州：浙江古籍，2000 年），〈選舉〉四，卷 31，頁 293。

〔註7〕　特別是明末，方苞曾指出：「理題文前此多直用先儒語以詁之，至陳（際泰）、章（世純）輩出，乃抱取羣言，自出精意，與相發明，故能高步一時，到今終莫之踰。」（《欽定四書文》，頁 331-2，評「學而時習之（一節）」）

鑑說船山：

> 理究天人，事通古今，探道德性命之原，明得喪興亡之故，流連顛
> 沛而不違其仁，險阻艱難而不失其正。窮居四十餘年，身足以礪金
> 石。著書三百餘卷，言足以名山川。〔註8〕

又如曾國藩稱其氣節：

> 聖清大定，訪求隱逸鴻博之士，次第登進。雖顧亭林、李二曲輩之
> 堅貞，徵聘尚不絕於廬；獨先生深閟固藏，邈焉無與。平生痛詆黨
> 人標榜之習，不欲身隱而文著，來反脣之訕笑。用是其身長避，其
> 名寂寂，其學亦竟不顯于世。荒山敝榻，終歲孳孳以求所謂育物之
> 仁、經邦之禮，窮探極論，千變而不離其宗，曠百世不見知而無所
> 于悔。……固可謂博文約禮，命世獨立之君子已。〔註9〕

或許也正因爲船山「不欲身隱而文著」，以他著述之多、論理之精闢，其說卻
歷數百年未受所重視，直迄晚清以來，始爲學界看重。〔註10〕如錢穆即評論
船山於清代學者中，思想體系「最爲博大精深」；〔註11〕馮友蘭認爲船山哲學
體系爲我國「後期道學的高峰」，標舉其於學術史上之貢獻足爲「舊時代的總
結」。〔註12〕

船山遍註經籍，論述宏深，但他對於經義文體卻頗爲注重，其現存重要
的相關著作至少有二種：分別是寫就於 1683（癸亥）年的《船山經義》、及寫
就於 1690（庚午）年的《夕堂永日緒論》〔註13〕內外編。前者收錄了船山自
作經義文卅九篇，發表時船山已 65 歲；後者則爲他對於寫詩及經義的相關評

〔註8〕 唐鑑，《國朝學案小識》。
〔註9〕 曾國藩，《船山遺書・序》。
〔註10〕 詳梁啓超，《中國近三百年學術史》，頁 118。
〔註11〕 錢穆，《中國思想史》，頁 245。
〔註12〕 馮友蘭，《中國哲學史新編》，第五冊，頁 323。羅光則認爲可以代表中國思想
　　　　時代的思想家只有五人，且以王夫之思想體系代表清朝理學。（羅光，《中國
　　　　哲學思想史・清代篇》，頁 294）
〔註13〕 如楊堅於〈船山經義編校後記〉根據曾載陽及曾載述之《夕堂永日緒論・經
　　　　義・附識二》、〈記衡陽劉氏所藏王船山先生遺稿〉與周調陽〈王船山著述略
　　　　考〉三篇，斷言「船山確有《制義》一書，與《經義》爲姐妹篇：《經義》者
　　　　船山所自作時文，《制義》則選評明人之時文也」，請參大陸學者鄧輝〈王船
　　　　山四書學著作與《船山經義》年考〉一文（《湘潭大學學報（哲學社會科學版）》，
　　　　2008 年第 2 期），是知船山尚有評點時文之作，即周調陽於 1939 年時所見之
　　　　《制義選評》一書，惜今已失傳。

語，成書時已經 72 歲。足證船山於晚年時，仍留心於經義文體。他在《船山經義》序中提及：

> 忽念身本經生，十歲授之父，弱冠，有司錄以呈之君，自不敢曰：「此聊以入時，壯夫不為！」嘗於九經有所撰述，而此藝缺然；亦緣早歲雕蟲之陋，深自懨忸。
>
> 先儒言：「科舉業非不可學，況經義本以引伸聖言，非詩賦比者。」
>
> 昔於嶺南，見楊貞復先生晚年槀，皆論道之旨，特其說出於陸、王為詫異，要亦異於雕蟲以售技者。近唯陳大行際泰略能脫去經生蹊徑，……〔註14〕

說楊起元〔註15〕晚年稿「皆論道之旨」，然則船山有意藉這些經義文「論道」、藉以「引伸聖言」，豈非昭然可見。

　　一個「不欲身隱而文著」、絕意避世的理學家，其於晚年尚對經義文體繫心若此，奈何後人僅以功利蹈虛為藉口，對於這些作品視而不見？

　　不論是八股文研究者，或是理學研究者，迄至目前為止，學界對於王夫之傳世的《船山經義》及《夕堂永日緒論》，尚未加以深入分析、研究。主要原因大概仍是受限於民國以來對於明清經義文的成見，容易誤導學者在面對這些作品文集時，逕以八股體式看待之，卻忽略了此文體與理學之間「文以載道」的關係，忽略了經義文主要之內容即在詮釋義理。〔註16〕

二、《船山經義》之義理詮釋

　　船山曾經於堂前自題：「六經責我開生面，七尺從天乞活埋」，以傳述六經作為他生命最高價值之自我惕勵，船山對於經典的詮釋，也確實並未固守程朱以來既有之見解，別開生面，蔚為大觀。

　　前已提及，船山於晚年仍有心於編撰《船山經義》一書，可以相信此書

〔註14〕王夫之，《船山經義・序》，收錄於《船山遺書全集》，第 19 冊，頁 10911。

〔註15〕楊起元（1547～1599），字貞復，隆慶丁卯（1567）舉人，萬曆丁丑（1577）進士，吏部侍郎兼翰林院侍講學士，諡文毅。

〔註16〕這篇拙作的題綱起初在提交大會時，本人原欲同時處理船山的《夕堂永日緒論》及《船山經義》，以期兼顧他對經義文的觀點和書寫兩方面；沒想到後來框架上頗超出預期，因考慮到篇幅有限，又特別希望能從義理層面來嘗試拓展現階段對於經義（八股）文之研究，故關於船山專著《夕堂永日緒論》在文體學史範疇之相關評論及見解，擬擇期另啟篇幅以專門探討之。

中所收錄之 39 篇經義文，當能充分表達他對於經書某些重要章句在義理上的成熟看法，然這是就理解王船山的經義書寫而論。

如換個角度來評估此期的經義文章，船山經義文當然只是晚明經義文可見的冰山一角，學界目前對於晚明經義文之理解，仍屬相當有限，而且這些材料因爲涉及不同流派的書寫風格、以及龐雜的思想內容，〔註17〕還是一個亟待開發耕耘的研究範疇。

再論及船山之思想，他的學問體系號稱煩雜，有幾個主要原因：最主要的在於他的觀點多存於注疏中，隨文引義，因事言理，船山喜歡關連著經典隨文點說，比興式的發揮他的見解，他著力的是對於經典的創造性詮釋，而不是理論嚴密的層層建構，如此卻使得後學者難以系統地掌握他的思想全貌。再者，船山既無系統嚴整、內容單純之代表性著作，足以據爲貫穿全書之參考標準（如濂溪之通書、張子之正蒙、明道之定性書）；復缺一套其所常用而界義鮮明之術語，〔註18〕足以據爲提挈其全部思想之旨歸（如朱子之理、

〔註17〕如蘇翔鳳於《甲癸集》自序中，曾提及其所選編啓禎經義文之艱難：「……然而服是劑者，亦難矣。蓋名理精於江右，經術富於三吳，而談經濟、論性情皆擅其長，大力之沈摯，千子之謹嚴，文止之修潔，正希之樸老，大士之明快，彝仲之精實，臥子之爽亮，陶菴之愷切，伯祥之古奧，維節之孤峭，長明之幽秀，二張之典麗精碩，歐黎之淡遠清微，登顛造極者指不勝屈。而其所言者，大之化育陰陽、興亡治亂、綱常名教、性命精微，小之及鳥獸草木之情、飲食居處之節，凡三才所有，無不晰其神明，得其情狀。故不通六經本末者，不能讀也；不熟諸史得失者，不能讀也；不深於周、程、張、朱之語錄以得聖賢立言大義者，不能讀也；不審於春秋戰國之時勢以得聖賢補救深心者，不能讀也；不徧觀於諸子百家以悉其縱橫變幻者，不能讀也；不推於人情物態以辨其強弱剛柔、悲喜離合之故者，不能讀也。不然，仍以字句求之，以爲不合於今日有司之程而驚異焉，譬之狗彘遇飲食之腐敗者而甘之，設有膏粱則不知其味矣。吾願學者無以狗彘故習，而污先哲名文也。」（引見《制藝叢話》，頁35～39）

〔註18〕可以參見船山的說法：「字簡，則取義自廣，統此一字，隨所用而別，熟繹上下文，涵泳以求其立言之指，則差別畢見矣。如均一『心』字，有以虛靈知覺而言者，『心之官則思』之類是也；有以所存之志而言者，『先正其心』是也；有以所發之意而言者，『從心所欲』是也；有以函仁義爲體，爲人所獨有、異於禽獸而言者，『求放心』及『操則存，舍則亡』者是也；有統性情而言者，『四端之心』是也；有性爲實體，心爲虛用，與性分言者，『盡心知性』與張子所云『性不知簡其心』是也。凡言『天』、言『道』皆然，隨所指而立義。彼此相襲，則言之成章，而必淫於異端；言之無據而不成章，則浮辭充幅，而不知其所謂。《大全》小註諸家雜亂於前，講章之毒盈天下，而否塞晦蒙更無分曉。不能解書，何從下筆？宜乎爲君子儒者之賤之也。」（《夕堂永日緒

象山之心、陽明之良知、蕺山之意），船山之言體用、言性情、言心言氣言理，均一方面似順宋明儒之成習而用，卻又時時自含奧義，乍然見之，確義難曉。其三，他的著作卷帙浩繁，且表達方式詰屈聱牙，文字性格艱澀，令人望而卻步。其尤艱難者，則因爲船山的思想方式頗富辯證意味，他企圖銷融及批判許多對反層次的東西，以謀解決宋明儒學及佛老所潛在的困結。〔註 19〕

　　船山之所以採取如此特殊的立論方式，筆者以爲，這或許也與他個人的思想信念有關，他在文章中屢次反對離事以言道體。這種務實心態轉移到了著作方面，倒形成一種特殊的義理表達風格。

　　筆者確信《船山經義》乃爲船山有意之作，有幾個原因：首先，這些作品編撰於船山晚年，已非一般年少學子有意追逐功名之作；其次，這些作品中頗見未合於制義書寫體例的手法，〔註 20〕可知並不拘於文體形式，關心的是義理內容；其三，此書所收之經題也與一般常見之題目有別，可知是船山爲了表達他所關心的義理，有意識地擇題而作。

　　以下且不掩鄙陋，嘗試舉例討論船山經義文之撰作目的、義理內容及書寫風格，茲依序條理引具陳說。

（一）批評異端邪說

　　披閱《船山經義》即可發現，王夫之撰寫這些文稿時當有一個重要意圖，即在於批評當日流行之異端邪說，以撥亂返正。船山不僅將其對於章句之知見詮解形諸文字，與異說諸家辯衡，且時時於經義文中直斥諸家之謬論，或於行文後標舉其感慨。

　　於此且略舉數例作爲證明，如其〈毋我〉篇曰：

　　　　……聖人之見我也大矣，用我也弘矣，故曰毋我也。

論‧外編》，收錄於《船山遺書全集》，第 20 冊，頁 11601～11602）「聖賢之學，原無扼要：乘龍御天，無所不用其極。扼要之法，乃浮屠所謂『佛法無多子』者，孟子謂之『執一賊道』。宋末諸儒，雖朱門人士，皆暗用象山心法，拈一字爲主，武斷聖賢之言，苟趨捷徑。而作經義者，依據以塞責。萬曆以後，惡習熻然，流及百年，餘焰不熄，誠無如之何也。」（同前，頁 11600）可見船山反對另造新辭彙以論理，以爲那是「武斷聖賢之言」。

〔註 19〕此處參見林安梧，《王船山人性史哲學之研究》，頁 5；曾昭旭，《王船山哲學》，頁 290～291。

〔註 20〕比如《船山經義》中所收的〈子曰參乎吾道一以貫之（章）〉（頁 10925～10927），以及〈公孫丑問曰夫子加齊之卿相（章）〉（頁 10954～10956），皆未循「代聖立言」的正規寫法。

> 顏氏之子，無伐無施，其善學聖人乎！爲仁由己而已矣。
>
> 昧者不察，謂我爲執，而欲喪我以立於無耦，小人哉，惡足以知聖！
>
> 〔註21〕

如〈孟子曰人之所不學而能者〉章曰：

> 於是不知性者揣此以言曰：覺了能知者，不學不慮之本體；
>
> 人之始，一禽之免於殼而已矣，
>
> 可良可不良者也，無良無不良者也，
>
> 學慮之知能徒汨其良，而唯無善無惡之爲良知。
>
> 王伯安之徒，舞《孟子》之文以惑天下而不可勝詰。悲夫！
>
> 【後記】僧通潤者，謂孩提知愛，是貪癡大惑根本。其惡至於如此！司
> 　　　　世教者不施以上刑，而或爲傳之，無惑乎禽獸之充塞也。〔註22〕

是皆闢佛之論，兼批評陽明後學之近佛。又如〈「樂正子春下堂」至「予是以有憂色也」〉篇提及：

> ……柱下之言淫於莊列，而三代之禮斬；
>
> 虛無之說濫教於王何，而五興之季禍亂。
>
> 叛其父母者比屋相仍，
>
> 手刃以弒者接跡相告。〔註23〕

是批評莊、列、王、何諸家。如〈莊暴見孟子曰〉章云：

> ……固非聲無哀樂之卮言，與嵇康同其叛道；
>
> 尤非勸百諷一之旨，與相如、揚雄均爲詭遇也。
>
> 存乎善讀《孟子》者爾。〔註24〕

則是批評嵇康「聲無哀樂」說，且反對司馬相如與揚雄「勸百諷一」之作法。

此外，例如〈率性之謂道〉篇論及：

> 嗚呼！人不知性，而孰其知道乎？
>
> 以率心爲道，而善惡無據之知覺，率犬牛之性而爲犬牛之道，則人
> 道亂；
>
> 以率理爲道，襲痛癢不關之形跡，率流俗之性而爲流俗之道，則天

〔註21〕《船山經義》，頁 10934～10935。
〔註22〕《船山經義》，頁 10963～10964。
〔註23〕《船山經義》，頁 10985。
〔註24〕《船山經義》，頁 10954。

道亡。

陸子靜以心爲性，

司馬君實舍心言道。

道之不明，奚望其有戒懼愼獨之功乎！〔註25〕

批評陸象山、司馬光未明於道體。又如〈子貢問政〉章後記曰：

「去」字只是除下一項不先。先，先足也。崇禎間諸人無端將不得

已作晉懷帝在洛時說，悲夫，其識也夫！〔註26〕

則爲慨歎崇禎文家之不解於題義，昧於事理，明室政權之傾頹，良有以也。

船山經義文之與諸家異說論辯，爲達衛教目的，當然也必須把他心目中的義理加以清楚闡述；船山思想體系宏大駁雜，原已不易驟明，以下仍略舉數端爲例，嘗試從經義文窺其學說端倪。

（二）孝友祭祀與天通理

船山經義文之解題，頗有與朱子看法出入者。例如其〈或謂孔子曰子奚不爲政〉章曰：

聖人之所答爲政之請，繹《書》而遇之也。

蓋孝友者聖人之天，故曰是亦爲政也。〈君陳〉之篇能及此乎，而理

則在是矣。

且聖人之大行也，得盛化神，罩及於天下，其大用昭垂而其藏固未

易測也。

非有不可測之藏也，天理之流行無土不安，而性之不容已者肫然獨

至，蓋亦昭然於日用之間，而由之者不知耳。……

嗚呼！聖人之安，聖人之誠也。漆雕開有其志，而量未充，曾晳有

其量，而誠未致。善學夫子者，其顏閔乎！不改之樂，行藏之與孝

哉之稱，汶上之辭，所謂殆庶者也。〔註27〕

此題，朱熹《四書章句集註》原作：「定公初年，孔子不仕，故或人疑其不爲政也。……蓋孔子之不仕，有難以語或人者，故託此以告之，要之至理亦不外是。」可見朱子原猜測孔子引《書經》「孝乎惟孝、友于兄弟，施於有政」的說法，只是一種不得已、未必然的託辭。

〔註25〕　《船山經義》，頁 10948。

〔註26〕　《船山經義》，頁 10940。

〔註27〕　《船山經義》，頁 10924～10925。

　　但船山顯然並不以朱註爲然，故其曰：「非有不可測之藏也，天理之流行
無土不安，而性之不容已者肫然獨至，蓋亦昭然於日用之間，而由之者不知
耳。」此篇文末他且自註：「竊意夫子之言甚大甚至，兢兢一字不敢妄設，猶
恐毫釐千里。舊說爲定公己辰之故而云，恐不相當。且夫子之仕，固定公季
斯也。」可見船山在態度上，更見鄭重認可「躬行孝友，以上達天理」的實
踐層面，來詮釋此一章句。

　　在船山之意見，孝敬父母，愛惜髮膚，乃能上體「乾坤之大德」，例如其
〈「樂正子春下堂」至「予是以有憂色也」〉篇曰：

> 敬身生於不忍，難與忍者言也。……
>
> 嘗思世教之陵夷，何以至此極也？其始於爲「尊性賤形」之說者
> 乎！……
>
> 性即形以生，形保性以居。父母之所生，乾坤之大德而不足以尊，
> 尚奚於尊？
>
> 意者曰：神也。而神者何也？則固唯此知疾知痛知全知毀之靈也。
>
> 〔註28〕

即直陳「尊性賤形」說造成了世教陵夷，標舉唯有「敬身生於不忍」，始得保
全此形此身，進而保全乾坤之大德。（引文中船山主張「性即形以生，形保性
以居」，「即氣言體」的觀點，請容稍後於第五節討論。）這裡視孝養父母之
德爲體貼乾坤的觀點，且如其〈孟子曰人之所不學而能者章〉曰：

> 大賢申明人道，而顯仁義之藏焉。
>
> 夫君子所性，人之性也，則仁義之發爲愛敬者也。知能則既良矣，
> 故曰性善。……
>
> 以此思之，人之不學不慮而自有知能者，非其良焉者乎？
>
> 孩提而始發其端，既長而益呈其效，則愛其親敬其長者，人所獨也，
> 天下之所同也，知禽之不知、能禽之不能也，故曰良也。是故君子
> 以仁義言性，於此決矣。
>
> 物之生，皆生之氣也；
>
> 人之生，氣之理也。
>
> 天欲引其生氣以滋於不息，則使物之各有其情以相感而相育，故物

〔註28〕《船山經義》，頁 10983～10984。

　　類能愛其子，而忘其所從生，理不足以相保，而物生雖蕃，不能敵
　　人之盛。
　　惟人有肫然不昧其生之理，藏之爲仁，發而知能者親親其先焉者也。
　　奚以知人性之必仁哉？
　　以他無所戀慕之日，早有此愛，達之天下，凡爲人者皆然也。故曰
　　良也。
　　物之生，皆天之化也；
　　人之生，化之則也。
　　天方行其大化而匯不能齊，則使物之各有所制以相畏而相下，故物
　　類知服於強，而狃其所相習，則不足以有准，而物生固危，不能似
　　人之安。
　　惟人有肅然不敢逾之則，藏之爲義，發而知能者敬長其先焉者也。
　　奚以知人性之必義哉？
　　以他無所畏憚之日，早有此敬；達之天下，凡爲人者皆然也。故曰
　　良也。……〔註29〕

船山乃視不學而知、不學而能的愛親敬長，爲人類秉受天理所有之良知良能，
由此得以顯發人性人道之仁義，與禽獸有別。又船山嘗說：

　　吾之所以得爲人者，父母也。故乾坤者，人物之父母；而父母者，
　　人之乾坤也。
　　人之所以異於禽獸者，禽獸有其體性而不全，人則戴髮列眉而盡其
　　文，手持足行而盡其用，耳聰目明而盡其才，性含仁義而盡其理，
　　健順五常之實全矣。全故大於萬物而與天地參。
　　則父母生我之德，昊天罔極，而忍自虧辱，以使父母所生之身，廢
　　而不全，以同於禽獸乎？人子能體此而不忘，孝之實也。〔註30〕

人之所以具備健順五常之性，實受命於天地乾坤，此故父母生身之德所以與
天同等者；蓋以據船山義理，其器與道、形與性，本末原相通貫爲一。船山
實認爲：重形始有以尊其性，從這裡標舉父母生身之德，昊天罔極也。〔註31〕

　　除了強調孝敬父母之外，船山且極爲重視祭祀，如他在解釋〈季路問事

〔註29〕《船山經義》，頁10961～10963。
〔註30〕注解《禮記・內則》「父母全而生之，子全而歸之」，卷24，頁17。
〔註31〕此處參見曾昭旭，《王船山哲學》，頁133。

鬼神〉章時，認爲：

> 有身之可致，有心之可靖，食焉而見於羹，坐焉而見於牆。
>
> 無形無聲而視聽之，唯性之能，而情與才無不效之能也。則明明赫
> 赫，果有嗜飲食而來愾歎者可事也。
>
> 能人事者夙夜承之，不能者徼之於惝怳無憑之際，惡足以及此哉？
> 甚矣能之未易任也。……
>
> 形以外明有神，理之中明有化，默而識則可以藏往，推其緒則可以
> 知來。
>
> 日邁月征而不昧焉，唯能自知，而天與物無不徹之知也。則方屈方
> 伸，果有全而生全而歸者可知也。
>
> 知生者旦暮遇之，未知者惘於見聞已泯之餘，惡從而求端哉？甚矣
> 知之未易明也。
>
> 有必事之人鬼，則有可事之能，修之吉而悖之凶；
>
> 有眾著之形生形死，則有獨知之神死神生，來不窮而往不息。
>
> 故君子孳孳焉日嚴於敬肆明昧之幾，以與天通理，豈曰以意爲有無，
> 而聽其不亡以待盡也哉！〔註32〕

可見船山是如何鄭重看待敬事鬼神，以作爲君子修吉避凶之道。然而這與朱
子註解「非誠敬足以事人，則必不能事神；非原始而知所以生，則必不能反
終而知所以死」，所謂「學之有序，不可躐等」〔註33〕的說法大爲相異。

此處「孳孳焉日嚴於敬肆明昧之幾，以與天通理」的論點，又可見於船
山之注解《禮記‧祭法》「大凡生於天地之間者皆曰命，其萬物死皆曰折，人
死曰鬼」一節：

> 人之與物，皆受天地之命以生，天地無心，而物各自得命，無異也。
>
> 乃自人之生而人道立，則以人道紹天道而異於草木之無知、禽蟲之
> 無恆。故惟人能自立命，而神之存於精氣者，獨立於天地之間而與
> 天通理。
>
> 是故萬物之死，氣上升，精下降，折絕而失其合體，不能自成以有
> 所歸。
>
> 惟人之死則魂升魄降，而神未頓失其故，依於陰陽之良能以爲歸，

〔註32〕《船山經義》，頁 10937～10938。

〔註33〕 朱熹，《四書集註》，台北：學海出版社，1991 年 3 月，頁 125。

　　斯謂之鬼，鬼之爲言歸也。形氣雖亡而神有所歸，則可以孝子慈孫，

　　誠敬惻怛之心，合漠而致之。是以尊祖祀先之禮行焉，五代聖人所

　　不能變也。〔註34〕

可知在船山之所謂「神」，實指天地之精氣，而爲人所受之以爲天性者。此天
地之心永恆常在，故人生則內在於人以爲性，人死則歸諸天地而仍不失爲神。
故人當祭祀之時，所以可通致鬼神者，非謂眞可致一活靈活現之鬼神於目前，
實乃以人之心即天地之神，故誠其心即直通天地之實體也。〔註35〕

　　正因如此，即船山之觀念，他並不認同人道可以等同於「草木之無知、
禽蟲之無恆」，所以他於〈孟子曰人之所以異於禽獸者（四章）〉一篇文末，
還特地寫了後記批評其所謂「禽獸之教」：

　　程子有「率牛之性爲牛之道，率馬之性爲馬之道」，朱子不取，疑非

　　程子之言，游楊謝呂之所增益也。雞雛觀仁，《近思錄》采之。正不

　　須如此說。周子不除牕前草則異是。此自有辨。「萬物與我共命，蠢

　　動含靈皆有佛性」，斯禽獸之教，誘庶民而師之者也。〔註36〕

藉以彰顯人道之殊異於禽獸草木，所以秉具天地之心、能「獨立於天地之間
而與天通理」的使命感。

（三）以正心先於誠意

　　復次，船山關於《大學》「正心誠意」之說，自有一套特別的觀點。例如
他在〈毋自欺也。如惡惡臭，如好好色，此之謂自謙。故君子必愼其獨也〉
一篇中辨明意與心之不同：

　　夫意生於心之靈明，而不生於心之存主。

　　靈明，無定者也。畏靈明之無定，故正其存主以立閑。

　　而靈明時有不受閑之幾，背存主以獨發，於是心、意分，而正之力

　　且窮於意。知此，可以釋先誠其意之說矣。

　　欲正其心矣，秉一心以爲明鑑，而察萬意以其心之矩，意一起而早

　　省其得失，夫孰欺此明鑑者？惟正而可以誠，惟其誠而後誠於正也。

　　欲正其心矣，奉一正以爲宗主，而統萬意以從心之令，意隨起而不

　　出其範圍，夫孰欺此宗主者？必有意乃以顯心之用，必有心乃以起

〔註34〕　王夫之，《禮記章句》，卷23，頁3。
〔註35〕　參詳曾昭旭，《王船山哲學》，頁136。
〔註36〕　《船山經義》，頁10965～10966。

意之功也。

　　此之謂愼，此之謂誠，此之謂欲正其心者先誠其意也。〔註37〕

按，這篇文章係收錄於現存《船山經義》之第一篇。如據《大學》經文「欲正其心者，先誠其意，……意誠而后心正」，可知就爲學次第而言，「誠意」當在「正心」之先。朱註也認爲：「誠，實也。意者，心之所發也。實其心之所發，欲其一於善而無自欺也。……意既實，則心可得而正矣。」〔註38〕船山於此處義理，卻別有發明。

　　他將心分爲兩層次來論析，一個是「心之靈明」、一個是「心之存主」。從而將朱子「意者，心之所發也」之「心」歸類於無定之靈明，與他所謂作爲存主之心，加以區隔。

　　在船山之觀念，經文所謂「意誠而后心正」，依其爲學次第之先後，所指的也只能是靈明之心。如就此處引述經義文之二比來看，所謂「惟正而可以誠，惟其誠而後誠於正也」、「必有意乃以顯心之用，必有心乃以起意之功也」，這裡的心應當作「存主之心」理解，則船山以「正（存主之）心」置於「誠意」之先，標舉「正心」以統御萬意，恰恰變更了《大學》經傳的爲學次第。〔註39〕

〔註37〕《船山經義》，頁 10917～10918。

〔註38〕朱熹，《四書章句集注》，頁 3～4。

〔註39〕可以參考曾昭旭的說法：「蓋踐履工夫，直從身心實得，其意非知解所能清楚掌握也。概略言之，程朱一派，以格物致知爲正心誠意之所本，由是分知行爲二事，而知先行後，行者，秉所知之理以行也。於是誠意者，即成「欲自修者，知爲善以去其惡，則當實用其力而禁止其自欺」義；而正心者，即成「察乎此『欲動情勝而其用之行或不能不失其正』者，而敬以直之」之義（上引見朱子《四書集註》）。由是道德實踐之標準遂不免在外，所謂「天下之物，莫不有理」（朱子《大學‧補傳》）也，知者知此理，行者行此理，遂重即物窮理，多識前言往行，而成其集成既往文化成績之功。此程朱一派之工夫所重也。至陽明則直以致良知便是誠意正心，謂「隨時就事上致其良知，便是格物。著實去致良知，便是誠意。著實致其良知，而無一毫意必固我，便是正心。」（〈答聶文蔚第二書〉）謂「大學工夫，即是明明德，明明德，只是簡誠意。」（《傳習錄》上）因更不分知行，而其明德親民亦只是一貫下去，「聖學只一簡功夫」，「終身只是一事」，所謂即工夫即本體也。朱王之間，一重末梢工夫、一重根本工夫，而船山則由本而末，貫通爲一。其直以思誠爲本，以固正之心貞定末梢工夫，乃是同於陽明而爲朱子所欠缺者。然船山更重以末梢所得，返以貞定其本，以使其心之所存養，乃是有實存實養，而非只是空養一靈明，此則陽明所不及，而朱子之即物窮理亦不如其篤實者也。」（《王船山哲學》，頁 452～453）

且如〈小人閒居為不善至慎其獨也〉一篇曰：

> 且君子之心本正者也，而偶動之幾，物或動之，則意不如其心，而
> 意任其過。小人之心則既邪矣，而偶動之幾，或動以天，則意不如
> 其心，而意可有功。意任其過，而不容不慎；意可有功，而又何能
> 弗慎乎！……
>
> 故君子以為小人之擽著，誠之不可擽也莫危於意，意抑有時而見天
> 心焉；
>
> 莫審於心，心抑有時而待救於意焉；
>
> 莫隱於意，意且有時而大顯其怵惕羞惡之良焉。
>
> 則獨知之一念，其為功也亦大矣哉！〔註40〕

此則是《船山經義》的第二篇，接續上篇以論。船山亦是分二層次來談：對
君子而言，發於靈明偶動之意必不如其心，而意任其過；對小人而論，其偶
發之幾卻有時會觸動於天，則意雖不如其心，而意有功。

　　然對船山而言，以心作為存主、意受偶動之幾而發，確屬較然可見。所
以他才會說「莫審於心」、「莫隱於意」。又例如〈毋意〉一篇提及：

> 若夫聖人之毋意，則誠之至也。從心之不逾矩也，一以貫之而無朋
> 從之思也。
>
> 合天下之名物象數，皆察其所以生，體其所以成，通其所以變。故
> 有時遇其大順，而無與相歆動之意；有時遇其至逆，而無與相牴牾
> 之意。
>
> 當物之未至，極化幾之不可測，而貞明者恒備其條理，何待其猝至
> 吾前而為之警覺乎！誠斯豫也。
>
> 舉吾情之喜怒哀樂，皆裕其必發，皆達其必行，皆節其必止。故有
> 時生之不吝，而不因於怵然乍惻之意；有時殺之不疑，而不因於憤
> 然勃興之意。
>
> 當情之未起，持至理於不可易，而貞勝者不亂於感通，則何有偶然
> 而興以作其欣戚乎？矩有常也。
>
> 然則聖不可學，而學聖者亦有其道矣。持其志以統意，慎其獨以從
> 心，則無本之意，尚有止乎！
>
> 而後之學者惑於異端之說，以過去不留，未來不豫，因物而應，以

　　無心為聖人之毋意。

　　聖人其為鑑乎！其為衡乎！鑑、衡，器也。君子不器，而況於聖人！
〔註41〕

又重申「持其志以統意，慎其獨以從心」，是以正心在誠意功夫之先，而為君子所不容或忘。船山且批評「異端之說」，僅著重於「過去不留，未來不豫」以應物之「無心」，大失為人道應有的立場。

　　船山曾經將《中庸》、《大學》合而論之，以經解經，主張《大學》之「正心」，即是《中庸》所言「存養」：

　　《中庸》之言存養者，即《大學》之正心也；其言省察者，即《大學》之誠意也。《大學》云：「欲正其心者，先誠其意」，是學者明明德之功，以正心為主，而誠意為正心加慎之事。則必欲正其心而後以誠意為務；若心之未正，則更不足與言誠意，此存養之功所以得居省察之先。〔註42〕

則又可見船山將「正心」理解為存養之功、將「誠意」理解為遇事之省察，因此才會說：「存養之功所以得居省察之先」，所以推導出「以正心為主」、「必欲正其心而後以誠意為務」的論點。〔註43〕

（四）存養天良以為密藏

　　存養與省察既交相為功，故船山論「正心」之涵養，即以為是「有生以來，喜怒哀樂備儲其精英」所致，例如船山於〈喜怒哀樂之未發謂之中，發而皆中節謂之和〉一篇曰：

　　……嘗試論之。忽然而見可訢，忽然而見可拒，何為訢為拒相應之速也？

　　則是有生以來，喜怒哀樂備儲其精英、而行乎其故轍矣。

　　欲徵吾性情之全體大用者，不可於此想見之乎！……

〔註41〕《船山經義》，頁 10932～10933。

〔註42〕王夫之，《讀四書大全說》，卷3，頁34，論中庸卅三章。

〔註43〕曾昭旭有比較細緻的說明：「當船山說存養省察，其意即是秉其在靜中存養所得，『烔然不昧，大中至正之天則，以疾喻其動之非』也。當其說正心誠意，其意即是『充此心之善，以灌注乎所動之意而皆實』也。然而存養者亦須『惟省察而後存養不失』。正心亦是『欲正其心，必慎於獨以求誠』。總之是『存養省察交修而存養為主』，此船山修身工夫之大要也。」（《王船山哲學》，頁454）

其未發也，欲其無端而發爲喜樂也不知，欲其無端而發爲怒哀也不能。

君子不能，庸人亦不能也。此可以明其有主矣，特未能存者不知耳。

試反求之一無成形之間，則靜函以俟肆應之咸宜者，

必不可謂倚於虛空而待物以起者矣，此其所藏謂之中也。

其發也，於喜樂而易以怒哀也不能，於怒哀而雜以喜樂也不能。

君子不能，庸人亦不能也。此可以明其各適矣，特未知省者不知耳。

試密審之各有所宜之幾，則得當以遂初心之本然者，

必不可謂交錯無恒而互相悖害者矣，此其所適謂之和也。

……庸詎知奠位於不睹不聞之頃，密藏萬有而不憂其不給，以至正而立爲大中；流行於隱微顯見之際，會通典禮而不戾其所函，以至和而成乎各正。

實有中也，實有和也。故君子之靜存動察，奉此以爲大本達道也。

〔註44〕

船山主張人性爲一「奠位於不睹不聞之頃」、「不憂其不給」之密藏，唯此萬有之密藏非指經驗之多與雜，實指由雜多之經驗所提鍊而出之「純一無雜之心體」，以返「初心之本然」；其足以貞定一切聲色之交，而成其仁義禮智者，此所以非博雜之藏而爲「密藏」也。此性之密藏實以存在爲要義，有別於陽明以發用之覺爲要義，亦不同於朱子以超越之理爲要義也。〔註45〕而這種修鍊心性的功夫，即在於養氣、集義。

又如〈子曰賜女以予爲多學而識之者與〉章曰：

以心受知者，聖有以通之也。

夫一以函多，而行乎多者無不貫，誠者，聖人之本與！……

是徹天人之際者有其原，

　通心理之會者有其眞，

　別器數之殊者有其宜，

〔註44〕《船山經義》，頁 10949～10950。曾昭旭指出：「船山之所謂中，乃非純是形而上之空體（佛）、理體（朱）或心體（陽明），固亦非已凝爲形色之手足器官之端體，而實是貫本末，兼性情而居其間之存在密藏之體也。此存在密藏之體即謂之誠，謂之實有。」（《王船山哲學》，頁 179）

〔註45〕請參詳曾昭旭，《王船山哲學》，頁 176。

　　察治亂之幾者有其實。

　雖天下之可知者無有涯也，而吾所以知之者統於一心，則所知者固
不待逐物得也。……

　一者何也？

　自其以虛函天下之不齊也則曰中，

　自其以實體天下之不妄也則曰正，

　自其以心之動幾覺天下之固然者則曰仁，

　自其以性之定理辯天下之當然者則曰義。

　以要言之，則曰誠而已矣。

　故曾子曰：忠恕而已矣。

　以之而多學，以之而識，更何疑乎！〔註46〕

說明以心受知者「一以函多」之收攝，不待逐物而得，而必期返及於本心所
受自於乾坤之誠。船山且曰：

　是行乎事物而皆以洗心於密者，本吾密藏之地，天授吾以大中之用
也。

　審乎此，則所謂性道者，專言人而不及乎物亦明矣。〔註47〕

足知此心體之純一，乃為行乎事物之經驗所淘洗而得，實為人道秉受於天命
所獨有，禽獸草木無與焉。〔註48〕

〔註46〕　《船山經義》，頁 10942～10943。

〔註47〕　《讀四書大全說》，卷 2，頁 4。

〔註48〕　曾昭旭認為：「船山與朱子之根本見解有異，朱子之體，是存有密藏之理體，
　　　　　只為萬物所依據而並不直接發為創生之用者，故人與萬物可同根於此理，而謂
　　　　　『枯槁有性』（見《朱文公文集》，卷 59，〈答余方叔書〉）。船山則肯定性體是
　　　　　『即活動即存有』者，而此活動性亦即道德之創造性則是唯人可有，故性必剋
　　　　　就人而言，而萬物之理亦必繫於人性之創造然後有其意義也，由是反對朱之
　　　　　『混人物於一性』。」（頁 306）指出船山釋義時著重於活動及創造。又如林安
　　　　　梧的看法：「（船山）強調的『體驗』則是一種『驗之於體』及『以體驗之』的
　　　　　活動。它不祇是單純的移情活動，也不祇是簡單的設身處地而已，重要的是它
　　　　　指向一種『存有論的洞觀』（Ontological vision）。……以船山而言，所謂的「體」
　　　　　即是道，「驗之於體」即是因而通之以上遂於道。『以體驗之』則是由道而觀之，
　　　　　以斷其事；而不論驗之於體或以體驗之，其周旋轉環之樞紐則在於『心』。『心』
　　　　　具有理解詮釋道的能力，從而揭發道，使道之創造力彰顯出來。……所謂的『體
　　　　　驗』乃是人道之際，知行之統會。它不但涉及於詮釋，更而及於實踐，而所謂
　　　　　的詮釋與實踐都得落實於歷史之場中，展開其辯證，一面是人揭發道（參贊道）
　　　　　的歷程；另一面則是道開顯於人的歷程。……可見船山對於『歷史的詮釋』必

　　以此究論，人道之根源不外乎天命，天道之用顯寔有賴於聖人。例如〈子曰予欲無言〉章曰：

> 蓋誠者天之道也，所感者誠之神，感之者誠之幾。……
> 天之道不能名言，以聖之德推之則曰誠。
> 聖人之德不能名言，於誠之原推之則但可曰天。〔註49〕

可見「聖人之德」的根源，即在於感應天道。天之道無以名言，需藉聖人之德彰顯此天地之心。其重視恢弘人道以上達天道，又如〈孟子曰人之所不學而能者〉章曰：

> 愛之幾動，生之理漸以不忘，理有所未安而不忍，於是而學矣，故能學也：
> 敬之情伸，天之則不可復隱，則有所未宜而不慊，於是而慮矣，故知慮也。
> 學慮者，愛敬之所生也；愛敬者，仁義之所顯也。
> 不學之能，不慮之知，所以首出庶物而立人極者，惟其良故也。
> 於是不知性者揣此以言曰：覺了能知者，不學不慮之本體；人之始，一禽之免於殼而已矣，可良可不良者也，無良無不良者也，
> 學慮之知能徒汨其良，而唯無善無惡之爲良知。
> 王伯安之徒，舞《孟子》之文以惑天下而不可勝詰。悲夫！

【後記】僧通潤者，謂孩提知愛，是貪癡大惑根本。其惡至於如此！司世教者不施以上刑，而或爲傳之，無惑乎禽獸之充塞也。〔註50〕

可知在船山觀念中，人類首出於庶物，正以其性乃秉受天理之良善，此所以能學慮、愛敬，彰顯仁義。

（五）反對舍氣以言理

　　船山於其著作，時常提及於氣。學者已指出：緊扣著宋明儒學發展的系

得通極於道。道不是獨立於歷史之外的超絕之物，道即在歷史之中，道之開展即爲歷史。而人則活生生的存在歷史之中，亦存在道之中，故人得經由歷史的理解及詮釋而上遂於道，並可因其道而下通於人，並及於歷史，對歷史展開其批判，並發爲實踐。顯然的，從『歷史的詮釋』到『歷史的實踐』都是以『道』爲依準的，但卻又以『人』爲核心的。」（林安梧，《王船山人性史哲學之研究》，頁87）林氏則著重於本體層面闡釋船山學。

〔註49〕《船山經義》，頁10944。
〔註50〕《船山經義》，頁10963～10964。

路，就其存有論或宇宙論的本源看來，大致可分爲三個不同面向：一是以「理」爲首出的，此脈以程朱爲代表；一是以「心」爲首出的，此脈以陸王爲代表；另一則以「氣」爲首出的，此脈在宋初則以濂溪、橫渠爲代表，在明末則可以船山爲代表。重理一脈凸顯了天理的超越性，重心一脈凸顯了良知的內在性，而重氣一脈則凸顯了「存在的歷史性」（Existential historicity）。〔註51〕

「氣」在船山之觀念中，頗有存在之意。存在有全體之存在、有個體之存在，前者係指「宇宙之全體」，後者即指一一分殊之個體也。宇宙之全體即是無限之密藏與無限之活動過程，即是一切個體存在及活動之依據，故即有本體義。至分殊之個體則爲宇宙全體活動所現之一端，故雖亦名曰體，然而卻是端體之體或定體之體，而非本體矣。船山以重宇宙眞實無妄之存在性，故重視「即氣言體」，而本體端體兩義皆常言也。〔註52〕

船山於經義文言氣，例如其〈萬物皆備於我矣〉篇曰：

> 一日之間，而引萬物以大吾之量，始以爲志之所至可至焉矣，而未也。
>
> 志者一日之起者也，萬物至重矣，而任之者氣。
>
> 氣之不養，養之不直，則見芸生之情詭變紛紜，而不信我之能爲其藏。
>
> 今而見吾之氣，天地之氣也，剛者可馭，柔者可扶，變遷殊質，至於吾之身皆勝之而無可懾，然後吾所立之志非虛擴之使大也，萬物皆備也。
>
> 一念之動，而恤萬物以慰吾之情，始以爲仁之所感能感焉矣，而未

〔註51〕請參詳林安梧，《王船山人性史哲學之研究》，頁13～15。

〔註52〕請參見曾昭旭：《王船山哲學》，頁330。林安梧曾指出船山思想有個基本模式，即所謂「道的形器化原則」：船山非常重視主體經由對於客體之掌握，進而與形上實體之間產生一種張力，由這種張力而有一「合一而兼兩」、「兩端而一致」的辯證關係。林氏認爲船山此一思考模式，大體上乃源自於張橫渠的《正蒙》及《易傳》，不僅涉及道之體用，亦涉及心知之用（換言之，它既是存有開展的模式，亦是人詮釋存有的方法）。林安梧且提及，首先指出橫渠「兩不立則一不可見，一不可見則兩之用息」與船山辯證思維模式相關的是唐明邦〈《周易外傳》的若干辯證法思想〉（《王船山學術討論集》，頁103～106），而許冠三《王船山的致知論》第五章「兩不立，則一不可見」於此論之尤詳。（《王船山人性史哲學之研究》，頁48～49）針對船山此一「道的形器化原則」，林安梧乃藉用 G. Vico 的理論，以所謂「存有發生學的方法」（Ontogenetic method）來爲之定名（詳見林氏前揭書，頁49及第四章）。

也。

仁者一念之涵者也。萬物不齊矣,而各有其義。

義不生心,心不集義,則見勃發之欲損益無恒,而不信我之能持其
衡。

今而見天下之義,吾心之義也,取不損廉,與不損惠,生殺異術,
裁以吾之心皆宰之而無可疑,然後吾所存之仁非固結之使親也,萬
物皆備也。

是當然之理所自出,必然之情所由生也。反身焉,莫匪誠〔註53〕矣,
無不樂矣。……〔註54〕

關於此題,朱子注解爲:「此言理之本然也。大則君臣父子、小則事物細微,
其當然之理,無一不具於性分之內也。」〔註55〕所論乃是指超越的理(道體)
原已具足於個人性分之內。船山卻將此形上之理路,一轉爲強調「萬物皆備
於我」的養氣、或密藏功夫,說明需透過具體事物存在經驗的淘洗,方使吾
人心志得以「引萬物以大吾之量」,乃至於臨事時之變遷殊質,「吾之身皆勝
之而無可懾」。

與朱子不同,〔註56〕船山以爲「舍氣言理,則不得以天爲理」,是必以理
氣合論,甚至於主張氣在理先:

程子言「天,理也」,既以理言天,則是亦以天爲理矣。以天爲理,
而天固非離乎氣而得名者也,則理即氣之理,而後天爲理之義始成。
浸其不然,而舍氣言理,則不得以天爲理矣。……

凡言理者,必有非理者爲之對待,而後理之名以立。猶言道者必有

〔註53〕林安梧曾辨析船山之「誠」與「氣」,他說:「船山所謂的『氣』是通形而上、
形而下的,作爲本體之體的氣即辯證的具含著理,氣之流行即依理而分劑之,
理既具主宰義又具條理義,氣則是本體之體亦復是個體之體,本體之體的氣
與主宰義的理合而爲一,個體之體的氣與條理義的理合而爲一。就本體論而
言,理氣爲一;就具體實在而言,理氣亦爲一。船山更用『誠』這個字眼來
詮釋本體之體的『氣』,於是使得『氣之世界』即是『誠之世界』。『誠』更顯
示『理』、『氣』二者乃是『辯證之綜合』,此綜合又具辯證的開展能力,可開
展爲自然世界及人文世界。」(《王船山人性史哲學之研究》,頁104)

〔註54〕《船山經義》,頁10959〜10960。

〔註55〕朱熹,《四書章句集註》,頁350。

〔註56〕如朱子曾說:「未有天地之先,畢竟也只是理。有此理,便有此天地;若無此
理,便亦無天地。無人無物,都無該載了。有理便有氣流行,發育萬物。」(《朱
子全書》,第14冊,《朱子語類》,卷一,頁114)

　　非道者為之對待，而後道之名以定。是動而固有其正之謂也。既有

　　當然而抑有所以然之謂也。是唯氣之已化為剛為柔、為中為正、為

　　仁為義，則謂之理，而別於非理。〔註57〕

足見理之證成與否，有待於氣之已化。以船山來看：理只能從第二義說。從
第二義以說者，固亦未嘗不可藉以指點本體，故即理言體，即道言體亦不為
不通，然依船山意，則只有氣是直可從第一義上說即是天、即是體者。〔註58〕

　　正以船山重視養氣之功，故而他在講論《孟子》「知言養氣」章時，還要
特別揭出朱子「格物」的觀念，以批評陸王之心學。例如其〈公孫丑問曰夫
子加齊之卿相〉章曰：

　　孔子之學，交相用而抑各致其功也。

　　以持吾志而帥吾氣，道也義也。氣聽衰王於心，而因天下為曲為直

　　之數，以闔萬物而制其命。謹之於幾微，臨深履薄，而千萬人讓其

　　勇。

　　此其學曾子傳之，伯夷伊尹前此而修之，子夏之謹守猶將庶幾焉；

　　畏其難而任其餒者唯告子耳，而為之說曰：心無待於氣也。

　　以審天下之言而正天下之心者，學也誨也，言極天下之至賾，而唯

　　吾心不厭不倦之誠，以闔眾理而曲盡其時。

　　此其學子貢知之，顏閔冉牛欲罷而不能，堯舜之生知且未違焉；

　　畏其勤而偷以息者唯告子耳，而為之說曰：言祇以累心也。

　　學孔子者，養以存誠，知以求明，求之求之，各致焉而心之量始全，

　　奚有累哉！

　　若夫學誨以精其義，則曲直不差於銖累：

　　　集義以執其中，則古今交受其權衡。

　　是知言、養氣交相為用，而孔子之度越羣聖者，知言其至矣哉！……

　　朱子格物之教為孟子之傳，允矣，功不在禹下，陸子靜、王伯安之

　　徒奚更詹詹為？〔註59〕

〔註57〕《讀四書大全說》，卷10。

〔註58〕詳見曾昭旭，《王船山哲學》，頁335。曾氏且曰：「換言之，即『天』一名純
　　　　是指謂體，而『氣』一名則是指謂體之實存也，故必統體之一氣已化，且化
　　　　而得中正者，然後可名曰道，名曰理也。」

〔註59〕《船山經義》，頁10955～10956。關於船山的「格物」，曾昭旭說：「船山……
　　　　所以重格物與大攻陽明之故，蓋以格物即為現實上事，而道德事業之建樹不

　　此處所論「知言、養氣交相為用」之學誨、集義，在船山認為皆可視為朱子「格物之教」，足證其重視主體面臨萬有事物時之經驗體悟，強調「即氣言體」之真實存在。

　　相同的例子又如船山〈形色，天性也〉一篇：

> 形色皆天性，不托於虛也。
>
> 夫性之在色，猶色之在形。形非虛以受色，而虛以受性乎？成性者天，成形者天也。……
>
> 論者曰：虛者道也，天也；形色者器也，夫亦思人之奚從而有斯形色哉？
>
> 形之密也，天下之至精者無以加，形精而色以入微；是天之聰明所變合，而聰明即留此而與俱處者也。
>
> 形之恒也，天下之至信者無以加，形信而色以有定；是天之秩敘所裁成，而秩敘即奠此以與相守者也。
>
> 故就其虛函而疏通者以言仁義，無有也，則以謂性之無仁義也，可矣；
>
> 　就其至精而至信者以言仁義，至信者即其仁，至精者即其義，而又奚惑乎！……
>
> 【後記】釋氏以八識隨壽暖二性為去來，賢於莊子天籟之說矣。然壽暖者形之不即毀者爾；形將賊，性乃漸隱，壽暖有似乎去來。性無去來，但有成毀。《易》曰：「乾坤毀則無以見易」。乾坤，形色也，易，天性也。格物者知之。〔註60〕

能離現實而行，故必重格物也。而陽明之學，則以單提一心故，而輕格物之功；蓋以就良知之自證言，外在之格物只屬助緣而非本質上之必要工夫也。朱子則唯在此助緣工夫上用力，而重格物，亦自有現實修養上之意義，然而與船山之格物義有間矣。船山之許朱子，亦只是一種點化之許，而非與朱子無異也。……按船山於格物致知，嘗分三步，第一步為格物，此即用朱子義，乃單純地將格物解為向外認知者。第二步為致知，此實即同於陽明之致良知。第三步為致知在格物，此則為內有所主之後，復向外格物用物，以斬向「止於至善」之最高標的者。然三步之分，乃為學問上之方便，事實上則皆止一事，合為一體，而實以致知在格物此一內外直貫之道德實踐為主眼者。亦即前所云，其格物乃是涵於一『本末相生，無往不著』之圓頓方式下而言之格物也。」（《王船山哲學》，頁170～171）

〔註60〕《船山經義》，頁10966～10968。後記引文出自於《周易‧繫辭上傳》，第12章。

船山在這篇經義文中強調形色本就出自於天性，以形色之「至精而至信者以言仁義」，殆可無疑。在「後記」中，船山更認爲佛教以第八識（阿賴耶識）隨壽暖二性消失，[註61]更勝於莊子天籟篇的看法，[註62]因爲前者充分指陳了天性隨形色消亡的影響。船山於此更引了《易·繫辭傳》來說明形色毀則不足以見天性、重申即氣言體的觀點，提醒「格物者知之」。

（六）重視實踐以立人道

船山既反對舍氣以言體，其經義文解釋章句乃特別重視從實踐層面立論。例如，他於〈子曰參乎吾道一以貫之〉章曰：

> ……且聖人之學，學者可至也。匪直可至，學焉而必有至也。匪直學者之能至，夫人一念之幾，及乎理而協乎心者，皆至也。
>
> 馴而極之，通乎上天之載；切而求之，達乎盡人之能，唯無所間而已。……
>
> 夫子之道，迄乎終無非始也，達乎表無非裏也：盡其心以盡其性，盡其性以盡物之性。才之可竭，竭以誠而不匱；情之可推，推以理而不窮。無有敦焉，無有違焉，反身常足，而用自弘也。
>
> 無他，盡者不留，推者不吝，終身而行乎酬酢，終食而存其誠幾，綿綿相續以致其密藏；斯則明以達於禮樂，幽以協乎鬼神，隨感以見端，而固可共循者也，忠恕而已矣。苟其能勉以勿失焉，而豈其遠也乎哉！
>
> 嗚呼！此聖人之道所以至易至簡而可大可久者也。故曰：「至誠無息。」又曰：「無終食之間違仁。」……[註63]

船山即由如何「切而求之」說起，稱述聖人之道實爲「至易至簡而可大可久」，以切實可行的生活經驗勸喻學者。

同樣的例子，且如〈子貢曰如有博施於民〉章：

> 夫博施濟眾，有其心耳，有其言耳，近譬以立達，皆以實也。此聖學異端之辨也。……
>
> 生一博施之心，謂惻怛之隱已謝疲於幽明，施之可及而及矣。

〔註61〕此說見於《成唯識論》所引：「又《契經》說，壽暖識三，更互依持，得相續住。」

〔註62〕即指《莊子·齊物論》「若有眞宰，而特不得其朕，可行已信，而不見其形。有情而無形」的觀點。

〔註63〕《船山經義》，頁 10925～10926。

施雖未及，而待施者已來往於吾心，會萬匯之憑生，咸不離乎一念。

擬一能濟之心，謂方隅之隔可悉化其畛域，濟之已效而效矣。

濟雖未效，而能濟者早翕受於吾心，極一念之規恢，自畢周於萬匯。

其究也，以不施言施，不濟言濟，不仁言仁。願力之說所以惑天下，

而廢仁之大用以述其眞體，可勝道哉！……

嗚呼！此異端量周沙界之說所以無父無君，而管仲實著一匡之功，聖人愼言仁而獨許之也。〔註64〕

　　於此可見船山主張「近譬以立達，皆以實也」，反對異端「心包太虛，量周沙界」〔註65〕、「以不施言施，不濟言濟，不仁言仁」之空言。

　　又如其〈利物足以和義〉一篇曰：

不私利於己，而義在其中矣。

蓋利在物，則義在己。義利不兩立，而非不可和也。君子辨此夙矣。

然非自強之天德安能哉！……君子豁然知利之爲物所待也，即爲己之所自裁也，不諱言利而以物爲心，抑豈離所行所得者以爲義哉！

……而苟可以利一國、利一鄉、乃至利一夫之不獲者，理所可推，恩所可及，則君子而謀細人之務，日孳孳焉勞之勸之；不吝其勤，以爲非是而不惬，惟其勝己有權而用物有制也，自彊不息之道然也。

嗚呼！利之爲用大矣哉！……〔註66〕

可知船山「不諱言利而以物爲心」之明辨義利，乃至於「日孳孳焉勞之勸之，不吝其勤」的態度，仍與其重視即氣言體、重視實踐工夫有關。

　　船山闡論道體時既重視躬行，輕視虛言，其於章句詮解上便有意區分天人之際，標舉人道之當然。〔註67〕例如於〈南宮适問於孔子〉章曰：

〔註64〕　《船山經義》，頁10930～10932。

〔註65〕　語出《楞嚴經・妙心疏》。

〔註66〕　《船山經義》，頁10970～10971。

〔註67〕　船山曾說：「自然者天地，主持者人；人者，天地之心。」（《周易外傳》，卷二，頁14，《船山易學》下，頁813）、「以人爲依，則人極建而天地之位定也。」（《周易外傳》，卷一，頁15，《船山易學》下，頁780）另請參見林安梧詳盡之闡釋：「（船山）所強調的氣是兩體之氣，一方面著重其精神的層面，另一方面復重其物質及生命的層面，而且強調此兩體之氣必以一辯證的綜合而開展於人間器物上，進而說道必得即於此器物之上表現其自己，理必得即於人間事物上表現其自己。……船山並不是孤零零的將人擺置在一氣化流行的自然宇宙之中，也不是以一種即心即氣的當下圓融將此氣化流行的自然宇宙全往人的心上收；船山一方面肯定氣化流行這個自然宇宙的客觀存在，另一

且夫知人之與知天，理一而有其序，不可紊也。……

以躬稼為禹稷之所自興，則躬稼亦欲張固圉之術也。

以善射盪舟為羿奡之所自亡，乃善射盪舟抑咸劉克敵之資也。

若然，則德力無一定之塗，而況於吉凶之莫測者乎！……

不知有人道之當然，且使知有天道之不僭。

不知有忠孝之致死而不辭，且使知有篡奪之求生而不得。

天有時不必信，而君子信之。

君子有所不庸信，而為天下信之。

然則禹稷之有天下，天授之，尚德者予之也。

　　羿奡之不得其死，天殛之，尚德者奪之也。

彰善癉惡之權，君子代天而行其袞鉞。

移風易俗之事，天且為君子而效其明威。

但使為君子者不挾一有天下之心以希禹稷，

　　　　　　不因一畏死之心以懲羿奡，

則如适之論，亦惡可廢哉！

因是而見聖言之不易測也：

有時而默，有時而語；

即此事而或默，即此事而或語。

於道皆然，而無一成之取捨。〔註68〕

船山事實上改寫了《論語》這一段經文的意思，刻意讓孔子與南宮适的歷史發展觀區別為「知人」與「知天」兩層，然則天道既不易測、德力又無一定之途，於是後學者只能著力於「人道之當然」，以蘄上企天道。

方面則亦強調人是此氣化流行而摶聚成之最秀者，人實是天地之心，人能詮釋宇宙，潤化宇宙及締造宇宙，而且宇宙經由人之詮釋、潤化及創造之後方成其為人的宇宙。此人的宇宙又是一客觀的存在，此即是歷史文化的宇宙。人即於此歷史文化宇宙中長養自己，復以之參贊此歷史文化宇宙。而此即是船山哲學的重心所在，筆者即名之曰『人性史的哲學』。」（《王船山人性史哲學之研究》，頁 17～18）「人的『存在歷史性』（Existential historicity），指的是人必有血有肉的生長於此實實在在的世界之上，開創一人文化成的世界，而此世界是通極於道的。換言之，人不是一孤零零無所掛搭的存在，當我們說『人』時，必已隱含了『道』及『歷史文化』，這形成了三環而交光互網的系統，此亦即是『兩端而一致』的對比辯證系統。」（前揭書，頁 139）

〔註68〕　《船山經義》，頁 10940～10942。

此外，復如船山於〈孟子曰莫非命也〉章所慨言：

> 盡道者，於命無擇而非正也。
>
> 蓋一日生而有一日之道，盡之而已。知命者豈知巖牆、豈知桎梏
> 哉！……
>
> 然而知命者可扣伐商之馬，可漂牧野之血，
>
> 可屈於宵小之桓魋，可亢夫強大之齊景。
>
> 何也？道盡則無巖牆，不盡則無往非巖牆之下。……
>
> 然則如之何？盡其道而已矣。
>
> 天有天之命，天之道也；吾有吾之正，人之道也。
>
> 天道歸之天，人不能與；人道任之人，天無所持權。
>
> 盡道者安於人之非天，安於天之非人。〔註69〕

此處強調「盡道者，於命無擇而非正也」，「吾有吾之正，人之道也」，〔註70〕可識船山莊嚴肅穆之虔敬，讀之不由令人危坐。

（七）情感性的詮釋

讀船山經義文，除了論理時能感受到他虔誠肅穆的崇教情操外，船山之解釋章句又多發爲詩歌式詠歎，以其豐沛的情感闡釋義理。

船山《夕堂永日緒論·序》中，曾經認爲經義與詩經的淵源，皆應溯及於上古之樂教：

> 《周禮·大司樂》以樂德、樂語教國子，成童而習之，迨聖德已成，
> 而學韶者三月。上以迪士，君子以自成，一惟於此。蓋涵泳淫泆，
> 引性情以入微，而超事功之煩黷，其用神矣。世教淪夷，樂崩而降
> 于優俳，乃天機不可式遏，旁出而生學士之心——樂語孤傳爲詩，
> 詩抑不足以盡樂德之形容，又旁出而爲經義。經義雖無音律，而比
> 次成章，才以舒，情以導，亦所謂言之不足而長言之，則固樂語之
> 流也；二者一以心之元聲爲至。〔註71〕

〔註69〕《船山經義》，頁 10960～10961。

〔註70〕人道之「正」，請參考曾昭旭說法：「船山以前之宋明儒者，無論程朱陸王，
其共同方向，厥爲逆求心性之本體，以確立道德之最高依據。而船山則重在
於心性本體已立之後，更外發下貫以潤物成物，以極成一豐美篤實，日新富
有之文明世界。故其方向乃非逆以立本，而更爲順以貫末。……而此本末直
貫之方向即船山所謂『正』。」（《王船山哲學》，頁 5）

〔註71〕《夕堂永日緒論》，《船山遺書全集》，第 20 冊，頁 11563。

船山既以「樂德、樂語」說經義，則其經義文之重視「樂德、樂語」兩面，良有以也。除了講述德性義理外，當然也主張發之爲樂語之詠歎。

例如，他在〈朝聞道夕死可矣〉一篇感慨曰：

今日不聞，而有他日；他日者之能不如今日，何所恃乎？

偶有一聞，而猶然未聞；未聞者之能如偶聞，將何期乎？

朝以此朝，

夕以此夕；

意起而若或奪之，

氣作而若或折之。

愛之而不見，爲之踟躕；

信之而不審，爲之猶豫。

夫欲聞道者，豈若是哉？……

必於道，則博學愼思明辨而唯此之爲可也。雖然，猶恐其未必誠也。

則亦將自誓曰：「朝聞道，夕死可矣。」

乃確乎其自信曰：「朝聞道，夕死可矣。」

如是而天下之物無可以奪其情矣。物之可歆可厭者，至於死而皆失其據。

夕死而可，未有以不可據之寵辱得喪或易其心者也。

如是而天下之說無可以惑其守矣。說之似高似深者，至於死而皆與相忘。

夕死而可，未有以可以忘之繁詞曲論或動其志者也。

其信也篤，則其誠也不昧；

如其昧也，則唯見夕死之不可，而不聞道之未嘗不可也。

其志也專，則其求也不迫；

如其迫也，則期聞於一日，非守死以沒身而勿諼也。

故欲聞道者必如是，庶乎其於道不遠乎！〔註72〕

船山此篇基本上皆是以對偶句式穿插鋪排而成，文章中反覆錯落出現的「夕死可矣」、「夕死而可」，使其行文增添了不少詠歌般的感慨，而船山筆下信道守死之心，則更見誠篤確切。

〔註72〕《船山經義》，頁10927～10928。

類似的例子，又如〈文王在上，於昭於天〉一篇：

> 文王往矣，天下不忍謂文王之遽往，我則遇之，曰文王在上也；
> 文王往矣，天下不敢謂文王之已往，我則質之，曰文王在上也。
>
> 不忍謂文王之遽往，非天下之情也，文王與天下相懷保之心也；
> 不敢謂文王之已往，非天下之志也，文王與天下相欽翼之心也。……
> 故不忍之心，上而與天之化合，則仰而見日星雷雨之實有其光輝蒸
> 變者為昭也，皆文王之昭也，仁敬孝慈信之情自怵然有以動人之不
> 忍而無所斁；
>
> 不敢之心，上而與天之理合，則仰而見春秋日暮之各得其度數候序
> 者為昭也，皆文王之昭也，君臣父子朋友之道自赫然有以生人之不
> 敢而無所迷。
>
> 嗚呼！誠也，明也，誠明斯以神矣。〔註73〕

船山便同樣反覆使用了「文王往矣」、「文王之遽往」、「文王之已往」，以申明其悃悃款款眷念聖王之情。

此外，就這一段引文中的對股而言，兩個駢行長句「不忍之心，上而與天之化合，則仰而見日星雷雨之實有其光輝蒸變者為昭也，皆文王之昭也，仁敬孝慈信之情自怵然有以動人之不忍而無所斁」、「不敢之心，上而與天之理合，則仰而見春秋日暮之各得其度數候序者為昭也，皆文王之昭也，君臣父子朋友之道自赫然有以生人之不敢而無所迷」也使得整篇文章呈現一種昭昭燁燁的秩序之美，展露出經由文王而沛然徧周於乾坤的理性光華。

再者，船山經義文同樣會令讀者印象深刻，為之咀嚼再三的，還有這篇〈哭死而哀，非為生者也〉：

> 聚散者氣之恒，天之以宰物也。而其合也和也，其離也傷也，天之
> 於此，有欲為久存而不可得之勢，故舒慘相乘之候，必有風雨之變
> 淒惻於兩間。
>
> 欲久存之，而固將亡之，氣之所不能平也。聖人應於其候，而悲怛
> 之情興焉，如天之哀而弗能自抑矣。
>
> 屈伸者數之恒，物之所自取也。而其伸也暢也，其屈也鬱也，人之
> 於此，固有繾綣求盈而不自主之憾，故焄蒿未謝之餘，自有愴怳之
> 神依依於左右。

〔註73〕《船山經義》，頁 10975～10976。

> 方且求盈，而終於見詘，情之所不可堪也。聖人通於其志，而迫遽
> 之心荓焉，如物之哀而勿容或釋矣。〔註74〕

如能仔細品玩船山此篇之遣辭造語，必當驚豔其精詣多姿。經義文之所以能觸發人心，往往在於浸透了義理的深刻情感。

三、結　論

　　船山曾經於其堂前自題：「六經責我開生面，七尺從天乞活埋」，以傳述六經作為他生命最高價值之自我惕勵，船山對於經典的詮釋，也確實並未固守程朱以來既有之見解，別開生面，蔚為大觀。船山於晚年仍有心於編撰《船山經義》一書，可以相信此書中所收錄之39篇經義文，當能充分表達他對於經書某些重要章句在義理上的成熟看法。

　　筆者確信《船山經義》乃為船山有意之作，有幾個原因：首先，這些作品編撰於船山晚年，非同一般有意追逐功名之作；其次，這些作品中頗見未合於制義書寫體例的手法，可知其不拘於形式，關心的是義理內容；其三，此書所收之經題也與一般常見之題目有別，足證船山是為了表達他所關心的義理，有意識地擇題而作。

　　就《船山經義》寫作目的而言，當然是為了宣教，並與當日流行之各家異說辯衡義理。船山不僅將其對於章句之心得詮解形諸於文字，對諸家理論加以批評，時時於經義文中直斥謬說，或於行文後標舉其感慨。

　　就船山義理上之創發而言，論文裡大致約為五點：

（一）提倡孝友祭祀，以與天通理

　　船山視愛親、敬長，為人類秉受天理所有之良知良能，由此得以顯發人性人道之仁義，與禽獸有別。除了強調孝敬父母之外，船山且極為重視祭祀，認為祭祀可以通致鬼神，相信誠此一心，即可直通天地之實體。

（二）主張以正心先於誠意

　　船山標舉「正心」以統御萬意，恰恰變更了《大學》經傳的為學次第。他又將《中庸》、《大學》合而論之，以經解經，主張《大學》之「正心」，即是《中庸》所言「存養」，因此推導出「以正心為主」、「必欲正其心而後以誠意為務」的論點。

〔註74〕《船山經義》，頁 10968～10969。

（三）存養天良以為密藏

船山主張人性為一「奠位於不睹不聞之頃」、「不憂其不給」之密藏，此密藏實指由雜多經驗所提鍊而出之「純一無雜之心體」，以返其「初心之本然」。這種修鍊心性的功夫，在於養氣、集義。此心體之純一，既為行乎事物之經驗所淘洗而得，亦為人道秉受於天命所獨有，所以能學慮、愛敬，彰顯仁義。

（四）反對舍氣以言理

與朱子不同，船山以為「舍氣言理，則不得以天為理」，是必以理氣合論，甚至於主張氣在理先。其重視主體面臨萬有事物時之經驗體悟，強調「即氣言體」之真實存在。

（五）重視實踐以立人道

船山經義文解釋章句特別重視從實踐層面立論。其闡論道體時既重視躬行，輕視虛言，於章句詮解上更有意區分天人之際，標舉人道之當然。

最後尚值一提的是，船山看待經義文，係以上古之樂德、樂語來加以理解，從這裡而可上溯至《詩·大序》「在心為志，發言為詩」的傳統。在書寫風格上，其字裡行間多流露出崇高的情懷。讀他的經義文，除了論理時能感受到一片虔誠肅穆的崇教情操，船山之闡釋章句又多發為詩歌式詠歎，其所以觸發人心，往往在於浸透了義理的深刻情感。

船山思想體大思精，著述既博且雜，今日僅從這有限篇章想要析論他對於義理的看法，不啻井底窺天。然而我們確實可以從這些經義文作品中，爬梳出船山對於章句的特別觀點、驚豔於他特殊的說理方式。這一篇論文只是個粗淺的嘗試，希望能夠拋磚引玉，吸引更多學者注意這些材料。

參考文獻

1. 《船山易學》（上）（下），（明）王夫之，台北：廣文書局，1971 年 5 月。

2. 《王船山學譜》，張西堂，台北：臺灣商務印書館，1972 年 4 月。

3. 《四書訓義》，《船山遺書全集》，第八冊，（明）王夫之，中國船山學會印行，1972 年 11 月重編（此全集由中華民國船山學會和自由出版社聯合重印 1933 年上海「太平洋書店」之《船山遺書》）。

4. 《讀四書大全說》，《船山遺書全集》，第十二冊，（明）王夫之，中國船山學會印行，1972 年 11 月重編。

5. 《船山經義》，《船山遺書全集》，第十九冊，（明）王夫之，中國船山學會印行，1972 年 11 月重編。

6. 《夕堂永日緒論》，《船山遺書全集》，第二十冊，（明）王夫之，中國船山學會印行，1972 年 11 月重編。

7. 《船山學譜與船山遺書提要》，中國船山學會印行，1973 年 8 月。

8. 《王船山的倫理學》，黃懿梅，台北：台大哲研所碩士論文，1974 年 6 月。

9. 《王船山的致知論》，許冠三，香港：香港中文大學出版社，1981 年。

10. 《王船山哲學》，曾昭旭，台北：遠景出版，1983 年 2 月。

11. 《王船山詩文集》，（明）王夫之，台北：漢京文化，1984 年 9 月。

12. 《新編中國哲學史》，勞思光，台北：三民書局，1986 年 11 月。

13. 《中國哲學思想史》，羅光，台北：臺灣學生書局，1990 年 11 月修訂版。

14. 《王船山人性史哲學之研究》，林安梧，台北：東大圖書，1991 年 2 月再版。

15. 《中國哲學史新編》，第五冊，馮友蘭，台北：藍燈文化，1991 年 12 月。

16. 《中國思想史》，錢穆，台北：臺灣學生書局，1993 年 8 月。

17. 《中國思想史綱》，侯外廬主編，台北：五南圖書，1993 年 9 月。

18. 《中國近三百年學術史》，梁啓超，台北：里仁書局，1995 年 2 月。

19. 《船山哲學》，張立文，台北縣：七略出版社，2000 年 12 月。

20. 〈王船山四書學著作與《船山經義》年考〉，鄧輝，《湘潭大學學報》，哲學社會科學版，2008 年第 2 期，頁 137～144，2008 年 3 月。

21. 《欽定四書文》，（清）方苞編，《景印文淵閣四庫全書》，第 1451 冊，台北：臺灣商務印書館，1979 年。

22. 《國朝學案小識》，（清）唐鑑，台北：明文書局（清代傳記叢刊本），1985 年。

23. 《藝概》，（清）劉熙載，收入《劉熙載論藝六種》，徐中玉、蕭華榮整理，四川：巴蜀書社，1990 年 6 月。

24. 《四書集註》，（宋）朱熹，台北：學海出版社，1991 年 3 月。

25. 《制藝叢話》，（清）梁章鉅，上海：上海書店，2001 年 12 月。

附錄六　試論明代隆萬時期之四書文
——以方苞《欽定四書文》爲觀察中心

摘　要

明清盛行的「四書文」是一種兼攝經學與文藝的新興文體，據其論說經典義理之內容而言，時人名之曰「經義」；然依其逐漸完熟之型式來看，後代亦俗稱爲「八股文」。本文選擇以明代隆慶、萬曆時期之四書文爲研究對象，一方面是學界目前對於正嘉時期作品已有相當認識，尚待往後延伸視野；另一方面，對於古文家批評隆萬期作品「爲明文之衰」（方苞《欽定四書文》），也很值得釐清其持論依據。

方苞認爲明代八股文到了隆萬時期由盛轉衰，在文體型式上重視「講機法，務爲靈變」，但是總體而言「氣體荼然」，因此他於此期選文之標準爲：「必氣質端重，間架渾成，巧不傷雅，乃無流弊」。

近一步分析隆萬八股書寫之變化，本論文提出此期特色大致有四：一、講求機法靈變、專主氣脈貫通；二、展露神韻清微之風格；三、強調書卷之功，義理方面轉爲黜舊從新之駁雜；四、逐漸有借題諷寓時政之篇章出現，表現出積極用世的關懷。

論文中舉了隆萬時期幾位重要時文作家加以評介，此期八股文壇大致是宗派別出、風格紛陳；方氏雖稱其股法、布局之精，卻也感慨正嘉以前「古文疎宕之氣、先正清深之韻，不可復見矣」。文末且選了一篇作品爲例，略加賞析、說明，以具見此期特色。

關鍵字：制義，八股文，隆慶，萬曆，文體

一、明代四書文之分期概述

「四書文」又稱爲「制義」，是我國明清時期重要的應試文體，也就是今人習稱之八股文。〔註1〕根據清代編訂的《欽定四書文》，〔註2〕大致上將明代制義文依時代先後分爲四期，編修者方苞提到這些作品，其風格演變可區別如下：

> 明人制義，體凡屢變。
>
> 自洪永至化治，百餘年中，皆恪遵傳註，體會語氣，謹守繩墨，尺寸不踰。
>
> 至正嘉作者，始能以古文爲時文，融液經史，使題之義蘊隱顯曲暢，爲明文之極盛。
>
> 隆萬間兼講機法，務爲靈變，雖巧密有加，而氣體荼然矣。
>
> 至啓禎諸家，則窮思畢精，務爲奇特，包絡載籍，刻雕物情，凡胸中所欲言者，皆借題以發之。就其善者，可興可觀，光氣自不可泯。
>
> 凡此數種，各有所長、亦各有其蔽。〔註3〕

方氏將明代八股文分爲「自洪永至化治」、「正嘉」、「隆萬」及「啓禎」四期，且認爲「隆萬」（1567～1620）作品特色是「兼講機法，務爲靈變，雖巧密有加，而氣體荼然」，且評價此期「爲明文之衰」。

方苞於明代制義史如此分期，實爲清人普遍之觀點，例如梁章鉅的《制藝叢話》即認爲：

> 制義始於宋而盛於明，自洪、永以逮天、崇，三百年中體凡屢變，亦猶唐詩之分初、盛、中、晚也。〔註4〕

將明代八股文的分期，比附於唐詩之初、盛、中、晚四期。又如蘇翔鳳於《甲癸集・自序》中亦云

〔註1〕 〈選舉志二〉，《明史》，卷70。

〔註2〕 方苞此書係奉乾隆之諭編定，「命選有明其本朝諸大家四書制義數百篇，頒布天下，以爲舉業標的。」（《方望溪文集》，「年譜」），論文中所據皆收錄於《景印文淵閣四庫全書》本。

〔註3〕 〈進四書文選表・凡例〉，《方望溪全集》，「集外文」卷二（台北：河洛圖書出版社，1976年3月），頁286。

〔註4〕 梁章鉅，《制藝叢話・例言》（上海：上海書店，2001年12月），頁7。

> 文之在明，猶詩在唐也。初唐渾穆，盛唐昌明、中唐名秀，至晚唐
> 而憂時憫俗之意，發而為言，感激淋漓，動人也易。洪、宣之文，
> 初唐也；成、弘、正、嘉之文，盛唐也；隆萬之文，中唐也，……
> 啟、禎則晚唐矣。〔註5〕

蘇氏之分期即與方苞約略相同，只是稍微移動了初、盛期的界限，然隆萬時期之作品皆被比擬為「中唐」之文。〔註6〕

　　文體史之分期斷代，實已區別了不同風格。關於隆萬期作品之評價方面，殆屬見仁見智。論者既有如方苞批評此期「為明文之衰」的，亦有贊許者如戴名世認為「有明一代之文，莫盛于隆、萬兩朝」、「當是時，能文之士相繼而出，各自名家，其體無不具而其法無不備，後有起者，雖一銖累黍毫髮而莫之能越」。〔註7〕然而不容否認的是，歷來論者多半同意此期是明代八股文重要的變革期。〔註8〕

貳、隆萬以前之制義書寫

　　就風格上之變化發展而言，方苞指出八股文從初期「謹守繩墨，尺寸不踰」的純樸，轉而為盛期「以古文為時文，融液經史」的成熟創發，一轉為隆萬期「兼講機法，務為靈變，雖巧密有加，而氣體荼然矣」的略生弊病，可以看出在方氏觀點，認為此文體到了隆萬期始變得「靈變」、「巧密」，而著重「機法」。

　　化治時期的制義作品特色，據筆者研究，曾經概括為三點以說明：（一）恪遵傳註之端謹；（二）氣骨蒼渾之風格；（三）頗失於平易直率。簡單地說，化治時期作品特色雖然不失為「清醇簡脫」、「朴老古淡」，但是這些作品多半「局於風氣」，〔註9〕乃屬「風氣初開，文律未細」。〔註10〕

〔註5〕　《制藝叢話》引，頁38。
〔註6〕　又如俞長城說：「盛集近王、中集近霸。王之道正大和平、霸之道幽深奇詭。隆、萬，中集也。然癸未以前，王之餘氣；己丑以後，霸之司權。」（《制藝叢話》引，頁83）俞氏之分期觀亦寓有臧否，批評隆萬期風格之幽深奇詭，頗失於正大。
〔註7〕　〈慶曆文讀本序〉，《戴名世集》（北京：中華書局，1986年2月），卷4。
〔註8〕　龔篤清《明代八股文史探》（長沙：湖南人民出版社，2005年9月）即認為正德、嘉靖為明代八股之極盛期，天啟則為衰頹期，標舉隆慶、萬曆年間為明八股文的變革期。
〔註9〕　方苞評錢福〈經正斯無邪慝矣〉，《欽定四書文》，頁70。

正嘉時期則是八股文書寫史上，第一次發生了重大的書寫轉變：其對於經註之詮釋，不再「謹守繩墨，尺寸不踰」。

明朝制義文體從洪武中期（洪武十七年，公元 1384 年）創制始，至正嘉時期之唐、歸登第，其間已有一百多年漫長的書寫歷史，因此制義文體日漸成熟，漸與化治前期之風格有別。

化治期端謹簡率的文風，到了正嘉時期發生轉變，〔註11〕方苞說此期「始能以古文爲時文，融液經史，使題之義蘊隱顯曲暢，爲明文之極盛」，筆者曾歸納正嘉時期制義風格，其特色大致可約爲四方面說之：（一）以古文爲時文之作法；（二）表現氣盛辭堅之風格；（三）融液經史之義理詮釋；（四）易方爲圓、章脈貫通之文體結構。換言之，正嘉時期八股文體開始有了比較成熟的型式，時文作者試圖借用古文筆法，以在行文間表現出某種氣盛辭堅的個人風格，而義理詮解上也追求經註的融液消化，如此而「使題之義蘊隱顯曲暢」。

隆萬時期繼之發皇，據方苞《欽定四書文》的觀點，卻是在行文結構上有了進一步的變革：

> 隆萬間兼講機法，務爲靈變，雖巧密有加，而氣體荼然矣。……
>
> 隆萬爲明文之衰，必氣質端重、間架渾成，巧不傷雅，乃無流弊；
> 其專事凌駕，輕剽促隘，雖有機趣，而按之無實理眞氣者，不與焉。
>
> 〔註12〕

可見此期作品是以「靈變」、「巧密」的「機法」見長，方苞在評選時需特別從中挑揀出「氣質端重、間架渾成」的篇章，庶幾「巧不傷雅，乃無流弊」。

方氏之不喜歡隆萬八股文，頗有鑑於此期書寫過分著重型式，「專事凌駕，輕剽促隘」，變得「無實理眞氣」；他欣賞的則是渾成端重的正嘉文，因而當他評點隆萬作品時，即經常顯現出這一種態度，例如方氏在論及此期最重要時文作家胡友信時，屢稱其：

> 氣清法老，古意盎然，幾可繼唐、歸之武；所不能似者，唐、歸出
> 之若不經意耳。〔註13〕

〔註10〕 評歸有光〈詩三百一節〉：「化治先輩對比多辭異而意同，乃風氣初開，文律未細。」（《欽定四書文》，頁 87）

〔註11〕 如顧炎武說：「嘉靖以後，文體日變，問之儒生，皆不知八股之何謂矣。」（《日知錄》，卷 16，「試文格式」條）

〔註12〕 〈進四書文選表・凡例〉，《方望溪全集》。

〔註13〕 評胡有信〈天下有道一章〉，《欽定四書文》，頁 246。

體大思精，理眞法老，而古文疎宕之氣、先正清深之韻，不可復見

矣。作者所以不及歸、唐，以此。〔註14〕

認爲正嘉時期唐順之、歸有光的八股文是「渾成」、「不經意」的，而隆萬時期的胡友信儘管「老」於「法」，卻不復可見前輩「古文疎宕之氣、先正清深之韻」，〔註15〕此所以正嘉時期名作終不可及。

三、隆萬時期制義之變革

爲說明此期作品轉變的特色，以下姑列舉數端，仍以《欽定四書文》之相關評點爲例：

（一）機法靈變之技巧

此期方苞評點上的首要特色，特別強調隆萬人之長於機法、務爲靈變，八股文體至此於始臻形式之完熟。〔註16〕例如方氏說：

隆萬間作者專主氣脈貫通，每用倒提總挈之法。〔註17〕

上下照應之法至此乃精，嘉靖以前未有也。〔註18〕

〔註14〕 評胡友信〈雖有其位一節〉，《欽定四書文》，頁265。

〔註15〕 錢禧云：「萬曆癸未以前，會元墨卷多平淡之篇。平淡而兼深古，惟成、弘以
　　　　上有之。正、嘉以來，或兼雄渾、或兼敏妙、或兼圓熟，各自成家，亦各有
　　　　宗派，然皆有平淡之風。癸未以後，或太露筋骨、或太用識見，一時得之，
　　　　似誠足以起衰懦、破雷同，然於平淡兩字相去已遠矣。」（《制藝叢話》引，
　　　　頁233）俞長城曰：「盛集近王、中集近霸。王之道正大和平、霸之道幽深奇
　　　　詭。隆、萬，中集也。……蓋自太倉先生主試，力求峭刻之文，石簣因之，
　　　　遂變風氣。是故丙戌者，王霸升降之會也。」（《制藝叢話》引，頁83）二氏
　　　　皆指出此期文風之遠於「平淡」，發爲「峭刻」及「幽深奇詭」。萬曆間馮夢
　　　　禎言：「余自燥髮習舉業，迨成名至今，不及三十年，而天下之文凡幾變矣。
　　　　一變而爲嘉靖晚年之華靡，再變而爲隆、萬間之刻畫，三變而爲今日之弔詭。」
　　　　即指陳前述之「峭刻」、「奇詭」。

〔註16〕 在方苞前，康熙間黃中堅已論及隆萬文風之「機法巧妙」：「余維帖括一道，
　　　　日新月異，而小題家之變態爲尤甚，要其機法巧妙，至慶、曆諸公而無以加
　　　　矣。邇年以來，選家論文，亦皆崇尚慶、歷。」（〈小題窓稿二集序〉，《蓄齋
　　　　集》，《四庫未收書輯刊》影印清康熙五十年棟華堂刻、五十三年增修本，卷
　　　　13，頁11～12）因玩弄機法，此期乃有截搭題出現，王夫之說：「橫截數語，
　　　　乃至數十語，不顧問答條理，甚則割裂上章連下章極不相蒙之文，但取字迹
　　　　相似者以命題，謂之『巧搭』。萬曆以前無此文字，自新學橫行，以挑剔字影
　　　　弄機鋒、下轉語爲妙悟，以破句斷章、隨拈即是爲宗風，於科場命題，亦不
　　　　成章句。」（《夕堂永日緒論‧外編》，頁11611）

〔註17〕 評馮夢禎，〈其爲人也孝弟一章〉，《欽定四書文》，頁212。

內堅栗而外圓潤，凡虛實分合、斷續之法，無不備矣。〔註19〕

章法之轉運，氣脈之灌輸，如子美七言古詩，開闔斷續、奇變無方，而使讀者口順心怡，莫識其經營之迹。〔註20〕

末節一一回抱，章法最為靈變。其迴環映帶，已大近時趨，存之以誌古法之變。〔註21〕

層次推究，語意渾然。獨拈仁字聯貫前後，乃時文家小數，機法雖熟，體卑而氣索矣。然其經營之周密、局度之渾融，固非淺學所能卒辦。〔註22〕

此期作品之特色，在於使用「倒提總挈」、「上下照應」、「迴環映帶」、以及「虛實分合、斷續」之機法，造成「開闔斷續、奇變無方」、「莫識其經營之迹」的閱讀經驗，這些篇章就文體形式而言雖然「經營周密」、「局度渾融」，但若過度、或刻意重視於技巧，則難免會忽略了做為文章根本的義理性、及情感層面，以至流於「體卑而氣索」。

前面也提及，就正嘉時期的八股書寫來看，前期即已有「易方為圓、章脈貫通」之作法浮現，如方苞評點曰：

未離化治矩矱，而易方為圓，漸為談機法者導夫先路矣。〔註23〕

名搆老格，相因以熟，自不得不思變易。前作摠挈，後作摠收，行之以排疊，運之以英偉，頓覺耳目改觀，亦漸開隆萬風氣矣。〔註24〕

文之鈎勒貫穿，已近隆萬間蹊徑，存此以示文章隨世，而變必有其漸也。〔註25〕

在方苞看來，八股文體「易方為圓」之改變，本為書寫史上「相因以熟，自不得不思變易」、「變必有其漸」的必然發展。後起作品遂開始注重「前作摠挈，後作摠收，行之以排疊，運之以英偉」，講求章脈間「鈎勒貫穿」的圓熟機法。

〔註18〕評黃洪憲，〈身修而后家齊　合下節〉，頁202。

〔註19〕評董其昌，〈知者樂水一節〉，頁225。

〔註20〕評萬國欽，〈舜其大孝也與一章〉，頁257。

〔註21〕評林齊聖，〈設為庠序學校以教之九節〉，頁283。

〔註22〕評吳默，〈知及之一章〉，頁245。

〔註23〕評瞿景淳，〈事君敬其事而後其食〉，頁126。

〔註24〕評周思兼，〈邦君之妻一節〉，《欽定四書文》，頁127。

〔註25〕評陸樹聲，〈修道之謂教　致中和〉，頁132。

　　儘管方苞大致上評價隆萬作品「雖巧密有加，而氣體荼然」，或許為了持論平衡，方苞也在評點中採用王巳山等人的見解，聲明八股文「倒提總挈」、「上下照應」機法之精熟，是一種文體發展上的必然趨勢：

> 自萬曆己丑，陶石簀以奇矯得元，而壬辰蹠之，遂以陵駕之習首咎因之，其實文章之變隨人心而日開。於順題成局相沿已久之後，變而低昂其勢、疾徐其節，亦何不可信？
>
> 能以經傳之理為主，順逆正變，期於恰適肖題，乃為變而不失其正。
>
> 至於任意武斷，槩用倒提，故為串插；於題，則有字而無理，於文，則有巧而無氣。纖佻譎詭，邪態百出，亦不得盡以為創始者之過也。
>
> 〔註26〕

此節引文中主張「文章之變隨人心而日開」，文體所以發展，實與作者書寫、讀者閱讀之需求攸關，因此「於順題成局相沿已久之後，變而低昂其勢、疾徐其節」之改變，就是文體延續上之必然，是一種進步，而非墮落。

　　寫作文章本是為了表意，八股文則是為了演示經義，為了達成這個目的，在表達上只有愈求精緻變化、日新又新，才能保證義理的周密與不朽。然而於此詮釋時之弔詭，往往在於文體技巧（章法）的複雜化，過分趨近於時調，常會使得書寫者及閱讀者率爾遺忘了經典原本該有的「載道」宗旨，〔註27〕變得「纖佻譎詭，邪態百出」。

　　雖然日久難免生弊，但是這卻「不得盡以為創始者之過」，文體形式上的複雜精熟既屬於必然之趨勢，那麼書寫及閱讀的人只能謹記「以經傳之理為主」，才能夠如方苞所說的：「為變而不失其正」。

（二）神韻清微之風格

　　隆萬於形式上既「專主氣脈貫通」、「迴環映帶」，所伴隨而來的風格轉變，

〔註26〕評吳默，〈故大德二節〉，頁258。此段評點前半亦見於《制藝叢話》，頁89～90，然其字句略有出入，此節梁章鉅標為王巳山（步青）之說法：王步青（1672～1751），江蘇金壇人，字罕皆，雍正元年進士，授檢討。

〔註27〕如明末陸世儀抨擊隆萬間童試競為小題，「止取儇慧，不顧義理，不知祖宗取士之意何在」，乃致於「慶、歷之末，人尚虛誇，士習大壞，亦是世代一大升降處。至後而又變為巧搭，破壞聖經，割裂文義，害義傷教，莫此為甚。後生小子都教壞心術，而不知者尤以為巧。有司以之衡文，督學以之課士，習久成俗，漫然不知，甚可歎也。」（《思辨錄輯要》，《景印文淵閣四庫全書》本，卷5，頁10）專注於題面上作文章，所以此期有截搭題的出現，於此「割裂文義」，當然造成經典的支離。

則表現爲清瑩空明的神韻。茲舉方苞相關評點以爲例證：

> 正嘉先輩皆以義理精實爲宗，蔑以加矣，故隆萬能手復以神韻清微
> 取勝，其含毫邈然，固足以滲人心腑。〔註28〕

> 嘉隆渾重體質至此一變，而清瑩空明，毫無障礙，可爲腐滯之藥。
> 〔註29〕

> 題緒雖繁，無一節可脫畧，文能馭繁以簡，毫髮不遺，而出以自然，
> 由其理得而氣清也。〔註30〕

> 無事鉤章棘句，而題之層折神氣畢出，其文情閒逸，顧盼作態，固
> 作者所擅場。〔註31〕

> 股法極變化，情詞極婉轉，後來佳作皆不能出其右。〔註32〕

此期作品之「文情閒逸」與「神韻清微」，將正嘉人過分重視義理層面「渾
重」、「精實」，所不免帶來的「腐滯」一掃而光，而能利用較成熟的文章技
巧創發出「毫無障礙」之「清瑩空明」。尤爲精采的是，他們在擺脫了前期
的腐滯之餘，其狀寫情態心理尚能「神氣畢出」、「含毫邈然」，而足「滲人
心腑」。

這種「以神韻清微取勝」的相關評點於此期所在多見，於此不妨再略舉
幾則以爲說明：

> 公西華非備嘗甘苦不能爲此言，作者體認眞切，故語淡而意深，如
> 脫於古賢之口。〔註33〕

> 情眞語切，足令人怠心昏氣悚然而振。〔註34〕

> 文之清澈廉勁，如刀割塗，可謂生氣見於筆端。〔註35〕

> 空明澹宕，清深而味有餘，粉澤爲工者，當用此以滌濯之。〔註36〕

〔註28〕評顧天埈，〈吾猶及史之闕文也二句〉，《欽定四書文》，頁 244。
〔註29〕評顧憲成，〈盡其心者一節〉，頁 308。
〔註30〕評顧允成，〈是以君子有絜矩之道也　忠信以得之〉，頁 204。
〔註31〕評湯顯祖，〈我未見好仁者一章〉，頁 218。
〔註32〕評歸子慕，〈直道而事人四句〉，頁 250。
〔註33〕評歸子慕，〈公西華曰正唯弟子不能學也〉，頁 226。
〔註34〕評歸子慕，〈四十五十而無聞焉二句〉，頁 230。
〔註35〕評魏大中，〈生之謂性一章〉，頁 306。
〔註36〕評王堯封，〈吾之於人也一章〉，頁 242。

極平淡中，清越疎古之氣，足以愜人心目，非涵養深厚，志氣和平，
不能一時得此。〔註37〕

下筆疎秀，眼前意思，説來卻娓娓動人。〔註38〕

情眞理眞景眞，併聲音笑貌無一不眞，故能令人諷誦不厭。〔註39〕

引文所謂的「情眞語切」、「清深而味有餘」、「情眞理眞景眞，併聲音笑貌無
一不眞」，這種擺脫了腐滯的「體認眞切」，或許正是沿續了正嘉人「融液經
史」之精神而來，這也是隆萬時文的重要發展。

（三）強調書卷，黜舊從新

　　除了「機法靈變」及「神韻清微」是隆萬作品裡的兩大特色，值得注意
的是，此期方苞於評點中也屢屢提及「書卷」之功。隆萬文家在擺脫前期恪
遵傳註的「腐滯」之餘，似乎更加重視了「鎔冶經籍，運以雋思」的根本功
夫，例如方氏評點有云：

其鎔冶經籍，運以雋思，使三句題情上下渾成一片，尤極經營苦心。
〔註40〕

其理則融會六經，其氣則浸淫史漢，其法則無所不備也。〔註41〕

義蘊深闊，匡、劉説經之遺，盡滌此題陳語。〔註42〕

即指出隆萬人對於經史之鎔冶浸淫；〔註43〕此外，方苞也注意到當時不少作
品充滿「書卷味」，如他提及：

雖用巧法，然大雅天成而不傷於纖佻，由其書卷味深而筆姿天授也。

〔註37〕評顧憲成，〈惟仁者爲能以小事大二段〉，頁270。
〔註38〕評沈演，〈東面而征西夷怨　霓也〉，頁274。
〔註39〕評黃洪憲，〈邠人曰四句〉，頁276。
〔註40〕評湯顯祖，〈昔者大王居邠　去之岐山之下居焉〉，頁275。
〔註41〕評鄧以讚，〈禮樂不興二句〉，頁237。
〔註42〕評方應祥，〈唯女子與小人爲難養也一節〉，頁249；引文所指，爲西漢經學家
　　　　匡衡、劉向。
〔註43〕又如鄭蘇年曾提到隆萬時文之佳者「言皆有物」，他說：「讀隆、萬時文，由淡
　　　　而濃，而其淡處愈有味。黃葵陽〈君子和而不同〉文，措語雖淡，而樹義卻極
　　　　精深，如云：『天下國家之事，本非一人之意見，所得附和而強同者，惟平其心
　　　　以待之而已矣；天下萬世之道，本非一己之私心，所能任情而強和者，惟公其
　　　　心以應之而已矣。』前比是大程子之於荊公，後比是朱文公之於陸、陳，言皆
　　　　有物，不知者但以爲淡也。……此於和同互異之處，確然得其指歸，遂能將君
　　　　子心事、學術全身寫出，而鹵莽讀者亦鮮不以爲淡矣。」（《制藝叢話》，頁86）

〔註44〕

> 義法亦人所共知，而敘來嶔崎磊落，非胸無書卷人所能彷彿。〔註45〕

> 詞語雖尚琢鍊，而氣體自與俗殊，以言外尚有書卷之味也。〔註46〕

> 此先輩極風華文字，然字字精確，無一字無來歷，而氣又足以運之，
> 以藻麗爲工者，宜用此爲標準。〔註47〕

方氏認爲作品裡因爲有「書卷味」，讀來「嶔崎磊落」，〔註48〕可以彌補文詞之「琢鍊」、「藻麗」，如此才能「不傷於纖佻」。

《欽定四書文》既做爲官方編定之時文準的，欲「使海內學者於從違去取之介，曉然知所別擇，而不惑於岐趨」，〔註49〕因此方苞於選文時自然強調「以經傳之理爲主」，〔註50〕避而不論隆萬作品義理內容之駁雜。〔註51〕

事實上，明代社會到了正德年間，開始發生重大的思想變化。據學界研究，此期學術思想呈現三方面特色：（一）儒釋道三教合一的「信仰合流」（syncretism）；（二）理學派別中程朱與陸王之論爭；（三）考據學（evidential research）的出現；〔註52〕稱許此期思想界充滿了活力與多樣性。〔註53〕

〔註44〕評湯顯祖，〈民之歸仁也二節〉，頁295。

〔註45〕評顧天埈，〈伊尹相湯以王於天下一節〉，頁297。

〔註46〕評李維楨，〈有布縷之征 緩其二〉，頁312。

〔註47〕評湯顯祖，〈故太王事獯鬻二句〉，頁271。

〔註48〕錢禧曾提及：「萬曆癸未以前，會元墨卷多平淡之篇。平淡而兼深古，惟成、弘以上有之。正、嘉以來，或兼雄渾、或兼敏妙、或兼圓熟，各自成家，亦各有宗派，然皆有平淡之風。癸未以後，或太露筋骨，或太用識見，一時得之，似誠足以起衰懦、破雷同，然於平淡兩字相去已遠矣。」（《制藝叢話》，頁233）認爲萬曆癸未以後，制藝有「太用識見」的弊病，與成弘、正嘉不同。

〔註49〕《欽定四書文》，「聖諭」，頁1。

〔註50〕評吳默，〈故大德二節〉，《欽定四書文》，頁258。

〔註51〕但是方苞在評點啓禎文時，倒是提及「制科之文，至隆萬之季，眞氣索然矣，故金、陳諸家，聚經史之精英，窮事物之情變，而一於四書文發之，義皆心得，言必己出，乃八股中不可不開之洞壑也。」（評金聲〈德行一節〉，《欽定四書文》，頁386～7），認爲「聚經史之精英」，發爲自己的心得，實爲八股文「不可不開之洞壑」。筆者曾指出明代八股文在詮解經義時，有三個階段：首先是恪遵經註，其次則主張多讀書或「以經解經」，最後則是面對「背經」的問題，提出所謂「聖賢意中所必有」、「聖賢之言任人紬繹，而義蘊終無窮盡」的觀點，詳拙著〈談八股文如何詮釋經典〉一文。

〔註52〕Edward T. Ch'ien, *Chiao Hung and the Restructuring of Neo-Confucianism in the Late Ming*（New York: Columbia University Press, 1986），p.1.

〔註53〕Chü-fan Yü, *The Renewal of Buddhism in China: Chu-hung and the Late Ming*

這些思潮的新變，也相對呈現於八股時文的書寫上。例如顧炎武曾論及異說對於儒先傳注之詆毀：「正德末，異說者起，以利誘後生，使從其學。毀儒先，詆傳注，殆不啻弁髦矣。由是學者俍俍然莫知所從，欲從其舊說則恐或生新說，從其新說則又不忍遽棄傳注也。」說明當時新舊說的衝突。

顧氏且云：「至隆慶二年會試，爲主考者厭五經而喜老、莊，黜舊聞而崇新學，首題《論語》曰：『由，誨汝知之乎』一節，其程文破云：『聖人教學者以眞知，在不昧其心而已。』始明以《莊子》之言入之文字，自此五十年間，舉業所用無非釋、老之書矣。」〔註54〕又提及：「嘉靖中，姚江之書雖盛行於世，而士子舉業尚知謹守程、朱，無敢以禪竄聖者。自興化、華亭兩執政尊王氏學，於是隆慶戊辰《論語》程義首開宗門，此後遂浸淫無所底止，科試文字大半勦竊王氏門人之言，陰詆程朱。」〔註55〕可見思想上三教合一的淆亂、理學內部程朱陸王之論爭，也形成此期時文在義理層面的豐富特色。

四、借題諷寓時政

最後尚值一提的是，此期開始出現了借由制藝以諷寓時局之作法。顧炎武已提及：「考試題目多有規切時事，亦虞帝『予違，汝弼』之遺意也。《宋史‧張洞傳》試開封進士賦，題曰：『孝慈則忠』。時方議濮安懿王稱皇事，英宗曰：『張洞意諷朕！』宰相韓琦進曰：『言之者無罪，聞之者足以戒。』上意解。古之人君，近則盡官師之規，遠則通鄉校之論。此義立，而爭諫之塗廣矣。」〔註56〕並臚列天啓、崇禎之間許多影射時事的試題爲例。

然而此作法在運用上，最少可溯至嘉靖癸卯（嘉靖 22 年，1543 年）以前，據梁上治《四勿齋隨筆》的記載：

> 前明葉東園（經）嘉靖癸卯巡按山東，作鄉試「無爲而治」一節題
> 程文，大結內有「繼體之君，未嘗無可承之法，但德非至聖，未免

Synthesis（New York: Columbia University Press, 1981）, p.2.

〔註54〕《日知錄》，卷 18，「破題用莊子」條。王夫之亦提及明人八股「始承禪學之餘，繼以莊、列、管、韓之險澀，已乃效蘇、曾而流於浮冗，迨後則齊、梁浮豔，益趨淫曼。」（王夫之，〈石崖先生傳略〉，《王船山詩文集》，北京：中華書局，1983 年，卷 2，頁 19）著其淵源之混雜。

〔註55〕《日知錄》，卷 18，「舉業」條。高壽仙更認爲陽明心學之流行，是造成此期制藝文風怪誕詭譎的主因。（見氏著〈明代制義風格的嬗變〉，《明清論叢》，第二輯，北京：紫禁城出版社，2001 年 3 月，頁 433）

〔註56〕《日知錄》，卷 16，「題切時事」條。

作聰明以亂舊章」等語，世宗見之大怒，以為譏訕，逮訊斃於杖下。

文字痛快之極，其受禍乃至於此，亦明哲之所譏矣。〔註57〕

時文既涉及時政，其於鄉社考試之影響力自不可小覷，生員社群對於國情之議論一旦被煽動，當然會引發在上位者之不安。

此法到了萬曆以後更為常見，〔註58〕在《欽定四書文》中，方苞曾藉著評點趙南星提出一套詮釋上的說法：

春秋以前，強臣專政者有之，鄙夫橫恣者尚少；秦漢以下，乃有禍人家國者。聖人知周萬物，早洞悉其情狀。作者生有明之季，撫心蒿目，故言之如是其深痛也。〔註59〕

趙氏所論可能無涉於春秋史實，或許是他對時政感到「撫心蒿目」，才會「言之如是其深痛」；但是此處作者對於經典曲解的特例，方苞卻很寬容地說聖人必然「知周萬物，早洞悉其情狀」，賦與了趙氏「藉古諷今」作法於經典詮釋上之合理性。我們可以從這裡留意明清制藝於釋經態度之開放性，不腐滯的經典闡釋，是應該伴隨時代之流衍而能不斷開展、且能深涉於時用的。

然此期「強調書卷」及「借古諷今」的作法，後來也深刻影響了啓禎制藝之風格。

三、隆萬時期之代表作家

方苞說隆萬為「明文之衰」，此期八股文之作者，在方氏看來並未出現像化治、正嘉時期之重要大家。從《欽定四書文》選刊的數量來觀察，此期計收錄

〔註57〕《制藝叢話》引，頁68。

〔註58〕如明萬曆沈德符提及當時士子「工《四書》集句，作時文以譏官長。」（〈蘇州謔語〉，《萬曆野獲編》，下冊，卷26，總頁668）

〔註59〕評趙南星，〈鄙夫可與事君也與哉一章〉，頁248。順治間徐越提及晚明人認為趙氏乃「中有所感激」而發為高論，並舉其文以為證：「趙公南星〈非其鬼而祭之〉二句題後大結云：『藉靈寵於有位，既以諂鬼者而諂人；求憑依於無形，又以諂人者而諂鬼。吾不意世道之競諂，一至於此。』陳百史以為中有所感激為此論者，是也。」康熙間俞長城則稱趙氏以文悲時憫俗：「趙高邑（南星）賦性剛介，不能容物，悲時憫俗，惡佞嫉邪之旨，盡發之於文。其漢視江陵，急攻呈秀，不以權貴易守，不以奄寺骪法，丹心再剖，聽如充耳，削官未已，加以謫戍，著書明道，至死不回。」乾隆間朱仕琇曰：「趙南星〈非其鬼而祭之諂也〉文，最得聖人言表之意。或以為為江陵元輔病，時朝士並走羣望，而作亦非無因。」朱氏雖承認文出「有因」，然最得「聖人言表之意」，詮經與諷世未必相妨（三則引文皆見《制藝叢話》，頁70）。

了 48 位作家共 106 篇作品，這當中以胡友信〔註60〕選了 12 篇、湯顯祖〔註61〕收 7 篇、黃洪憲〔註62〕及陶望齡〔註63〕各 6 篇，算是方苞認爲此期表現較佳的作者。另鄧以讚〔註64〕、孫鑛〔註65〕及許獬〔註66〕三人亦爲當時極重要的時文名手，可惜未獲以正嘉風格爲文體理想的方氏青睞，文後仍一併附論之。

　　崇禎間錢禧曾論及隆萬間八股書寫之分歧，宗派別出：「萬曆癸未以前，會元墨卷多平淡之篇。平淡而兼深古，惟成、弘以上有之。正、嘉以來，或兼雄渾、或兼敏妙、或兼圓熟，各自成家，亦各有宗派，然皆有平淡之風。癸未以後，或太露筋骨、或太用識見……」〔註67〕各家宗派展現出不同的文風；又余長城也有類似看法：「荊川以前以高古精深勝，定宇以前以雄渾博大勝，以後則或取格局、或取神韻，各有宗派。」〔註68〕足見此期八股風格之紛陳。

（一）胡友信

　　先論胡友信，《明史・文苑傳》雖評價他足以與歸有光齊名：「有光制舉業，湛深經術，卓然成大家，後德清胡友信與齊名，世並稱歸、胡。友信博通經史，學有根柢，明代舉子業最擅名者，前則王鏊、唐順之，後則震川、思泉。」〔註69〕然《欽定四書文》似乎並不如此看待胡氏之成就，方苞未稱其「博通經史」，只是嘉許他文氣貫注，堅凝如鑄：

　　　精神一氣貫注，直如鑄鐵所成，筆力之高遠出尋常。（原評）固是一
　　　氣鑄成，仍具渾灝流轉之勢，故局斂而氣自開拓。〔註70〕

　　　惟其理眞，是以一氣直達，堅凝如鑄。〔註71〕

〔註60〕胡友信，字思泉，德清人，嘉靖己酉舉人，隆慶戊辰進士。
〔註61〕湯顯祖，字若士，又字義仍，臨川人，萬曆癸未進士，禮部主事，謫徐聞典
　　　　史，稍遷遂昌知縣。
〔註62〕黃洪憲，字懋中，又字葵陽，秀水人，隆慶丁卯舉人，辛未進士，少詹事。
〔註63〕陶望齡，字周望，又字石簣，會稽人，萬曆乙酉舉人，己丑會元、探花，國
　　　　子祭酒，諡文簡。
〔註64〕鄧以讚，字汝德，又字定宇，新建人。隆慶辛未會元、探花，吏部侍郎，贈
　　　　禮部尚書，諡文潔。
〔註65〕孫鑛，字文融，又字月峰，餘姚人，萬曆甲戌進士，南京兵部尚書。
〔註66〕許獬，字子遜，又字鍾斗，同安人，萬曆辛丑會元，翰林編修。
〔註67〕《制藝叢話》，頁 233。
〔註68〕《制藝叢話》，頁 231。
〔註69〕《明史・文苑三》，卷 287。
〔註70〕評〈小人之使爲國家四句〉，頁 210。
〔註71〕評〈臣事君以忠一句〉，頁 216。

此種「堅凝如鑄」的文氣，或許是來自於股法、虛實及布局之講究。方苞提到胡友信的文章說：

> 股法次第相承，虛實相生，題理盡而文事亦畢，稿中極樸老之作。
> 〔註72〕

> 布局宏闊，理足氣充，在稿中爲極近時作，然實非淺學所易造也。
> 〔註73〕

揭出其「極近時作」，前已提及，方苞進一步從這裡分辨胡文與唐、歸之不同，在於胡友信的寫作頗失造作，未若正嘉文「出之若不經意」，感歎前期「古文疏宕之氣、先正清深之韻，不可復見矣」，〔註74〕認爲胡友信的文章雖然「氣清法老」，居於隆萬之首，惜其終究「不能似」，無法與歸、唐相提並論。

（二）湯顯祖

此期名家之次位，當屬湯顯祖，方苞於評點時提及他能「鎔冶經籍，運以雋思」、且博涉典故，「字字精確，無一字無來歷」：

> 一丘一壑，自涵幽趣，令人徘徊而不能去；其鎔冶經籍，運以雋思，使三句題情上下渾成一片，尤極經營苦心。〔註75〕

> 太史公增損《戰國策》，有高出於本文者，非才氣能勝，以用心之細也。此文之過於孫作亦然。〔註76〕

> 此先輩極風華文字，然字字精確，無一字無來歷，而氣又足以運之，以藻麗爲工者，宜用此爲標準。〔註77〕

可見湯氏文章非但鎔冶經籍、也吸收了時文名作之精華，將以錘鍊改寫，還能憑藉博雅之書卷典故爲其基礎，字字精確有據。〔註78〕

〔註72〕 評〈聖人之於天道也〉，頁 311。
〔註73〕 評〈天地位焉二句〉，頁 254。
〔註74〕 評〈雖有其位一節〉，頁 265。這大概與前面引文提到胡友信「堅凝如鑄」的風格有關，《書香堂筆記》亦論及他有「以疏爲密」的作風（引見《制藝叢話》，頁 80）。
〔註75〕 評〈昔者大王居邠　去之岐山之下居焉〉，頁 275。
〔註76〕 評〈父爲大夫八句〉，頁 259。
〔註77〕 評〈故太王事獯鬻二句〉，頁 271。俞長城曾提及湯氏擅於運用駢文手法寫制藝，大概也就是方氏此處所指的「以藻麗爲工者」，俞氏曰：「湯義仍《玉茗堂制義》，擇理精醇而出之以名雋，以六朝之佳麗，寫五子之邃奧，足以自名一家。」（《制藝叢話》，頁 74）
〔註78〕 王夫之也提到湯顯祖的博學，曰：「不博極古今四部書，則雖有思致，爲俗輮

　　湯顯祖的文章除了有學問，更在局陣之奇縱變化中，展現出一番「神氣畢出」的閒逸高格，方氏說他：

　　　　無事鈎章棘句，而題之層折神氣畢出，其文情閒逸，顧盼作態，固
　　　　作者所擅場。〔註79〕

　　　　用意深穩，而局陣層層變換，如神龍在空，噓氣成雲，後來奇縱之
　　　　作皆爲籠罩。〔註80〕

強調湯氏文章之具有層次感，雖然無事於「鈎章棘句」，卻能夠變化生新，「如神龍在空」。但有時方苞也說他的文章「窮極工巧」，幸未失於「纖佻」，其相關評點又如：

　　　　局勢通博，一句一字，窮極工巧，感慨反覆，意味悠然。〔註81〕

　　　　雖用巧法，然大雅天成而不傷於纖佻，由其書卷味深而筆姿天授也。
　　　　〔註82〕

認爲湯顯祖文章雖用巧法，但是「大雅天成」，不傷於「纖佻」之造作，這還多虧了他的「書卷味深」，能以博雅內容彌補文章裡對於技法之偏重。

　　　　活套所淹殺，止可求售於俗吏，而牽帶泥水，不堪把取：……不但入理不眞，
　　　　且接縫處古調、今腔兩相黏合，自爾不相浹洽；縱令摶成，必多敗筆。趙儕
　　　　鶴、湯義仍、羅文止，何嘗一筆倣古？而時俗輥套，脫盡無餘，其讀書用意
　　　　處別也。」（《夕堂永日緒論・外編》，頁11603）
〔註79〕　評〈我未見好仁者一章〉，頁218。徐存菴曾論及湯氏文章之生動，批評其作
　　　　法於「代聖立言」層面未必得當，徐氏說：「湯臨川〈不有祝鮀之佞〉文後段
　　　　云：『在朝廷而不佞，難以終寵，即儕黨之間，不佞不足以全其身；處怨敵而
　　　　不佞，難以巧全，即骨肉之際，不佞不足以全其愛。』此數語，發揮末流情
　　　　弊痛快極矣，然以代聖言，恐失之過也。」（《制藝叢話》，頁75）
〔註80〕　評〈左右皆曰賢未可也〉，頁273。
〔註81〕　評〈其君子實玄黃於匪四句〉，頁287。王夫之也提到湯顯祖在用字上的精
　　　　能：「非此字，不足以盡此意，則不避其險；用此字，已足盡此義，則不厭
　　　　其熟。言必曲暢而伸，則長言而非有餘；意可約略而傳，則芟繁從簡而非
　　　　不足。稚川南、湯義仍諸老所爲獨絕也。」（《夕堂永日緒論・外編》，頁11602）
　　　　方苞說湯氏文章「窮極工巧」，這一態度與他主張「以盡學於前輩之不盡」
　　　　的當代文學觀攸關，如俞長城曾提到湯氏看重許獬文，俞氏曰：「東鄉、固
　　　　城評鍾斗文，皆嫌其盡，湯若士獨曰：『同安學王、錢，王、錢之派至同安
　　　　而盡洩。夫學王、錢者，非學其簡樸也。王、錢妙於不盡，鍾斗妙於盡。
　　　　鍾斗以盡學王、錢之不盡，亦猶永叔以盡學史公之不盡。是故善學前人者，
　　　　未有過於二公者也。』」（《制藝叢話》，頁87）這也正是隆萬文與前期之不
　　　　同。
〔註82〕　評〈民之歸仁也二節〉，頁295。

（三）黃洪憲

復次，介紹黃洪憲。黃氏於慶曆間被視爲「制義正宗」，〔註83〕《欽定四書文》對其文章之評論，首先是指出「上下照應之法」的精熟，方苞說：

> 上下照應之法至此乃精，嘉靖以前未有也，然皆於實理發揮，自然聯貫，是謂大雅。後人徒求之詞句間則陋矣。〔註84〕

> 周密老成，通篇筆力亦勁。〔註85〕

> 實處發義，虛處傳神，章法極精，筆陣亦古。〔註86〕

強調黃洪憲文章可見「虛實」、「照應」之「周密老成」。這種文體結構（章法）上的精密，並非「徒求之詞句間」的膚陋，而是「自然聯貫」。（換言之，黃文不僅具備法式的周密貫攝，且能超越於法式之造作拘束，〔註87〕這正是方苞在評點八股文時反覆強調的創作觀點。）

除了章法精熟、周密老成以外，黃洪憲也擅於狀寫「神韻」之「清微」，使讀者諷誦不厭，例如方苞評曰：

> 情眞理眞景眞，併聲音笑貌無一不眞，故能令人諷誦不厭。〔註88〕

> 於和同互異處確有指歸，君子心事學術全身寫出，文亦純粹無疵。
> 〔註89〕

可見黃氏不僅具備縝密的佈局筆法，其文章中更寓有眞切之情感投射，所以說他能將「君子心事學術全身寫出」，〔註90〕彷彿「聲音笑貌無一不眞」。

〔註83〕 俞長城提及：「慶曆間，浙中有二黃，嘉禾黃葵陽（洪憲）、武林貞父（汝亨），並堪爲制義正宗。」（《制藝叢話》，頁85）

〔註84〕 評〈身修而后家齊　合下節〉，頁202。

〔註85〕 評〈生財有大道一節〉，頁208。

〔註86〕 評〈季文子三思而後行一節〉，頁223。

〔註87〕 同樣的概念，又如凌義遠《名文探微》云：「《葵陽全稿》無一陳言，蓋錘鍊之極，而不以修飾爲工，誠修辭之體要也。」（引見《制藝叢話》，頁232）既說黃洪憲文章是合於法式的「錘鍊之極」，又要說他「不以修飾爲工」、超越於法式之上。

〔註88〕 評〈邻人曰四句〉，頁276。

〔註89〕 評〈君子和而不同〉，頁238。

〔註90〕 文章既要狀寫出學術與心境，是需要融攝經籍之功的，這也是明清八股文「代聖立言」的理想。又如鄭蘇年提及：「讀隆、萬時文，由淡而濃，而其淡處愈有味。黃葵陽〈君子和而不同〉文，措語雖淡，而樹義卻極精深，如云……前比是大程子之於荊公，後比是朱文公之於陸、陳，言皆有物，不知者但以爲淡也。又云……此於和同互異之處，確然得其指歸，遂能將君子心事、學術全身寫出，而鹵莽讀者亦鮮不以爲淡矣。」（《制藝叢話》，頁86）對於經籍

　　方苞雖未論及黃洪憲對於義理之詮說如何，然王夫之卻說過：「良知之說充塞天下，人以讀書窮理為戒，故隆慶戊辰會試〈知之為知之，不知為不知〉文，以不用《集註》。由此而求之一轉取士，教不先而率不謹，人士皆束書不觀。無可見長，則以撮弄字句為巧，嬌吟蹇吃，恥笑俱忘。……乃至市井之談俗醫、星相之語，如精神命脈、遭際探討，總之大抵不過是何污目聒耳之穢詞，皆入聖賢口中，而不知其可恥。此嘉靖乙丑以前，雖不雅馴者亦不至是。湯賓尹以淫娟小人，益鼓其焰，而燎原之火，卒不可撲。實則田一儁、黃洪憲，倡之於早也。」〔註91〕認為隆慶戊辰以後拋棄《集註》、束書不觀、「以撮弄字句為巧」、高談闊論之歪風，實由黃氏倡之於早。

（四）陶望齡

　　復次，介紹陶望齡。《欽定四書文》中對於陶文之評點，屢稱其擅長於依題點化，文氣簡勁，方苞評語說他：

　　　　點化題面手法靈絕，更有峭勁之氣遊溢行間。〔註92〕

　　　　抉題之堅，理精詞卓，其中有物，故簡而彌足。〔註93〕

　　　　鍊局甚緊，運題甚活，全於入脈處、過渡處、結束處著精神。〔註94〕

可見陶望齡「運題甚活」，言之有物，理精詞卓，特別能於佈局上錘鍊、「點化靈絕」，使文章「峭勁」、「著精神」。

　　由於「鍊局」，陶望齡制藝之風格，難免呈現出一股緊密沉渾的奇矯氣骨，〔註95〕誠如《欽定四書文》所載的：

之指歸愈深入，愈能將自我的深情厚意投射於聖人之處境，而不斷提昇自我的涵養，超凡入聖。

〔註91〕　《夕堂永日緒論‧外編》，頁 11597-8。

〔註92〕　評〈子問公叔文子一章〉，頁 239。

〔註93〕　評〈君子無眾寡一段〉，頁 253。梁葆慶曾提及陶望齡「簡而彌足」、「似淡而實美」的風格，他說：「陶石簣評湯霍林文云：『世之評文者，類言好醜而莫言內外，子獨以內外分好醜，可謂發千古未發之秘。蓋外膏內枯，文之下也；外枯內膏，文之上也。昔坡老好淵明之詩，以為質而實綺，癯而實腴。且曰："佛言食蜜，中邊皆甜，人能分別其中邊者，百無一也。"文之內外，其能辨之者寡矣。湯君之文，所謂外枯而內膏，似淡而實美者。』嗚呼！此不但評霍林文，直石簣先生自述其文矣。」（《制藝叢話》，頁 89）

〔註94〕　評〈聖人之行不同也合下節〉，頁 299。

〔註95〕　如王巳山曾提到陶望齡文章之奇矯：「自萬歷己丑，石簣以奇矯得元，而壬辰踵之，遂以陵駕之習首咎因之。其實文章之變，隨人心而日開，於順題成局，相沿已久之後，變而低昂其勢、疾徐其節，亦何不可？」（《制藝叢話》，頁 89）

文會意合，發打成一片沉渾嚴緊，力引千鈞；若敘過引言，另起此謂，局便散矣。要知爭關奪臨俱在前半，後只收束完密。〔註96〕

打疊一片，處處緊密而勢寬氣沛，故爲難及。〔註97〕

可知陶氏文章之佳處，多具有「打疊一片」、「處處緊密」、「力引千鈞」的勁峭氣勢，爲他人所難以企及。

俞長城認爲陶望齡行文之奇矯峭刻，恰好代表「王、霸升降之會」，開啓了隆萬制藝「幽深奇詭」的風格，俞氏曰：「盛集近王，中集近霸。王之道正大和平，霸之道幽深奇詭。隆、萬，中集也。然癸未以前，王之餘氣；己丑以後，霸之司權。蓋自太倉先生主試，力求峭刻之文，石簣因之，遂變風氣。是故丙戌者，王、霸升降之會也。」〔註98〕當然，陶氏作風也終結了正嘉以前「正大和平」的「王道」，此所以方苞要稱隆萬爲「明文之衰」了。

（五）鄧以讚

復次，評介鄧以讚。鄧氏於隆萬制藝史是極重要的文家，凌義遠《名文探微》認爲「定宇、月峯醇雅博厚，元氣渾然，允爲隆、萬之冠。」〔註99〕衛廷琪《文行集》則盛讚鄧以讚是「文章中興」，〔註100〕可是《欽定四書文》中卻僅收錄了鄧文三篇，方苞評語稱其「融會六經」、「依註作疏」，洞澈原委、剖析精詳：

禮樂刑罰交關處，洞澈原委，剖析精詳。其理則融會六經，其氣則浸淫《史》、《漢》，其法則無所不備也。〔註101〕

〔註96〕 評〈孟獻子曰一節〉，頁209。

〔註97〕 評〈民事不可緩也三節〉，頁282。

〔註98〕 《制藝叢話》，頁83。儲欣也生動地形容陶文的霸氣：「前朝會元，自王太倉來，奄奄不振，雖盛名如鄧、馮，能跳出昆吾派圈子乎？石簣先生獨奮其風氣，一拳搥碎，一腳踢翻，抗手太倉而欲出其上，何其勇也。」（《制藝叢話》，頁238）

〔註99〕 《制藝叢話》，頁232。

〔註100〕 《文行集》云：「嘉靖十五元，論者謂壬辰、乙未乃古今分別之際，胡之繼瞿，風度相似，後此五元，瑜不勝瑕。乙丑會元陳棟，當浮蔓之餘，以沖夷細密，穎然獨見，當頡頏瞿、許。隆慶辛未，棟取雋鄧定宇，文章中興，莫盛於此。」（《制藝叢話》，頁234）

〔註101〕 評〈禮樂不興二句〉，頁237。梁章鉅也盛讚鄧文之「深厚爾雅」、「融貫六經」，梁氏說：「王耘渠曰：『鄧文潔〈禮樂不興則刑罰不中〉文，實實能從禮樂不興內講出刑罰不中之故，深厚爾雅，無一語書生氣，卻無一語宦稿氣。前朝諸公之於此道，其精神實有足以不朽者。或謂八股終有廢時，斷不然也。』

　　肖題立格，依註作疏，氣體高閌，肌理縝密，前代會元諸墨，當以

　　此爲正軌。〔註102〕

可見鄧以讚是「理詞氣」兼具之名家；於理能守經遵註、加以「融會」，於氣能法《史》、《漢》之「高閌」，於詞章鋪排則「無所不備」、「肌理縝密」。方苞甚至以鄧氏文章代表明代會元諸墨之「正軌」。

　　此外，《欽定四書文》又說鄧以讚文章「矩度不失尺寸」，動中規矩：

　　矩度不失尺寸，氣味深恬，囂張盡釋，以中字作眼尤有歸宿，與程

　　文先透質字，同是精神結聚處。〔註103〕

風格上則發爲「氣味深恬，囂張盡釋」之氣象。〔註104〕

　　然徐存菴也指出，鄧以讚的行文風格始開隆萬「圓熟」之機，他說：「嘉靖以前，文以實勝；隆、萬以後，文以虛勝。嘉靖文轉處皆折，隆、萬始圓，圓機，田、鄧開之也，後漸趨於薄矣；嘉靖文妙處皆生，隆慶、萬曆始熟，熟調，湯、許開之也，後漸入於腐矣。」〔註105〕隆萬末流之文弊既以其爲始作俑者，方苞對於鄧氏作品的忽視，自然也在情理之中了。

（六）孫　鑛

　　復次，評介孫鑛。孫氏於隆萬制藝史曾是重要文家，凌義遠《名文探微》認爲他「醇雅博厚，元氣渾然，允爲隆、萬之冠。」〔註106〕然《欽定四書文》卻僅收錄了孫氏作品一篇而已，方苞之評點說：

　　按：文潔文講下云……，是先從正面寫出相因之理；後幅云……，又從刑罰

　　中想出禮樂精蘊，眞是融貫六經之文。」（《制藝叢話》，頁85）

〔註102〕評〈生財有大道一節〉，頁207。

〔註103〕評〈先進於禮樂一章〉，頁234。

〔註104〕張惕菴曾論及鄧以讚的清新風逸，一新嘉靖末年之蕪靡，張氏說：「時義至
　　　　嘉靖末年蕪靡極矣，陳公棟出而振之，其文含華于樸，字字清新。嗣是如
　　　　田鍾斗之沖恬，鄧定宇之風逸，若一轍焉，以陳公爲之倡也。」（《制藝叢
　　　　話》，頁80）此外，俞長城也引述有論者稱鄧文爲「無心於巧」，俞氏曰：「禾
　　　　中老者言，黃葵陽出會闈，自決第一，聞江右有坐關三年者，往叩其文，
　　　　爽然自失，即定宇先生也。江陵於闈中擬議二公，因次藝抑葵陽，然葵陽
　　　　不如定宇，不僅在是。評者云：『黃有意於奇，鄧無心於巧，是謂得之。』
　　　　讀〈定宇傳〉，所學在於能養。嘗言《乾》之六爻，不難於飛而難於潛，生
　　　　平出處進退皆以養勝。故知文之矜屬高卓，志在必得者，乃不如定宇者也。」
　　　　（《制藝叢話》，頁235）退卻蕪靡，洗盡鉛華，當然需有修養之功，此故才
　　　　稱「囂張盡釋」。

〔註105〕《制藝叢話》，頁87。

〔註106〕《制藝叢話》，頁232。

筆力古勁，章法渾成，作者文當以此篇爲最。〔註107〕

指出此篇〈子張問十世一章〉是孫鑛最好的作品，其特色爲「筆力古勁，章法渾成」。值得注意的，王耘渠曾經同樣評論過孫氏此篇，王氏曰：

孫月峯先生手評經史古文，何啻萬卷？惟〈子張問十世〉章文，波勢雄奇，足徵所自，而他作多不稱此，反開軟熟法門，元墨尤劣，何也？〔註108〕

說孫鑛其他作品「反開軟熟法門」，〔註109〕於此篇之「波勢雄奇」不稱，這或許也就是方苞僅選錄此篇的原因吧。

（七）許 獬

繼之評介許獬。衛廷琪《文行集》稱許氏「性警敏，好讀書，雖寢食未嘗廢卷。爲文根究諸儒之說，名重東南，萬曆辛丑冠禮闈。」〔註110〕然《欽定四書文》亦祇收錄了許氏作品一篇而已，方苞在評點說：

所惡於鍾斗之文者，以其老鍊而近俗也，此篇則氣頗清眞，平淡中自有變化，特錄之以示論文宜有灼見，不可偏執一端。〔註111〕

明白表示他不喜歡許獬的文風，以其「老鍊而近俗」，故只選輯了此篇「氣頗清眞，平淡中自有變化」的作品，以示論文「不可偏執一端」。

許氏於明代制藝史上的地位，其實並不在此類「清眞」之作，據徐存菴的說法：「嘉靖以前，文以實勝；隆、萬以後，文以虛勝。嘉靖文轉處皆折，

〔註107〕評〈子張問十世一章〉，頁213。

〔註108〕《制藝叢話》，頁87。王耘渠也提到孫鑛有承於瞿景淳之圓熟：「瞿昆湖景淳《『天子一位』六節》文，鍊格鍊意，不著一詞以障其間，故格整而意自圓，意密而氣愈渾，使昆湖文盡如是，何愧大家？惜其趨向圓美，過於成熟，以會元爲風氣之歸，使後人揣摩利便，遂於斯道別成一小宗。嗣之爲月峯、具區猶可也，降至霍林、求仲，則於圓熟中益之以蕪穢之詞、庸靡之調，而爲此道詬病者，遂波及先生矣。」（《制藝叢話》，頁77）此一脈名家於行文技巧不斷深求，遂別成一小宗，其末流竟演至「蕪穢之詞、庸靡之調」，故爲文家所詬病。

〔註109〕此所謂「軟熟法門」，在王夫之看來頗有可取之處，王氏說：「孫月峰以紆筆引伸搖動，言中之意安詳有度，自雅作也：乃其晚年論文，批點《攷工》、《檀弓》、《公》、《穀》諸書，別出殊異語以爲奇陗，使學者目眩而心熒，則所損者大矣。萬曆中年，杜□嬌澀之惡習，未必不緣此而起。」（《夕堂永日緒論‧外編》，頁11596）稱許孫文「以紆筆引伸搖動」的「安詳有度」，卻不喜歡他晚年文風趨於「奇陗」之轉變。

〔註110〕《制藝叢話》，頁238。

〔註111〕評〈敢問交際何心也一章〉，頁303。

隆、萬始圓，圓機，田、鄧開之也，後漸趨於薄矣；嘉靖文妙處皆生，隆慶、萬曆始熟，熟調，湯、許開之也，後漸入於腐矣。」〔註112〕許獬始將嘉靖以來文風由「生」轉「熟」，其後乃「漸入於腐」，故爲文家所不取。

　　此所謂由「生」轉「熟」，湯顯祖則說許獬「以『盡』學前輩之『不盡』」，是文體史上必然之發展趨勢。據俞長城曰：「古文之盡，莫如歐陽永叔；時文之盡，莫如許鍾斗獬。萬物始而含孕，繼而發榮，終而爛漫，其必趨於盡者，勢也。惟善用盡者，足以持之。永叔之文盡矣，而骨力峭拔、風度委折，使人不覺其盡；鍾斗之文亦盡，而遒鍊古腴，人又不厭其盡也，鍾斗其時文中之永叔乎？東鄉、固城評鍾斗文，皆嫌其盡，湯若士獨曰：『同安學王、錢，王、錢之派至同安而盡洩。夫學王、錢者，非學其簡樸也。王、錢妙於不盡，鍾斗妙於盡。鍾斗以盡學王、錢之不盡，亦猶永叔以盡學史公之不盡。是故善學前人者，未有過於二公者也。』」〔註113〕俞氏稱許獬文如歐陽修「善用盡」，其爲文「遒鍊古腴，人又不厭其盡也」。所引湯顯祖的說法，非僅說明隆萬人與正嘉以前之不同，也迂迴地指出這兩期風格之間，既背道而馳卻又相互繼承之關係。

　　王夫之曾具體指出明代制藝有「三變」，許獬足爲隆萬時風之代表，船山於其《夕堂永日緒論》提及：

　　　　四大家未立門庭以前，作者不無滯拙，而詞旨溫厚，不徇詞以失意。

　　　　守溪起，既標格局，抑專以遒勁爲雄，怒張之氣，由此而濫觴焉。

　　　　及文鈔盛行，周□峰、王荊石始一以蘇、曾爲衣被，成片鈔襲，有文字而無□義：至陳（棟）傅（夏器）而極矣。

　　　　隆萬之際，一變而愈之於弱靡，以語錄代古文、以填詞爲實講、以杜撰爲清新、以俚語爲調度、以挑撮爲工巧。若黃貞父、許子遜之流，吟舌嬌澀，如鴟鴞學語，古今來無此文字，遂以湮塞文人之心者數十年。語錄者，先儒隨口應答、通俗易曉之語，其門人不欲潤色失眞，非自以爲可傳之章句也；以爲文，而更以浮屠半吞不吐之語參之，求文之不蕪穢也，得乎？

　　　　文凡三變，而其依傍以立戶牖。己心不屬，則一而已矣。萬曆之季，

〔註112〕《制藝叢話》，頁87。

〔註113〕《制藝叢話》，頁87。

　　李愚公始以堅蒼驅輭媚、方孟旋始以流宕散俗冗，稍復雅正之音。
〔註114〕
指出隆萬文章之「弱靡」，且有「以語錄代古文、以填詞爲實講、以杜撰爲清新、以俚語爲調度，以挑撮爲工巧」〔註115〕的特徵，並以黃汝亨〔註116〕、許獬爲例，說他們「吟舌嬌澀，如鴝鵒學語」的歪風，「湮塞文人之心者數十年」，這種惡習直到萬曆末年李若愚〔註117〕、方應祥〔註118〕出，始導正之，「稍復雅正之音」。

五、結　論

　　綜合前面所述，本篇論文乃欲藉由方苞《欽定四書文》爲主要分析文本，考察明朝隆慶、萬曆間八股文之特色。如此做法有幾個好處：一方面研究者可以貼近文本來理解當時的書寫情形；另一方面，藉由此書的評點，我們比較容易理解清代古文家（如方苞）怎麼評價時文、及詮釋相關問題（文章之「義」與「法」）；再者，方氏評點中也具現了明代八股文史的觀點。

　　方苞認爲明代八股文到了隆萬時期由盛轉衰，在文體型式上重視「講機法，務爲靈變」，但是總體而言「雖巧密有加，而氣體茶然矣」，因此他於此期選文之標準爲：「必氣質端重，間架渾成，巧不傷雅，乃無流弊」。

　　近一步分析隆萬八股書寫之變化，筆者提出此期行文特色大致有四：一、講求機法靈變、專主氣脈貫通；二、展露神韻清微之風格；三、強調書卷之功，義理方面轉爲黜舊從新之駁雜；四、逐漸有借題諷寓時政之篇章出現，表現出積極用世的關懷。

　　論文裡並舉了隆萬時期重要時文作家加以評介，此期八股文壇大致是宗派別出、風格紛陳：「或兼雄渾、或兼敏妙、或兼圓熟，各自成家，亦各有宗派」，即以《欽定四書文》選了最多篇的胡友信而言，方氏雖稱其股法、布局之精，然也感慨正嘉以前「古文疏宕之氣、先正清深之韻，不可復見矣」。〔註119〕其

〔註114〕《夕堂永日緒論・外編》，頁 11594-5。

〔註115〕王夫之曾特別提到許獬「以俚語爲調度」的「昧心」，船山曰：「當萬曆中年，俚調橫行之下，有張君一（以誠），雖入理未深，而獨存雅度。君一與許子遜同時，昧心之作，至子遜而極。」（《夕堂永日緒論・外編》，頁 11595）

〔註116〕黃汝亨，字貞父，仁和人，萬曆辛卯舉人，戊戌進士，江西參議。

〔註117〕李若愚，字愚公，漢陽人，萬曆己未進士。

〔註118〕方應祥，字孟旋，歸安人，萬曆丙午舉人，丙辰會元。

〔註119〕從《欽定四書文》評點來看，方苞於正嘉及啓禎期，皆強調當日有「古文之法」，獨獨在隆萬期闕如，顯然方氏未必認爲從正嘉至啓禎，「以古文爲

評價能在當日與歸有光並稱之胡氏猶持論如此，更遑論「圓熟」文風始作俑者之鄧以讚、「反開軟熟法門」之孫鑛、「老鍊而近俗」的許獬等人了。

　　清雍正間王汝驤嘗論及鄧以讚等八股作家，稱美他們：「深厚爾雅，無一語書生氣，卻無一語宦稿氣。前朝諸公之於此道，其精神實有足以不朽者。或謂八股終有廢時，斷不然也。」〔註120〕今日如欲研究明代經學與文學之流變，想要揣摩當時社會對於經典的體會及詮釋，嘗試分析前人對於文法審美之講求，那麼重拾起這些曾被一時廢棄的八股作品，仔細閱讀，應當是會有所助益的吧。

附錄：隆萬時期代表作品舉隅

　　爲取便說明隆萬時期八股文之遒密、貫通，又限於論文體例及字數，此處僅抄錄一篇代表作品以爲例證。

〈身修而后家齊　合下節〉　　　黃洪憲

惟天下無身外之治，則知天下無身外之學矣。【破題：涵括題旨】

夫一身修，而齊治均平，胥有賴焉；（修身：題目前半截）

信乎修身之學，無貴賤一也。（壹是皆以修身爲本：題目後半截）

而君子當先務矣。【承題】

且夫大學之道，皆非外身而爲之也，有爲身而設者、有自身而推者，

而本末先後辨焉：【原題：説明出處】

先其本，而天下之道備矣。【起講：回返題旨，著一「本」字】

何則？

格致誠正，皆所以修身。【入題：由格致誠正説起】

而吾身，此理也：

推之于民，亦此理也。【一二比】

誠能愼厥身修，而表正之基，已端于在我：

則儀刑自近，而親睦之化，用協于一家。【三四比】

時文」的作風是延續發展的（雖然就唐宋古文運動的内在理路而言，的確
蘊含了「陳言務去」之重辭傾向、「文窮而後工」之重視主體精神的呈現）。
龔篤清《明代八股文史探》關於隆萬期之論述，幾乎以「古文與八股文之
融合」爲其主要觀點，必須指出龔説雖富新意，然未必契合於桐城文家方
苞的觀點。

〔註120〕《制藝叢話》，頁85。

由是家齊，而后國可治焉，治以此身而已矣；

國治，而后天下可平焉，亦平以此身而已矣。【五六比】

蓋天下國家，皆非身外物也，物理相因，而莫非一身之聯屬；

故齊治均平，皆非身外事也，事爲有漸，而要皆愼修之緒餘。【七八比】

此古之明德于天下者，必有所先也。

即是觀之，而修身之學，非天下之大本乎？（扣住起講之「本」字發揮）

是故上自天子之尊、下而至于庶人之賤也，

其位雖異，而成己成物之責，實合上下而攸同；

故其分雖殊，而端本善則之功，當盡尊卑而一致。【九十比】

天子有天下者也，

然必家齊、國治、而后天下平焉；

則刑于之道，當又有始，而所以篤近舉遠者，一本諸身而已矣。

觀天子，而下焉者可知也。【出股】

庶人有家者也，

然惟家齊，而可以治國、平天下焉；

則身先之，化不止于家，而所謂邇之可遠者，皆本諸身而已矣。

觀庶人而上焉者，又可知也。【對股】

道隨分盡，而一身實萬化之原；

事以勢殊，而愼修爲作則之本。【十一十二比：歸結題旨】

此大學之道，所以先修身也。

既知修身爲先務，而格致誠正之功，其可以或后哉！【回應入題，重申具體實踐之工夫論】

進一步來分析黃氏此篇，題目全文涵括了「身修而後家齊，家齊而後國治，國治而後天下平。 自天子以至於庶人，壹是皆以修身爲本」等字面，前面半截少了「物格而後知至，知至而後意誠，意誠而後心正，心正而後身修」，題目後面則是「自天子以至於庶人，壹是皆以修身爲本」完整的一節。因此這篇文章在前半（「七八比」），緊扣住一「身」字發揮，僅稍微帶過「格致誠正」；在文章後半，則繞著一「本」字闡述。

　　就文章表現而言，黃氏此篇義理之展開仍遵照章句題面，未見「任意武斷，槩用倒提」之跡，且行文對比優美、變化多端，遣詞甚平暢清微，令人諷誦再三，足徵其筆下功力。《欽定四書文》評點此篇曰：「上下照應之法，至此乃精，嘉靖以前未有也。然皆於實理發揮，自然聯貫，是謂大雅。後人徒求之詞句間，則陋矣。」特別標舉其「自然聯貫」。從這篇例文的貫通舒展，今人自可以窺見隆萬作品「氣清法老」之精彩。

參考文獻

（一）傳統文獻

1. 湯顯祖撰、徐朔方箋校：《湯顯祖全集》（北京：北京古籍出版社，1999年1月）。

2. 沈德符：《萬曆野獲編》（北京：中華書局，1997年10月）。

3. 陸世儀：《思辨錄輯要》（《景印文淵閣四庫全書》本）。

4. 顧炎武：《原抄本日知錄》（臺北：文史哲出版社，1979年4月）。

5. 王夫之：《夕堂永日緒論・外編》，收入《船山全書》（15）（長沙：嶽麓書社，1995年6月）。

6. 毛奇齡：《西河集》（《景印文淵閣四庫全書》本）。

7. 魏禧撰、胡守仁等校點：《魏叔子文集》（北京：中華書局，2003年6月）。

8. 呂留良輯評：《晚邨天蓋樓偶評》（《四庫禁燬書叢刊》影印清康熙刻本）。

9. 戴名世撰、王樹民編校：《戴名世集》（北京：中華書局，1986年2月）。

10. 方苞：《欽定四書文》（《景印文淵閣四庫全書》本）。

11. 方苞：《方望溪全集》（台北：河洛圖書出版社，1976年3月）。

12. 張廷玉等：《明史》（北京：中華書局，1997年）。

13. 王步青：《巳山先生文集》（《四庫全書存目叢書》影印清乾隆敦復堂刻本）。

14. 袁守定：《佔畢叢談》（《四庫未收書輯刊》影印清光緒十二年刻本）。

15. 梁章鉅撰、陳居淵點校：《制藝叢話》（上海：上海書店，2001年12月）。

16. 鄭獻甫：《制藝雜話》（收入《補學軒文集續刻》，《近代中國史料叢刊續編》影印清同治十一年刊本）。

17. 劉熙載：《藝概》（臺北：金楓出版公司，1986年12月）。

（二）近人論著

1. 盧前：《八股文小史》（上海：商務印書館，1937年5月）。

2. 王凱符：《八股文概說》（北京：中國和平出版社，1991年8月）。

3. 啓功等：《說八股》（北京：中華書局，1994 年 7 月）。

4. 田啓霖編：《八股文觀止》（長春：海南出版社，1996 年 2 月）。

5. 張中行：《〈說八股〉補微》，收入《張中行作品集》（北京：中國社會科學出版社，1997 年 6 月），頁 639～651。

6. 張中行：《閑話八股文》（瀋陽：遼寧教育出版社，1998 年 9 月）。

7. 吳承學：〈明代八股文〉，《中國古代文體形態研究》（武漢：湖北教育出版社，2000 年 9 月），頁 174～251。

8. 高壽仙：〈明代制義風格的嬗變〉，《明清論叢》，第二輯（朱誠如、王天有主編，北京：紫禁城出版社，2001 年 3 月），頁 428～439。

9. 黃強：《八股文與明清文學論稿》（上海：上海古籍出版社，2005 年 7 月）。

10. 龔篤清：《明代八股文史探》（長沙：湖南人民出版社，2005 年 9 月）。

11. 龔篤清：《八股文薦賞》（長沙：嶽麓書社，2006 年 8 月）。

12. 涂經詒撰、鄭邦鎮譯：〈從文學觀點論八股文〉，《中外文學》，第 12 卷第 12 期（1984 年 5 月），頁 167～180。

13. 葉國良：〈八股文的淵源及其相關問題〉，《臺大中文學報》，第 6 期（1994 年 5 月），頁 39～58。

14. 蕭惠琴：〈明代中晚期（嘉靖——萬曆）士人科舉心態之探討——就《明代登科錄》的吏治觀論之〉，《輔仁歷史學報》，第九期（1998 年 6 月），頁 109～135。

15. 魏青：〈湯顯祖和八股文〉，《溫州師範學院學報》（哲學社會科學版），第 22 卷第 1 期（2001 年 2 月），頁 32～35。

16. 侯美珍：〈鍾惺《詩經》評點性質析論〉，《中國古典文學研究》，第七期（2002 年 6 月），頁 67～94。

17. 陳寶良：〈秀才學問與舉業文章——明代學術史一隅〉，《中國文哲研究通訊》，第 13 卷第 1 期（2003 年 3 月），頁 29～50。

18. 侯美珍：〈毛奇齡「季跪小品制文引」析論——兼談「稗官野乘，悉爲制義新編」的意涵〉，《臺大中文學報》，第 21 期（2004 年 12 月），頁 185～214。

19. 侯美珍：〈明清科舉八股小題文研究〉，《臺大中文學報》，第 25 期（2006 年 12 月），頁 153～198。

20. 龔篤清：〈試述明代前期八股文對文學的影響〉，《中國文學研究》，2005 年第 1 期（湖南：湖南師範大學文學院，2005 年 3 月），頁 56～61。

21. 蒲彥光：〈略論八股文之文體雜涉現象〉，《文學視野——第一屆青年學者論文研討會論文集》（宜蘭：佛光大學文學研究所，2007 年 5 月），頁 25～37。

22. 蒲彥光：〈從劉熙載《藝概・經義概》試論「經義」之爲體〉，《第三屆「環中國海漢學研討會」論文集》（台北：環中國海研究學會、淡江大學中文系，2007 年 6 月），頁 1～23。

23. 蒲彥光：〈談八股文如何詮釋經典〉，《第三屆「中國文哲之當代詮釋」研討會論文集》（台北：台北大學中文系，2007 年 10 月），頁 261～282。

24. 蒲彥光：〈試論明代正嘉時期之制義風格〉，《有鳳初鳴——第三屆漢學多元化領域之探索學術研討會論文集》（台北：東吳大學中國文學系，2008 年 6 月），頁 29～52。

25. 陳慈峰：《黃淳耀及其文學》（台北：台灣大學中文研究所碩士論文，1986 年）。

26. 鄭邦鎮：《明代前期八股文形構研究》（台北：台灣大學中文研究所博士論文，1987 年 6 月）。

27. 蒲彥光：《明清經義文體探析——以方苞《欽定四書文》爲中心觀察》（宜蘭：佛光大學文學研究所博士論文，2008 年 5 月）。